기차 조지의 아사하나 군

Original Japanese title: KICHIJOJI NO ASAHINA-KUN
Copyright ⓒ 2009 by Eiichi Nakata
Original Japanese edition published by Shodensha Inc.
Korean translation rights arranged with Shodensha Inc. through Owls Agency Inc.
Korean Translation Copyright ⓒ 2010 by Jaeum & Moeum Publishing Co., Seoul

이 책의 한국어판 저작권은 Owls Agency Inc.를 통한
Shodensha Inc.와의 독점계약으로 "자음과모음"에 있습니다.
저작권법에 의해 한국 내에서 보호를 받는 저작물이므로
무단전재와 무단복제를 금합니다.

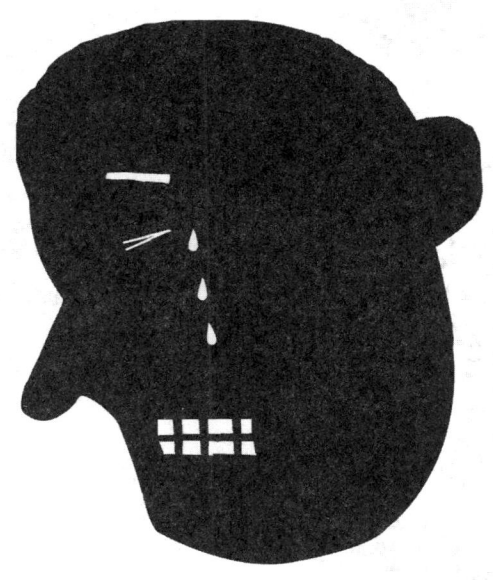

기치조지의
아사히나 군

나카타 에이이치 소설 권남희 옮김

자음과모음

차례

+ 교환 일기 시작했습니다! 7
+ 기치조지의 아사히나 군 61
+ 낙서를 둘러싼 모험 133
+ 삼각형은 허물지 않고 둔다 177
+ 시끄러운 배 251

+ 옮긴이의 말 292

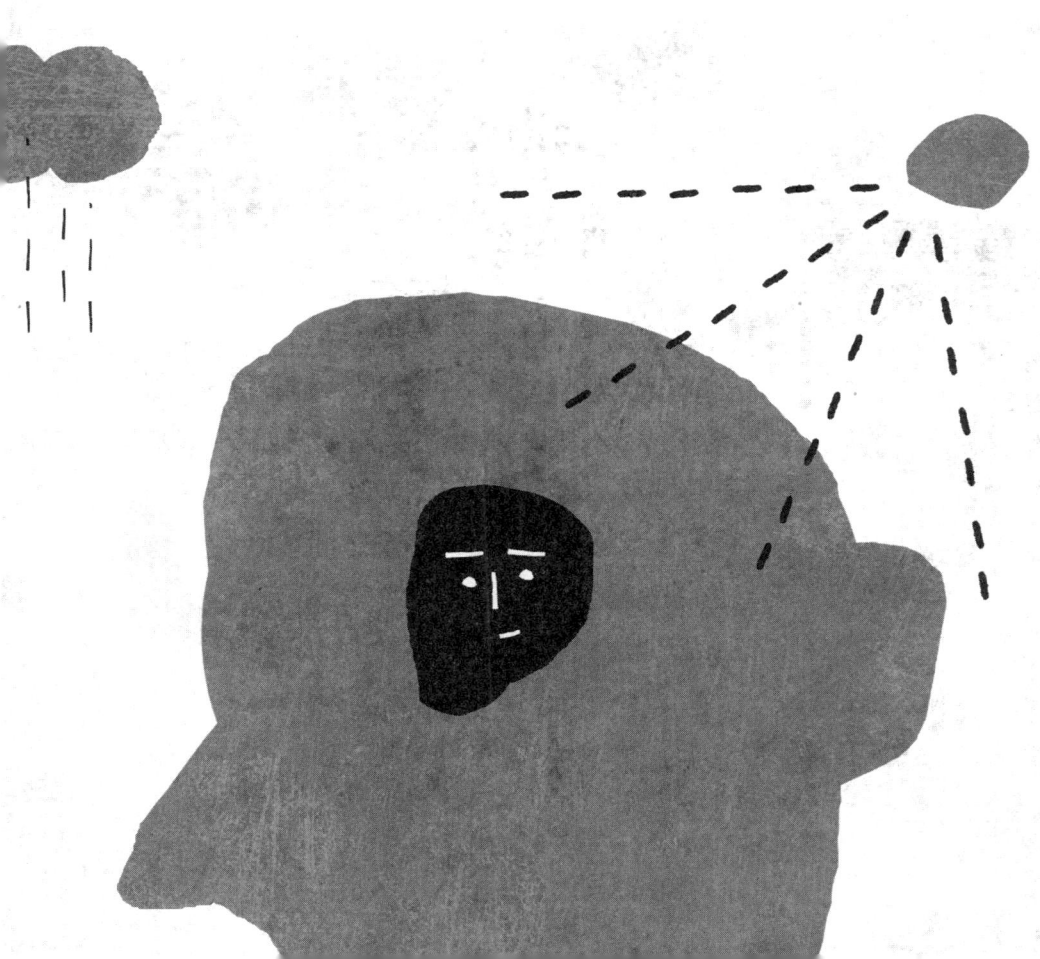

1

 좀 전까지 텔레비전에서 혜성에 관한 뉴스가 나오기에 한참이나 보았어. 그러고 보니 학교에서도 과학부 선생님이 혜성 이야기를 하더구나. 과학부 선생님은 그저께 일어난 우주왕복선 폭발 사고로 우울해하더니, 핼리혜성 이야기가 나오자 갑자기 생기가 돌더군.
 내일은 체육 시간에 축구를 해. 하루카의 교실에서는 운동장이 보이니?

1986. 1. 30. 게이타.

내 자리는 창가여서 운동장이 잘 보여요. 수업 중에 자꾸 창밖을 흘끗흘끗 내다보다 수학 선생님한테 주의 들었어요. 체육 수업하는 것 봤답니다. 체육복이 잘 어울리던걸요.

핼리혜성 사진이 오늘도 텔레비전에 나오네요. 핼리혜성이 빛나는 꼬리를 우주 공간에 길게 끌면서 지금도 우리 머리 위를 날고 있다고 생각하면 웅장한 기분이 들어요.

1986. 1. 31. 이즈미 하루카.

오늘은 함께 돌아가지 못해서 미안해.

모처럼 토요일이었는데 이야기도 거의 못 했네.

도쿄에 사는 친척이 우리 집에 놀러 와 있어서 빨리 돌아와야 했어. 아버지 차를 타고 모두 함께 외식을 하고 왔지. 국도변에 있는 우동 가게에서.

하루카는 도쿄에 가본 적 있니? 우리 친척은 도쿄에서 연예인을 몇 번이나 보았대. 우리 동네에서는 있을 수 없는 일이지.

그러고 보니 이번 달에 애니메이션 〈닥터 슬럼프 아라레 짱〉이 끝난다는 소문을 들었어. 가끔 봤었는데 섭섭하네.

1986. 2. 1. 게이타.

도쿄에는 작년에 가족들과 가보았어요. 높은 빌딩들이 많아서 깜짝 놀랐답니다. 도쿄 디즈니랜드에서 놀다 왔어요. 즐거웠지만 여동생 유키를 잃어버려 난리가 났었죠. 참고로 동생은 현재 중학교 2학년이에요. 건방진 동생에 관한 에피소드가 많은데, 다음에 이야기해줄게요.

그러고 보니 우리 반에 '장래에는 도쿄에서 살고 싶다'고 하는 여자아이가 있어요. 그런 선택도 할 수 있는가 싶어서 놀랐어요. 나는 무의식중에 '분명 엘리베이터가 있는 건물이 하나도 없는 이 마을에서 인생을 보내겠지' 하고 생각했거든요.

〈닥터 슬럼프 아라레 짱〉이 마지막 회라는 이야기, 나도 알고 있어요. 그러나 안심하세요. 같은 작가의 만화 〈드래곤볼〉이 시작된대요. 나는 이 만화의 열혈 팬이에요. 만화책으로 몇 권 갖고 있는데 다음에 빌려줄게요. 꼭 읽어보세요.

오늘은 절분(節分. 입춘, 입하, 입추, 입동 등 계절이 바뀌는 전날로 입춘 전날에는 콩을 뿌려 잡귀를 쫓는 풍습이 있음—옮긴이)이어서 집에서 콩을 뿌렸어요.

아, 내일로 딱 삼 주째네요. 눈 깜짝할 동안이었어요. 게이타가 나를 보건실까지 데려다주었던 일이 아득한 옛날 같아요. 그때 머리에 난 상처는 이제 완전히 나았어요.

1986. 2. 3. 이즈미 하루카.

하루카에게 여동생이 있다는 말을 듣고 깜짝 놀랐네. 그러고 보면 우린 아직 서로에 대해 거의 아는 게 없구나.

머리의 상처가 완전히 나았다니 다행이다. 학교 계단에서 굴러떨어진 하루카의 모습이 지금도 눈에 선해. 앞으로는 한눈팔고 다니지 않도록 조심하렴. 그 후 벌써 삼 주나 지났다니.

『드래곤볼』만화책을 빌려준다니 고맙다. 오늘 너와 이야기를 해보니, 너는 만화를 좋아한다는 생각이 드는구나. 다음에는 답례로 추천하고 싶은 소설을 갖고 갈게. 너의 감상을 듣고 싶네.

과학부가 일요일 밤에 부원을 모아서 학교 옥상에서 천체관측을 한대. 그날은 초승달이 떠. 달이 방해를 하지 않아서 별이 잘 보인다고 하네. 헬리혜성을 볼 수 있대. 나도 참가할 건데 하루카도 올래?

1986. 2. 4. 게이타.

돌아오는 길에 먹은 오코노미야키 맛있었어요. 또 추천하고 싶은 가게 가르쳐주세요. 집에 오는 길에 같이 가요.

게이타가 빌려준 소설 지금부터 읽으려고 해요. 『세계의 끝과 하드보일드 원더랜드』라는 제목이 멋지네요. 작년에 출판된 책이군요. 그런데 나는 만화 말고는 책을 별로 읽은 적이 없어요. 끝까지 다 읽을 수 있을지 걱정이에요.

과학부의 천체관측에는 꼭 참가하고 싶어요. 부원이 아니어도 참가해도 되는 거예요?

1986. 2. 6. 이즈미 하루카.

학교에서 돌아와서 헬리혜성 책을 잠깐 읽어보았어. 9일에 하는 천체관측 예습으로. 나도 정식으로는 과학부 부원이 아니니까 하루카가 참가해도 괜찮을 거야.

하루카를 위해 내가 책에서 얻은 헬리혜성에 대한 지식을 몇 가지 써볼게.

이 혜성은 아주 먼 옛날부터 관측되었던 것 같아. 바빌로니아의 점토판에도 기원전 164년경에 나타났다는 기록이 있어. 그 밖에도 지구상의 다양한 지역에서 이 혜성을 관측한 기록이 남아 있어. 그러나 1705년에 에드먼드 헬리가 주장할 때까지, 이 혜성들이 전부 동일한 혜성이라고 생각한 사람은 없었어. 각각 다른 별이 긴 꼬리를 끌고 밤하늘을 지나간 것으로 생각한 거지.

헬리혜성은 약 칠십육 년을 주기로 태양 가까이 다가와. 지난번에 헬리혜성이 나타난 것은 1910년이었는데, 이때 전 세계에서 대소동이 일어났어. 1910년 5월 19일, 지구가 헬리혜성의 꼬리를 통과하는 일이 벌어졌거든. 이건 엄청난 일이야. 혜성이 길게 끌고 있는 꼬리와 지구의 궤도가 교차하는 거니까.

그런데 핼리혜성의 꼬리에는 유독한 사이안화물(cyan貨物)이 포함되어 있어. 그런 사실은 당시에도 알려져 있었대. 그런 곳을 지구가 통과한다……, 그렇다면 많은 사람들이 사이안화물 때문에 죽는 게 아닐까? 그런 소문이 퍼졌던 것 같아. 그 외에도 지구의 공기가 몇 분간 없어진다는 이야기도 떠돌았지. 그래서 일본에서는 자전거 타이어 튜브가 잘 팔렸대. 튜브 속의 공기를 마시며 살아남아야겠다고 생각한 일본인이 많았기 때문이야.

물론 실제로는 그런 일이 일어나지 않았어. 사이안화물로 누가 죽는 일도 없었지. 혜성이 남긴 가스 물질은 아주 옅어서 지구의 대기를 지나 지표면까지 도달하지 못했거든.

1986. 2. 7. 게이타.

교환 일기를 이제 그만둘까 생각했지만, 역시 쓰기로 했어요. 이렇게 노트에 일기를 쓰는 게 며칠 만인지. 밸런타인데이인데 초콜릿을 준비하지 못해서 미안해요.

천체관측을 한 날 밤부터 혼자 많이 생각했어요. 지난 며칠간 내가 만나기를 피했죠. 게이타의 기척을 느끼면 복도를 되돌아가서 여자화장실로 도망쳤어요. 복도 모퉁이나 소화기 뒤에 숨었어요.

그날 밤은 구름이 없어서 별이 잘 보이더군요. 학교 옥상으로 올라가니 낮은 건물밖에 없는 이 마을이 멀리까지 펼쳐져 있었어요.

논밭이 많아서 지면은 캄캄한 바다 같았어요.

그 별은 어둠 속에 하얀 꼬리를 끌고 고독하게 긴 여행을 계속했죠.

처음에 그 혜성을 발견한 사람 정말 대단해요. 그 많은 별 속에서 어떻게 특별한 하나를 발견했을까요.

도중까지는 즐거운 밤이었어요. 과학부 선생님한테 헬리혜성에 대해 배우기도 하고, 과학부 부원들과도 사이좋게 지냈어요. 추워서 얼어붙을 것 같았지만, 부원들이 난로를 옥상까지 날라 와서 그 주위에 모여 불도 쬐고 그런 것이 전부 좋은 추억이 될 것 같아요.

과학부에 2학년 여자 부원이 있더군요.

다른 사람한테 이름을 물어보았더니 스즈하라라고 하대요.

머리가 길고 참 예뻤어요.

만약 내가 어느새 게이타가 없어진 걸 눈치채지 못했더라면, 그래서 찾으러 가지 않고 그대로 별을 보고 있었더라면.

나는 두 사람의 관계를 알 리도 없었겠지요.

         1986. 2. 14. 이즈미 하루카.

집에 와서 가방을 열어보니 이 노트가 들어 있더라. 내가 없는 사이 하루카가 넣어두었구나. 요 며칠간 왜 나를 피하나 궁금했는데 스즈하라 마리가 원인이었던 거니?

나와 마리는 복도에서 마주치면 잠시 서서 이야기를 나누는 정도의 관계란다. 네가 상상하는 그런 거 아냐.

천체관측을 하던 날 밤, 마리가 먼저 말을 걸어왔어. 그래서 사람이 없는 교실로 가서 책상 위에 걸터앉았지. 그렇지만 일상적인 얘기 외에는 하지 않았어.

혹시 얘가 내게 호감을 가지고 있는 게 아닌가 하는 생각은 한 적 있어. 오버한 건 아닐 거야.

그렇지만 스즈하라 마리와 친구 이상의 관계는 아냐.

이 노트는 월요일에 하루카의 신발장에 넣어둘게. 사실은 직접 건네며 사정을 설명하고 싶지만, 네가 나를 피할지도 모르니까.

1986. 2. 15. 게이타.

답을 해주어서 고마워요. 지금은 아직 게이타를 만날 용기가 나지 않아요.

그날 밤 내가 교실을 들여다보았을 때 게이타와 마리는 키스를 하는 것처럼 보였어요. 그건 잘못 본 걸까요.

1986. 2. 17. 이즈미 하루카.

나하고 스즈하라 마리는 교실 형광등을 켜지 않고 얘기하고 있었어. 네가 본 것은 별빛에 비친 우리의 실루엣뿐이었을 거야. 나란히 책상에 앉아 있는 그림자가 포개져 보여서 키스하는 것처럼 보였을 거야. 스즈하라 마리와는 전혀 아무 관계도 아니야.

1986. 2. 18. 게이타.

이즈미 하루카에게.

나는 네게 사정을 설명하려고 이 글을 쓰기로 했어. 두 사람만의 세계를 쓴 교환 일기라는 곳에 제3자가 난입한 것을 용서해줘.

미안하지만 너와 게이타의 대화를 읽었어(두 사람이 하는 대로 그를 게이타라고 부를게). 나로서는 납득이 가지 않는 말이 쓰여 있더라. 그렇지만 그걸 쓰기 전에 어떤 경위로 내가 이 노트를 입수했는가에 대해 설명할게.

그건 오늘, 2월 19일 수요일 이른 아침의 일이었어. 평소 같으면 자고 있을 시간에 나는 눈을 떴어. 오빠가 내 방문을 세게 노크하는 바람에. 오빠는 잠이 덜 깬 나한테 부스스한 모습으로 신문의 텔레비전 프로그램 난을 들이댔어. 저녁 일곱시 칸을 보니 '〈닥터 슬럼프〉(끝)'이라고 나와 있더라. 오늘이 마지막 회구나, 세상에 이렇게 슬픈 일은 없어. 그런 생각에 졸음이 싹 달아나더라고. 내가 평소보다 일찍 일어난 것은 그러니까 이런 이유 때문이야.

모처럼 일찍 일어난 길에 평소보다 한 시간 일찍 학교에 가보았어. 이 계절의 이른 아침은 춥고 어두컴컴했지만, 인적이 없는 학교는 의외로 즐겁더라. 자전거 보관소에 자전거를 세워놓고 교사 현관으로 갔더니 게이타가 걸어가고 있었어.

그는 이런 시간에 학교에 오는구나, 감탄했지.

다가가서 놀래주려고 생각했어.

그런데 뭔가 태도가 이상하더라.

게이타는 누가 없나 주위를 두리번거리면서 걷고 있었어. 대체 무슨 일일까, 하고 나는 몰래 숨어서 관찰했지. 그는 1학년 신발장 앞에서 멈춰 섰어. 가방에서 뭔가를 꺼내 신발장 안에 쑥 넣더니 빠른 걸음으로 자리를 떠났어. 대체 뭘 신발장에 넣었는지, 먼 거리인 데다 어두컴컴해서 잘 보이지 않았어.

나는 호기심이 생겼어.

게이타가 대체 뭘 한 건지, 그가 되돌아오지 않는 것을 확인하고 바로 신발장을 확인했어. 우리 학교 신발장은 한 켤레씩 들어가는 공간에 각각 문이 달려 있지? 그걸 열었더니 아주 평범한 대학 노트가 있더라.

뭐, 그래서 이렇게 이 노트를 손에 넣었단 얘기야.

내용을 읽어보고 나는 몹시 열 받았어. 게이타에 대한 분노 때문에.

복도에서 선 채로 얘기를 나누는 정도의 관계?

친구 이상의 관계가 아니라고?

웃기지 말라 그러셔.

실루엣이 포개져서 키스하는 것처럼 보였다는 것도 거짓말이야. 하루카, 속지 말라고 말해주고 싶다.

점심시간에 과학부 교실에서 난 이걸 쓰고 있어. 친구와 후배들이 내 험악한 표정을 보고 말도 걸어오지 않네.

아뿔싸, 벌써 점심시간이 끝나버렸군.

게이타와 내 사이를 알려주려고 쓰기 시작했는데, 노트를 입수한 경위를 너무 자세하게 설명했나. 이제부터가 본론인데……

1986. 2. 19. 스즈하라 마리.

게이타에게.

지금까지 고마웠습니다.

아마 내가 게이타에게 일기를 쓰는 것은 이게 마지막이 되겠지요.

오늘 방과 후에 교실로 스즈하라 마리 언니가 찾아와서 같이 하교를 하게 되었답니다. 걸어가면서 아무 말이 없는 내게 거의 초면인 스즈하라 언니가 선뜻 말을 걸어주었어요.

그러나 그 언니가 가방에서 이 노트를 꺼냈을 때는 눈앞이 캄캄했습니다. 나와 게이타, 두 사람만의 비밀 일기가 어째서 스즈하라 언니의 가방에 들어 있는지 영문을 알 수 없었습니다.

도중에 공원에서 쉬면서 스즈하라 언니가 말했습니다.

"일기에다 쓰려고 했는데 역시 얼굴을 보고 얘길 하는 게 좋을 것 같아서."

스즈하라 언니는 천체관측을 하던 날 밤의 일이며 게이타와의 관계에 대해 알려주었습니다. 지난 며칠간 그럴 거라 짐작했던 이야기였습니다. 게이타를 믿고 싶지만 이제 그럴 수 없습니다.

짧은 시간이었네요. 그래도 마치 기적이 일어난 것 같았습니다. 고마웠습니다.

1986. 2. 19. 이즈미 하루카.

사실을 말하자면 훨씬 전부터 이 노트를 몰래 훔쳐봤는데, 언니가 충격을 받을지도 몰라서 줄곧 잠자코 있었습니다. 저는 이즈미 유키라고 합니다. 하루카의 여동생입니다. 중학교 2학년입니다.

게이타 씨, 당신이 어떤 사람인지 아직도 저는 모릅니다. 사진을 보여달라고 부탁했지만, 하루카 언니는 연체동물처럼 느물거리는 기분 나쁜 미소를 지으며, 어물쩍 넘어가 버렸습니다. 태어나서 처음으로 누군가와 사귀고 있다, 교환 일기를 쓰고 있다고는 들었지만, 대체 어떤 특이한 사람이 하루카 언니와 사귀는지 신기했습니다. 어쩌면 전부 언니의 망상은 아닐까, 일기도 언니가 일인이역을 하는 게 아닐까, 의심했답니다. 그러나 일기를 몰래 읽어보니 게이타 씨의 글에는 언니의 글에 없는 지성이 느껴져서, 이건 확실히 언니가 쓴 게 아니구나, 하고 가슴을 쓸어내렸습니다.

아무리 그렇다 해도 하루카 언니가 이런 글을 쓰다니, 사랑의 힘이란 무섭네요. 문장을 짜내느라 밤늦게까지 몸부림을 치긴 합니다만. 원래 책을 읽지 않는 언니인데, 만화 덕분인지 남들만큼 일기를 쓴다는 사실이 놀랍습니다.

참고로 디즈니랜드에서 미아가 된 것은 하루카 언니입니다. 제가 아닙니다. 오래전 일기에 '여동생 유키가 미아가 되었다'고 써 놓았던데, 그건 언니의 허세입니다. 당시 나는 열세 살, 언니는 열다섯 살. 미아가 될 나이가 지났습니다만, 언니는 도날드덕을 발견하자 카메라를 들고 쫓아가서, 그대로 인파 속에 묻혀 돌아오지 않았습니다. 그렇게 오리의 궁둥이가 좋은지 어이가 없더군요. 나와 부모님이 미아가 된 하루카 언니를 발견했을 때 엄청 울고 있었습니다. 그런 언니입니다.

뭐 그건 그렇다 치고. 게이타 씨가 빌려준 소설 『세계의 끝과 하드보일드 원더랜드』를 읽었습니다. 정확하게는 언니가 읽으라고 시켰습니다. 예, 그렇습니다. 게이타 씨가 빌려준 책을 왜 제가 읽었는지 이상하죠?

언니는 뭘 하든 길게 계속하질 못하는 사람이어서 지금까지도 수없이 많은 것을 도중에 포기했습니다. 피아노, 수영, 펜글씨, 주산, 루빅스큐브, 직소퍼즐, 그리고 이번에도 그랬습니다. 좋아하는 사람이 추천하는 책이라며 처음에는 의기양양하게 읽기 시작했지만, 역시나 20쪽 정도 읽고는 뻗어버리더군요. 그 뒤로는 『유리가면』 만화만 주야장천 읽었습니다.

 그런 어느 날, "유키, 재미있는 책이 있어!" 하면서 제게 문제의 소설을 떠맡겼습니다. 다 읽으면 내용을 간단히 가르쳐줘, 감상도 들려줘, 하는 겁니다. 그 책 주인이 게이타 씨란 걸 안 것은 일기를 몰래 훔쳐 읽고서였습니다.

 언니는 게이타 씨와 화제를 만들기 위해 소설을 읽은 걸로 하고 싶었겠지요. 그러나 책을 읽기는 싫으니 제게 대신 읽혀서 감상을 듣고는 그걸 마치 자기가 느낀 것처럼 게이타 씨와의 대화에 써먹으려는 계획이었겠지요. 한심한 언니를 용서해주세요.

 그렇지만 그 소설은 재미있었습니다. 쿨했습니다. 언니는 이제 게이타 씨와 교환 일기를 쓰지 않을 생각인 것 같으니, 저는 이 책을 읽지 않아도 되는 거 아니었나 싶지만, 기왕 읽은 것이니 감상을 전하고 싶었습니다. 그러지 않으면 뭔가 보람이 없을 것 같습니다. 그래서 언니가 아침에 일어나기 전에 이렇게 일기를 쓰기로 했습니다. 언니가 당신에게 노트를 건넬 때, 제가 쓴 이 글을 눈치채지 못했으면 좋겠습니다. 이 페이지를 찢어버릴 우려가 있으니.

 나는 당신에 대해 별로 화가 나지 않습니다. 상대를 속였던 것은 언니도 마찬가지니까요. 일기에 쓴 언니의 글, 그건 순전히 내숭입니다. 진짜 언니는 훨씬 더 게으르고 대책 없는 사람이랍니다.

 참고로 언니와는 같은 방을 씁니다. 저는 언니 가방에서 몰래 노트를 꺼내 제 책상에서 이 글을 쓰고 있습니다. 언니의 책상은 완전히 창고입니다. 만화책이 마구잡이로 쌓여 있어 사용을 할 수가 없답니다. 지금 현재 아침 여덟시입니다. 언니는 파자마 차림으로 아직 침대에서 뒹굴고 있습니다. 이제 그만 일어나야 할 텐데. 지각하는 거 아닐까요. 하긴 요즘 밤마다 잠을 못 이룰 정도로 고민하는 모습이니 모른 척 놔둘까요. 멍청한 구석이 많긴 하지만, 사랑스러운 언니입니다. 언니도 언젠가 좋은 사람을 만났으면 좋겠습니다. 무수한 별 중에 특별한 하나를 발견하는 것만큼이나 어려운 일일 거라고 생각합니다만……

1986. 2. 20. 이즈미 유키.

2

주운 물건을 맡기러 왔습니다. 자리에 안 계신 것 같아서 책상 위에 두고 갑니다. 오 분 정도 기다렸습니다만, 언제 돌아오실지도 모르겠고 저녁 준비를 해야 해서……. 참고로 저는 이 파출소에서 보이는 빨간 지붕 집에 사는 사람입니다.

볼펜을 잠시 빌렸습니다. 메모지를 대신할 게 없어서 노트에 써 둡니다.

우리 아들이 이 노트를 주워온 것은 그제였습니다.

장소는 은행나무 가로수길 근처입니다.

지금 은행잎은 노랗게 물들어서 바람이 불면 한 잎씩 헬리콥터처럼 회전하며 떨어지고 있지요.

그런 풍경 속에서 아들이 친구와 은행 냄새에 코를 막고, "아우, 냄새, 아우, 지독해" 하고 쫓아다닐 때, 이사 업체의 트럭이 눈앞으로 지나갔다고 합니다.

큰 돌을 밟았는지 트럭이 뒤뚱 하고 흔들린 순간, 짐칸의 짐 사이로 이 노트가 튀어나와 길가에 떨어졌습니다. 트럭은 그걸 미처 알지 못하고 가버려, 아들이 주워 들고 왔습니다.

이상이 노트가 오게 된 전말입니다.

집에 들고 온 노트를 펴보고 사적인 내용으로 가득하다는 것을 한눈에 알았습니다. 주인을 찾기 위해서 할 수 없이 읽어보았습니다만, 이즈미라는 성을 가진 지인은 저한테도 남편한테도 없습니다.

테이프커터 위치를 멋대로 움직여서 미안합니다. 이 페이지를 펼쳐놓기 위해 좀 눌러두겠습니다.

1990. 11. 15. 구메다 요시코.

순경 아저씨가 이 노트를 가지고 와주었단다.

처음에는 도쿄에서 너희가 무슨 나쁜 일에라도 휘말렸나 했어. 순경 아저씨가 현관에 서서 너희 이름을 말하면서 "여기 사십니까?" 하고 물으니 그럴 만도 하지.

구메다 씨라는 사람이 이 노트를 파출소에 맡기고 갔나 봐. 순경 아저씨가 이름을 찾아보고 우리 집이 아닐까 하고 수고스럽게도 가져다주러 온 거야.

하루카, 미안. 엄마가 일기를 읽고 말았네. 부끄럽겠지만 참아 줘. 그러나 여기 적힌 이야기 대부분은 몇 년 전에 유키에게 들었으니 부끄러워하지 않아도 돼.

그런데 이 노트는 너희의 것이라 해도 좋으려나? 이사 트럭이 떨어뜨린 것 같지만, 너희가 이곳을 떠난 것은 반년도 전의 일이지? 그러니 구메다 씨의 자녀가 본 이사 트럭은 우리하고는 무관할 거라고 생각해.

어쩌면 게이타 군이 줄곧 이 노트를 갖고 있다가 최근 이사할 때 떨어뜨렸을지도 모르겠지만. 그의 이름은 몇 년 동안 금지어 아니었니? 엄마는 그가 몇 학년 몇 반 학생이었는지, 어디 사는지도 몰라. 하루카가 절대로 말을 하지 않아서 그의 성도 몰라. 어째서 그는 성을 쓰지 않고 이름만 썼을까?

뭐, 어떠냐. 어쨌든 이 노트는 네게 보내기로 했어. 이제 와서 고등학교 시절의 교환 일기 같은 걸 보내는 건 심술궂으려나? 핼리혜성이란 말, 엄마는 까맣게 잊고 있었는데 반갑네.

연말연시에는 집에 올 거지? 아버지가 쓸쓸해하니 꼭 돌아오렴. 나도 물론 너희 둘의 얼굴을 보고 싶어. 유키, 대학 생활은 이제 익숙해졌니? 엄마는 도쿄 생활을 도저히 상상할 수 없지만, 즐거웠으면 좋겠다. 엄마는 지난달부터 시작한 〈세상은 바보들 천지〉라는 드라마에 빠져 있어.

아, 깜빡했는데 이 노트는 아버지한테는 보여주지 않았어. 여자들끼리의 비밀로 해두자꾸나.

1990. 11. 25. 엄마가.

언니에게.

지금 언니는 서점 아르바이트에서 돌아와서 테이블 위에 펼쳐놓은 노트를 보며 어떤 얼굴을 하고 있을까? 나는 이제 학교에 가. 그 모습을 볼 수 없는 게 유감이네.

아까 엄마에게 택배가 와서 열어보았더니 통조림과 인스턴트 라면 등의 식료품이 들어 있더라. 이런 건 도쿄에서도 파는데! 하고 생각하면서 상자를 비우는데 바닥에 이 노트가 있더라고.

나도 모르게 비명을 질렀지 뭐야. 옆집에 들리지 않았나 몰라. 너무 반가웠거든. 이 노트는 그 노트잖아.

한때지만 언니한테도 있었지, 남자친구가. 그게 언니 인생의 절정기 아니었나? 벌써 사 년이 지났네.

오늘 밤에는 대학 친구들과 모임이 있어서 늦을 거야. 미성년이니 술은 마시지 않겠지만. 평소처럼 밥을 해주지 못하니 엄마가 보내준 인스턴트 라면이라도 먹어.

1990. 11. 29. 이즈미 유키.

동생에게.

참말로 어째 이런 기억을 떠올리게 해주는 거냐. 이제 겨우 그때 일을 잊고 남자를 불신하는 버릇도 고쳐가고 있는데. 그 사람 이름 참 오랜만에 보네. 사 년 전의 글을 다시 읽으니 너무 부끄러워서 손발이 다 오그라들어 미칠 뻔했다.

게다가 나와 게이타의 교환 일기에 왜 다른 사람들이 끼어들어 글을 쓴 거니. 두 사람만의 세계가 엉망진창이 되었잖아. 몇 년 전에 끝난 세계이긴 하지만…….

엄마가 쓴 대로 이 노트는 줄곧 게이타가 소지하고 있었던 게 분명한 것 같다. 1986년 당시, 학교에서 내가 그에게 노트를 건넨 뒤 노트는 다시 돌아오지 않았어. 반론이 없다는 건 역시 스즈하라 마리가 한 말이 사실이란 거구나, 하고 충격을 받았던 기억이 나네. 그는 아마 이 노트를 벽장 속에라도 처박아 두었다가 잊어버린 걸 거야.

유키가 내가 자는 동안 멋대로 일기를 쓴 것, 지금까지 몰랐어. 그 사람에게 숨겼던 이런저런 일을 고스란히 일러바치다니. 너무해.

그렇지만 지금의 나는 대놓고 너를 원망할 수가 없구나. 나 같은 몹쓸 인간이 누군가에게 불평을 하다니 말도 안 되지. 대학에도 가지 않고, 취직도 안 하고, 아르바이트를 해도 사흘 만에 관둬버리고, 집에서 오는 생활비를 멋대로 써버려서 이세탄 백화점 종이가방만 자꾸 늘어가고, 이런 내가 남자친구를 얻으려면 천년은 걸릴 거야.

참, 서점 아르바이트는 지난주에 그만뒀어. 지금은 도시락 가게에서 일하고 있어.

공부와 동아리 활동으로 바쁜 네가 너무 눈부셔 보여. 대학 친구들과 교토로 여행을 가는 너를 언니는 바로 볼 수가 없어. 네 언니가 최근 말을 거는 상대라고는 도시락에 들어 있는 녹색 비닐 정도인걸.

고등학교를 졸업한 뒤, 대학 입시에도 실패하고 집에서 아무도 만나지 않고 뒹굴거리던 나는 도쿄에서 혼자 살기 시작한 네가 부러웠어. 그래서 이렇게 굴러들어 왔고. 이런 한심한 언니를 메이지 대학교 앞의 아파트에 살게 해준 착한 너를 원망할 수는 없지. 나는 과거를 돌아보지 않는 여자가 될 거야. 이 노트는 가까운 시일 내에 처분하기로 하자.

녹화해놓은 〈다모리 클럽〉을 보면서 네가 돌아오기를 기다렸는데, 졸려서 먼저 자야겠다. 다모리 씨의 철도 이야기를 듣고, 네 언니는 마음이 편안해졌어. 잘 자.

        1990. 11. 29. 이즈미 하루카.

함께 아침을 먹은 거 오랜만이네. 오늘은 기분 좋은 일요일이야. 날씨도 좋고. 딱히 할 일도 없어서 이걸 쓰면서 시간을 때우려고 해.

오늘 아침, 일어나자마자 얼굴 보고 나눈 이야기대로 이 부끄러운 노트는 처분하는 게 좋을지도 모르겠어. 그때까지는 연락장으로 쓰자. 남은 백지도 아깝고, 환경문제에 대해서도 생각해야 하니까.

집에서는 아무것도 하지 않고 뒹굴거리기만 했다는 언니가 용기를 내어 상경해서 기뻤어. 추석에 집에 갔을 때 언니가 나한테 물었지. "도쿄에서 연예인 누구 만나봤어?" 하고. "유니콘의 오쿠다 다미오가 걸어가는 거 봤어"라고 대답했더니, 언니는 눈을 반짝거렸지. 어쩌면 그때 도쿄에서 살자는 쪽으로 마음이 기울었던 게 아닐까? 이제 와서 새삼스럽게 그런 생각을 해보네.

미안, 근데 그건 거짓말이었어. 자그마치 오쿠다 다미오야! 다미오가 아무 데나 걸어 다닐 리 없잖아.

도시락 가게 아르바이트, 이번에는 열심히 해. 저금해서 슈퍼 파미콘(가정용 티브이 게임기—옮긴이) 사자.

언니는 언니한테 친구도 없고 이야기 상대도 없다고 하는데, 방에서 만화만 읽고 있으니 그렇지. 놀러 갈 때 같이 가자고 권해도 안 가고, 내 친구들을 소개해줘도 말도 별로 안 하고.

그리고 비디오 녹화 예약한 것 말이야. 뭐 하나 지워도 돼? '예약이 꽉 찼습니다'라고 표시되어 예약을 못 하고 있거든. 체크하는 심야 프로그램 좀 줄이지?

아참! 스키 동아리 선배한테 디즈니랜드 2인용 티켓 얻었어. 다음에 같이 가자. 언니는 이제 스물한 살이니까 도날드덕을 쫓아다니다 미아가 되는 일은 없도록 하자고.

1990. 12. 2. 이즈미 유키.

오늘 전철에서 치한을 만났어. 이 집에 온 뒤로 벌써 열번째야. 내가 건드리기 쉽게 생긴 걸까? 빨리 유키한테 푸념을 하고 싶다. 방에 혼자 있는 게 외로워서 이렇게 글이라도 쓰며 잊어버리려 하고 있어.

그런데 오늘 치한한테 당하면서 생각한 게 있어.

나 만화가가 될래.

만화가가 되면 집에서 일을 할 수 있잖아. 밖에 나가지 않아도 되니 치한도 만나지 않을 테고. 게다가 만화는 유일한 나의 취미. 다른 일은 도중에 포기해도 만화라면 꾸준히 할 수 있을 것 같아.

맞다, 나 초등학교 때 유키하고 둘이서 순정만화를 그리며 잘 놀았었지. 기억나니? 눈 속에 별을 잔뜩 그려 넣었잖아.

1990. 12. 7. 이즈미 하루카.

친구가 갑자기 불러서 나가. 밤까지 안 올 거야.

냉장고에 야키우동 있어. 저녁에는 그걸 먹어.
하겐다즈는 내 것이니까 먹으면 죽을 줄 알아.
요전의 사진, 인화해두었어.
언니랑 구피 둘이 찍은 사진 잘 나왔더라.
두 사람 다 졸린 얼굴이 꼭 닮았어.

　　　　　　　　　　　1990. 12. 17. 이즈미 유키.

원래는 지금쯤 일하고 있을 시간이지만, 신주쿠 커피숍에서 이걸 쓰고 있단다.

어젯밤에 유키한테 말하지 못한 게 있는데, 도시락집 아르바이트를 그만둬 버렸어. 뭘 해도 진득하게 못 하지? 내가 싫다.

그만둔 이유는 나도 모르겠어. 직장에서 무슨 문제가 있었던 건 아냐. 전날까지는 아무렇지도 않았는데, 다음 날 눈을 떴는데 갑자기 가기 싫은 거야. 몸이 직장까지 가는 길을 거부하더라고. 그리고 만약 억지로라도 직장에 가면 뭔가 나쁜 일이 일어날 것 같은 기분이 드는 거야. 다시 새 아르바이트 자리를 찾아볼게. 그렇지만 온통 불안한 마음투성이야.

평생 이대로 살면 어떡하지? 그런 생각이 들어. 유키도 언젠가 결혼할 거잖아? 아마 나보다 먼저. 그때 내가 도쿄에 남을지, 집으로 돌아갈지 모르겠지만, 제대로 된 직업은 없을 거라고 생각해.

이야기 상대는 부모님뿐일 테고. 아줌마가 돼도 아르바이트로 생계를 꾸리며 살아가는 거 아닐까, 상상을 해본다.

집에 있으니 이런저런 생각을 하다 돌아버릴 것 같아서 시내로 나와봤어. 신주쿠는 언제 와도 사람들이 엄청나네. 옛날에는 내가 신주쿠 거리를 걸으리라고 상상도 못 했는데. 텔레비전 속의 세상이라고만 생각했는데.

이제 괜찮아. 영화를 보고 집에 돌아가려고 해. 고양이한테 먹이도 줘야 하고. 유키가 결혼해서 나 혼자가 되면 그 길고양이를 내가 키울까. 어쨌든 뭔가를 사랑하고 싶어 미치겠어. 뭔가 내가 사랑해도 괜찮을 것 같은 물체가 그쯤 어디 떨어져 있지 않니? 발견하면 주워다 줘.

유키, 언제나 고마워. 늘 민폐만 끼쳐서 미안해. 만날 쓸데없는 이야기만 해서 미안해. 나도 강해지고 싶어.

> 1990. 12. 20. 이즈미 하루카.

3

어제 일을 그만두었다.

지저분한 빌딩 한 곳에 다섯 명 정도의 남자들과 틀어박혀서 지겹도록 프로그램을 짜는, 그런 일이었다. 납기를 맞추지 못하면 밤새 컴퓨터와 마주 보고 있어야 했다. 사흘째 잠을 못 자고 계속 일을 하다, 타이핑을 하면서 화면에 대고 토했다. 동료들에게 사과하고 청소를 했지만, 아무도 이쪽을 보고 있지 않았다. 남의 일에 관심 가질 여유 따위 없는 것이다.

집에 가는 날은 편의점에서 도시락을 산다. 최근에는 무사시코스기에 있는 편의점 로손에 진열된 상품 외에 먹지 못했다. 로손 봉투를 들고 아파트로 돌아오는 도중에 석양을 보기도 하고, 나란히 자전거를 타고 가는 고등학생 커플과 스쳐 지나기도 한다. 그럴 때면 나는 이렇게 살다가 아무것도 이루지 못하고 인생을 마칠 거란 생각이 든다. 다리 위에 서서 가로등 불빛이 비치는 어두운 강의 수면을 보며, 내가 죽고 없는 세상을 생각했다. 아무도 모른다. 직장에서 내가 없어져도 용역 회사에서 나를 대신할 사람이 올 뿐, 세상 모든 일은 아무것도 바뀌지 않고 진행될 것이다.

한 조각의 보람도 느끼지 못한 채 일을 했다. 내가 만들고 있는 것은 삼 년이 지나면 쓰지 못하게 될 제품에 들어가는 프로그램이다. 토할 때까지 밤샘을 하며 일하는 의미를 느낄 수 없다. 정보 계통의 대학을 졸업해서 삼 년 동안 계속 일했다. 그동안에 이룬 것은 아무것도 없다. 얻은 것도 아무것도 없다. 그래도 아침이 되면 직장이 있는 빌딩으로 향한다. 의욕이라곤 눈곱만치도 없는 발길을 옮긴다.

동업자 중에 자살자가 많다는 이야기를 들었다. 분명 일을 그만두면 되는 간단한 방법을 깨닫지 못한 채, 얻는 것이 아무것도 없는 인생을 견디지 못했을 것이다. 나와 자살한 동업자에게 필요했던 것은 이즈미 하루카가 썼던 것처럼 직장에 대한 거부반응이었지 않을까.

1993. 7. 5. 야마다 야스시.

최근에 『헬리혜성』이라는 소설이 서점에 진열되었다. 저자의 데뷔작으로 도호쿠 지방의 고교를 무대로 한 장편 연애소설 같다. 구입해서 중간까지 읽어보았다.

서점에서 제목을 보았을 때, 이즈미 하루카와 게이타를 떠올렸다. 저자는 그 두 사람 중 한 명이 아닐까? 그런 상상을 하며 저자 약력을 확인했지만, 아무래도 다른 것 같다. 약력에 있는 생년월일을 믿는다면, 저자는 현재 사십대이다.

이즈미 하루카가 마지막 글을 쓴 것은 삼 년 전 12월, 크리스마스 직전이다. 바깥에 돌아다니는 사람들의 입김은 하얗고, 백화점 진열대는 크리스마스 장식으로 흥청거렸을 것이다. 그 부분을 다시 읽을 때마다 두꺼운 옷을 입은 이즈미 하루카가 커피숍에서 이 노트에 글을 쓰는 모습을 상상한다. 가지런히 접은 코트를 옆에 두고, 머플러를 무릎덮개 대신 덮고 있었을지도 모른다. 창으로는 신주쿠의 빌딩과 거리를 오가는 많은 사람들이 보였을지도 모른다. 그녀는 턱을 괴고 졸린 눈으로 멍하니 창밖을 바라보았을지도 모른다.

지금 현재도 그 자매가 도쿄 어딘가에서 생활하고 있는지 어떤지 알 수 없지만, 살고 있다면 이즈미 하루카는 스물네 살, 이즈미 유키는 스물한 살이 되었을 테지.

1993. 7. 10. 야마다 야스시.

아파트와 편의점을 왕복하는 날들이다. 아니, 비디오 대여점에도 간다. 지난 일주일 동안 영화를 열 편 이상 소화했다.

'남은 백지가 아깝다'고 이즈미 유키가 썼다. 확실히 이 노트는 앞부분은 글로 가득하지만, 뒷부분은 깨끗하게 남아 있다. 그래서 이번에는 내가 그 뒤를 쓰고 있다.

그렇지만 누구한테?

게이타는 이즈미 하루카에게 글을 썼고, 그녀도 역시 그에게 답장을 썼다. 스즈하라 마리는 이즈미 하루카에게 글을 썼고, 구메다 요시코는 파출소 순경에게 글을 남겼다. 그렇지만 내게는 노트를 교환할 상대가 없다. 글을 써봐야 그걸 읽을 상대가 없다.

그리고 쓸 말도 없다. 일을 그만두어서 개운하긴 하지만, 도시락이 든 편의점 봉투를 들고 석양을 볼 때마다, 아아, 앞으로 어떻게 하지? 하는 답답한 기분이 든다.

1993. 7. 13. 야마다 야스시.

이 노트를 발견한 경위에 대해서 써두자.

한 달 전에 아직 프로그래밍 일을 계속하고 있을 때였다. 업무상 대학 때 썼던 교재가 필요해서 다마 시에 있는 본가에 갔다. 본가에는 회사 생활을 하다 정년퇴직을 한 아버지 혼자 살고 있다. 어머니는 내가 어릴 때 세상을 떠났다.

책상 서랍에서 볼펜을 찾고 있는데, 낯선 앨범이 보였다. 가게에서 필름을 인화할 때 덤으로 주는 얇은 앨범이었다. 젊은 여성이 찍힌 사진이 들어 있었다. 생전의 어머니 사진이 아니다. 낯선 여성이다. 앨범 종이가 새것이고 옷과 머리 모양으로 보아 최근 사진이란 걸 알았다. 전부 이십 매 정도 들어 있었지만, 반 이상은 디즈니랜드에서 찍은 것이다. 아버지에게 사진을 보이며 물었다.

"이거 누구예요?"

아버지는 사진에 대한 기억이 없는 것 같았다.

"어디 있었는데?"

"서랍에요."

갑자기 아버지가 뭔가를 떠올린 듯이 말했다.

"아하, 벼룩시장에서 산 거야."

아버지의 설명에 따르면 몇 년 전 근처 공원에서 열린 벼룩시장에서 그 물건들을 발견했다고 한다. 벼룩시장은 해마다 열려서 나도 한 번 가본 적이 있다. 헌옷과 중고 레코드 같은 평범한 상품뿐만이 아니라, 뭐가 녹화됐는지 모르는 비디오테이프 다발과 쇼와시대 초기에 찍은 걸로 보이는 낯선 가족의 흑백사진 다발 등, 이상한 것이 잔뜩 팔리고 있었다.

아버지가 지나갈 때, 캔버스 천의 토트백이 파란 시트 위에서 흙투성이가 되어 남아 있었다고 한다. 백 속에는 대학 노트와 필통과 종이 앨범이 들어 있고, 몽땅 합해서 5000엔이었다고 한다. 거짓말 같은 이야기다. 아버지는 5000엔을 내고 그걸 다 사버렸단다.

아버지는 벽장에서 하얀 캔버스 천의 토트백을 꺼내왔다. 백 속에는 천으로 된 필통과 대학 노트가 들어 있었다. 필통 속에는 별로 사용하지 않은 듯한 샤프펜슬과 지우개, 볼펜이 들어 있었다. 대학 노트에는 가로쓰기로 적은 글이 있었다. 이를테면 수학이나 물리 노트에서 흔히 볼 수 있는 도형은 그려져 있지 않았다. 여러 명이 썼는지 곳곳에 필체가 달랐다. 연필로 쓴 데가 있는가 하면, 볼펜으로 쓴 데도 있다. 날림으로 쓴 데가 있는가 하면 정성껏 시간을 들여서 쓴 글도 있다.

아버지에게 양해를 구하고 그 물건들을 아파트로 가지고 왔다. 대학 노트에 무엇이 적혀 있는지 궁금했기 때문이다.

이 노트는 그렇게 내게로 흘러들어 왔다. 백 속에 들어 있던 대학 노트라는 것이 요컨대 이 노트다.

처음부터 읽어보니 여러 사람의 손을 거쳐서 온 것 같은데, 유감스럽게도 아마 여기가 종점이 될 게 틀림없다. 아니면 아버지하고 교환 일기라도 쓸까?

　　　　　　　　　　　　1993. 7. 15.　야마다 야스시.

종이 앨범에 끼어 있는 사진 속에 스무 살 남짓한 여성과 구피가 나란히 찍은 것이 있다. 그녀는 하얀 캔버스 천의 토트백을 어깨에 메고 있다.

이즈미 유키가 쓴 글에 '언니랑 구피 둘이 찍은 사진 잘 나왔더라'라는 말이 있었던 걸로 보아 이 사진의 인물이 이즈미 하루카인 게 분명하다.

그러나 왜 이즈미 하루카의 가방이 매매가 된 것일까?

그녀가 백을 어딘가에서 도둑맞은 게 아닐까 하는 가능성이 먼저 떠올랐다. 도둑맞은 백이 내용물째로 돌아다니던 끝에 벼룩시장 주인이 입수하여 팔려고 내놓은 것이다.

아니면 이것들 다 벼룩시장 주인이 생각해낸 거짓말이거나?

매물인 백을 모르는 여자아이한테 들게 해서 사진을 찍고, 대학 노트에 적당히 일기를 창작해서 써넣는다. 쓰던 연필을 필통에 넣고, 세트로 해서 판다. 사실은 이즈미 하루카나 이즈미 유키란 인물은 존재하지 않는다는 스토리다.

그러나 무엇 때문에?

결국 자세한 건 아무것도 알 수 없다.

그런데 종이 앨범에 든 스무 장 남짓한 사진에는 두 여성이 찍혀 있다. 구피와 나란히 있는 여성이 이즈미 하루카라고 한다면, 다른 한 사람, 안경을 낀 자그마한 몸집에 영리해 보이는 여자아이가 이즈미 유키일 것이다.

이즈미 유키가 베란다에서 수세미외 모종을 만지고 있는 사진.

이즈미 하루카가 가부좌를 틀고 앉아 텔레비전을 보고 있는 사진(그녀는 센베를 입에 물고 있다). 두 사람은 퍽 닮았지만 언니 쪽은 온화해 보이는 얼굴이고, 동생 쪽은 야무져 보이는 얼굴이다. 키는 언니 쪽이 커 보이지만 정확한 건 모른다. 두 사람이 같이 찍은 사진은 거의 보이지 않고, 풍경만 있거나 두 사람 중 한 사람만 찍힌 것이 대부분이다.

얼룩 고양이 사진이 몇 장 있다. 목에 고리가 없는 걸로 보아 길고양이인 듯. 얼룩 고양이는 암놈이 틀림없다.

          1993. 7. 18. 야마다 야스시.

일을 그만둔 현재, 시간을 자유롭게 사용할 수 있게 되었다. 아침부터 멍청하게 어린이 프로그램인 〈우고우고르가〉를 보고 있다. 가까운 시일 내에 직장을 찾아봐야 하지만, 그 전에 몇 가지 해두고 싶은 일이 있다. 사놓고 아직 읽지 못한 소설 읽기, 아버지와 외식하기, 그리고 이 노트와 사진을 이즈미 자매에게 돌려주기다.

전에 이 노트는 내게서 끝이 되겠다고 생각했다. 그러나 이즈미 하루카의 사진을 보고 있자니 그녀에게 토트백이랑 나머지 전부를 돌려주고 싶은 마음이 생겼다.

더욱 적극적으로 표현하자면 존재를 확인하고 싶었다. 이 노트와 사진이 벼룩시장 주인의 창작이 아니란 걸 확신했으니 그걸로 만족스럽다.

그녀들은 존재하지 않는다는 결론이 두려웠다.

그런 결론을 독자(나)가 납득할 리가 없다.

일을 그만두기 직전의 몇 주간, 나는 이 대학 노트에 있는 글을 다시 읽었다.

나도 강해지고 싶다.

그렇게 쓴 여자가 있다는 사실만으로 뭔가 나도 노력해보고 싶은 기분이 들었다. 긍정적으로 퇴사를 하자는 기분이 들었다. 그리고 나는 아마 이즈미 하루카를 좋아하는 것 같다. 언제 어떤 경위로 그렇게 됐는지를 써야 할까?

그러나 이것은 연애 감정 같은 게 아니라, 인류애 같은 것에 가깝다. 그녀도 나 못잖게 형편없는 사람 같아서 친근감이 생겼다.

그런데 토트백을 돌려주려고 해도 이즈미 자매가 살고 있는 곳을 특정할 만한 단서가 없다. 노트에 적힌 글에 딱 한 번 '메이지대학 앞'이라는 지명이 나온다. 그녀들이 실존하는 인물이란 것을 전제로 둔다면, 적어도 삼 년 전인 1990년 시점에서 이즈미 자매는 게이오 이노카시라선 메이다이마에〔明大前〕역 근처에 살고 있었던 게 분명하다.

1993. 7. 19. 야마다 야스시.

메이다이마에 역에 가보았다. 시부야에서 환승하면 삼십 분 정도로 갈 수 있는 곳이다.

역 앞에 서서 길을 가는 사람들을 한 시간 정도 바라보았다.

이즈미 자매가 지나가는 우연은 일어나지 않았다.

그렇지만 아무리 할 일이 없다고 해도 날마다 역까지 나간다는 것은 남이 보면 미친 짓이지 않을까?

역 앞에서 그녀들의 사진을 보았다. 디즈니랜드에서 찍은 것 말고는 대부분 방에서 찍었다. 창 너머에 특징적인 건물이라도 찍혀 있으면 그걸 단서로 집을 찾을 수 있다. 그러나 그럴듯한 것은 보이지 않는다.

길고양이 사진을 본다. 근처 길모퉁이에서 찍은 사진이다. 배경에 동네 이름이나 번지 표시가 있는 전신주가 있으면 간단하다. 그러나 가게 간판조차 찍혀 있지 않아 장소를 특정할 수 없었다.

1993. 7. 21. 야마다 야스시.

오늘도 메이다이마에 역에 갔다. 그러나 그녀들은 없다. 지나가는 사람들에게 사진을 보여주며 이 여자를 본 적이 있는지 물어보고 싶은 기분이었다. 그러나 남한테 말을 걸 용기가 나지 않았다.

최근 이즈미 자매에게 노트와 사진을 돌려주는 일을 슬슬 포기하고 있다. 아니, 노트에 글을 쓴 사람들이 실재하는지 안 하는지 따지지 않는 편이 좋을지도 모른다.

> 1993. 7. 25. 야마다 야스시.

어느덧 7월이 끝나고 8월이 되었다. 하루 종일 에어컨을 틀어놓은 방에서 뒹굴고 있다. 이따금 창을 열면 열기 가득한 공기가 방 안으로 밀고 들어온다.

지난 한 주일 동안은 메이다이마에 역에 가서 이즈미 자매를 찾는 일도 하지 않았다. 그러나 노트에 적혀 있는 사람들을 하루에 몇 번이나 떠올렸다. 만난 적도 없는데 생각이 난다는 것도 웃긴 일이다.

며칠씩이나 사람을 만나지 않는 생활을 보내고 있는 탓일까. 말을 너무 하지 않아서 편의점에서 "도시락 데워드릴까요?" 하고 물으면, 분명 버벅거리며 대답을 하지 못할 것 같다.

그걸 예상하여 최근에는 삼각김밥이나 샌드위치 등, 데우지 않아도 되는 것만 산다.

> 1993. 8. 3. 야마다 야스시.

어젯밤에 소설 『헬리혜성』을 읽었다. 한참 전에 사놓고 방치해두었다는 사실이 문득 떠올라서.

소설의 클라이맥스 무대는 밤의 고등학교 교사(校舍)였다. 주인공 소녀는 옥상에서 열린 핼리혜성 관찰에 참가하지만, 좋아했던 소년과 싸운다. 그 이후로 평생 서로의 인생이 교차하는 일은 없었다. 그런 결말로 소설은 끝났다.

이즈미 하루카와 게이타의 이야기와 똑같다.

유사점은 그것만이 아니다.

주인공 소녀와 소년은 교환 일기를 쓴다.

만화를 빌려주고 받고 한다.

빌린 소설을 읽으려다 소녀는 도중에 좌절한다.

『핼리혜성』을 쓴 사람은 시오가와 요시오라는 작가였다. 이 사람에 대해 알아보기 위해 오랜 세월 연락하지 않았던 대학 후배에게 전화를 했다. 후배는 소설과 출판 세계에 대해 잘 알았다. 현재 서점에 시오가와 요시오의 사진과 인터뷰가 실린 잡지가 진열되어 있다고 가르쳐주었다.

서점에 가서 잡지를 찾아보니 정말로 시오가와 요시오의 사진이 실려 있었다. 그는 마른 체형의 사십대 남성이었다.

"그 소설에는 약간의 실제 경험담이 포함되어 있습니다."

시오가와 요시오는 인터뷰에 답하고 있었다.

그가 이십대 청년이었다면 게이타 본인이 틀림없다고 확신했을 것이다. 그러나 핼리혜성이 지구에 접근했을 때 시오가와 요시오는 삼십대다. 책의 약력에 적힌 생년월일을 계산하면 그런 계산이 나온다. 당시 고교생이었을 리가 없다. 그러면 그는 어떻게 해서 이즈미 하루카와 게이타의 이야기를 알고 있는 걸까? 어째서 이 소설에 실제 경험담이 포함되어 있다고 대답하는 걸까?

1993. 8. 10. 야마다 야스시.

이제껏 잘못 생각하고 있었다.

지금부터 시오가와 요시오 앞으로 편지를 써보려고 한다. 출판사로 편지를 보내면 그에게 전해줄지 어떨지 별로 자신은 없지만.

운이 좋으면 그에게 답장을 받을 수 있을지도 모른다.

1993. 8. 13. 야마다 야스시.

4

하루카에게.

오랜만이구나. 잘 지내고 있겠지? 언젠가 하루카에게 이 노트가 돌아가길 바라면서 몇 글자 적는다.

그 후 칠 년이 지났네.

지금도 당시의 광경이 기억에 선하구나. 교복을 입은 네가 눈이 내리는 풍경 속에 가방을 들고 걸어가는 모습. 교사 한쪽 구석의 어두컴컴한 그늘에서 아무한테도 들키지 않게 노트 교환을 했지. 밝은 햇살이 펼쳐진 창 너머에서는 학생들의 떠드는 소리가 들렸고. 그 복도의 공기며 계단 층계참의 냄새가 얼마 전의 일처럼 생각나네.

너와 교류가 끊긴 뒤, 노트는 오랫동안 남들 눈에 띄지 않는 장소에 보관했었단다. 바로 버리면 좋았을 텐데, 아까운 생각이 들었어. 은행잎이 노랗게 물든 시기에 나는 이사를 갔지. 구메다 씨라는 분이 쓴 것은 사실일 거야. 이 노트는 짐 사이로 떨어진 모양이야. 새로 이사한 집에서 짐을 풀었을 때 노트가 보이지 않았어.

네게 하고 싶었던 말이 있어. 이제 와서 새삼스럽지만, 당시 일을 쓰고 싶다. 과학부 부원들과 함께 핼리혜성을 보던 날 밤 말이야.

맑은 밤하늘에 별이 흩어져 있었지. 꼬리를 가진 혜성이 머리 위에서 반짝이고 있었어. 모여 있던 사람들은 교대로 천체망원경을 들여다보며 칠십육 년 만에 일어나는 기적에 흥분했지.

나와 스즈하라 마리는 이야기를 하기 위해 옥상에서 내려와 빈 교실에서 둘이 나란히 책상에 걸터앉았어.

그걸 목격한 네게는 마치 우리가 키스를 하는 것처럼 보였겠지.

형광등을 켜지 않은 교실에서 나와 스즈하라 마리의 모습은 아마 실루엣이었을 거야. 그래서 네가 오해한 거라고 나는 주장했어.

교환 일기에 난입한 스즈하라 마리는 내가 거짓말쟁이라고 했지.

하루카에게 노트를 받은 마지막 날, 너의 글을 읽고 사실은 반론

하고 싶었다.

그렇지만 더 이상 얘기를 하지 않기로 마음먹었지.

너와 인연을 끊을 좋은 기회였다. 그대로 몰래 교제를 계속하는 것은 위험했어. 처음에 하루카에게 고백을 받았을 때 거절해야 했는데……. 내가 아무 반론도 하지 않고 너와의 관계를 끊은 것은 교사와 학생이라는 관계를 고려했기 때문이야. 스즈하라 마리가 한 말이 진실이었기 때문이 아냐.

그날 밤, 나와 스즈하라 마리는 그냥 시시한 이야기를 나누었을 뿐이야. 그 아이가 거짓말을 해서 나와 너를 갈라놓으려고 한 심리는 모르겠구나. 질투 같은 것이 그 아이의 마음속에 있었을지도 모르고. 칠 년 전, 하루카에게 상처를 입히고 끝난 것 같아서 줄곧 마음에 걸렸단다. 이제 와서 믿어줄지 어떨지 모르겠지만…….

한 번 더 네게 내 얘기를 전할 수 있어서 기쁘구나. 야마다 군에게 감사하고 싶다. 체육 교사를 하면서 쓴 소설이 얼마 전에 신인상을 받았어. 『헬리혜성』이라는 제목의 책으로 필명은 시오가와 요시오야. 출판된 책을 읽고 야마다 군은 나를 알아보았다고 하더구나. 출판사를 통해서 날아온 그의 편지에는 이 노트와 너에 대해 쓰여 있었어.

연락을 취해 실제로 야마다 군을 만나기 전까지는 사기가 아닐까 의심도 했다. 그러나 진보초의 커피숍에서 그가 내민 대학 노트는 확실히 낯익은 것이었어. 페이지를 넘기며 과거에 내가 쓴 글씨가 눈에 들어오는 순간, 말로는 표현하기 힘들 만큼 감동스러웠다.

너희들은 아직 도쿄의 메이다이마에 역 주변에 살고 있을까? 삼 년 전의 글이지만, 조금이라도 근황을 알 수 있어서 기뻤다. 야마다 군이 사진도 보여주었단다. 어른이 된 너를 보니 시간이 흘렀다는 게 느껴지더구나. 나도 지금은 결혼해서 아이가 있어.

야마다 군에게 부탁해서 하룻밤만 이 노트를 빌렸다. 그 사람과는 내일 다시 진보초에서 만날 예정이야. 그 사람은 이즈미 하루카가 실제 인물이란 말을 듣고 고개를 깊이 끄덕이더구나.

그때의 교환 일기가 이처럼 여러 사람의 손을 거치며 여행을 했다는 사실에 놀랐다. 교환 일기라는 수단을 선택한 것은 교사라는 지위 때문에, 학교에서는 특정 학생과 친하게 이야기를 할 수 없었던 탓이었다. 몰래 글을 교환하는 것 외에 방법이 없었다. 어쩔 수 없는 판단이긴 했지만, 이렇게 지금도 타인이 계속 쓰고 있다는 걸 알고 조금 기뻤다. 기묘한 이야기지만.

내일 그 사람에게 노트를 돌려준다. 두 번 다시 내가 이 노트를 만질 기회는 없겠지. 너와 교제한 시간도 이 노트에 글을 썼던 시간도 긴 인생에서 보면 바늘 끝 정도의 짧은 순간에 지나지 않을 거야. 그러나 노트를 다시 읽으니 그날들이 새록새록 되살아나는구나. 아픔까지도 생각나.

안녕, 이즈미 하루카.

1993. 9. 12. 게이타.

상자를 꾸리는 작업은 거의 끝났다. 나머지는 이 대학 노트뿐이다. 내일부터 구직 활동을 해야 한다. 좋은 경험을 했다. 진짜 소설가를 만나 이야기할 기회는 좀처럼 얻기 힘들다. 짐은 고등학교 주소로 보낼 생각이다. 시오가와 요시오 선생에게 학교 이름을 물어두었다.

이 노트가 누군가의 창작이 아니라 사실이었다는 것도 확인했다.

이 세상 어딘가에 이즈미 하루카는 있다.

나는 지금까지 누군가가 읽을 거라 생각하지 않고 글을 썼다. 이 노트에 글을 쓴 다른 사람들과 달리 내 글만은 누군가를 향한 것이 아니다. 그냥 일기다. 혼자 완결하고, 아무도 그 뒤를 잇지 않는 신변잡기장이다. 마찬가지로 다른 누군가가 나 야마다 야스시 앞으로 글을 쓰는 일도 없다.

그러나 드디어 노트를 손에서 놓을 때가 왔다. 진짜 주인에게 돌아갈 시간이다. 쓸쓸한 기분이 든다.

마지막이니까 한마디만, 혼자 완결하지 않을 말을 쓰겠다.

내일부터 나는 구직 활동을 열심히 하려고 한다.

그러니까 당신도 열심히 해요, 이즈미 하루카.

1993. 9. 15. 야마다 야스시.

두 사람 다 건강하게 잘 지내고 있니?

여름 감기 같은 건 안 걸리고?

요전에 성묘 때 하루카가 심하게 넘어져서 퍼렇게 멍이 들었는데, 이제 다 나았니?

유키는 친구들하고 오키나와에 간다며?

오키나와는 10월이 되어도 아직 수영할 수 있는 거야?

오키나와 해파리를 조심해!

엄마도 어딘가 여행을 가고 싶구나.

갑작스런 소포가 와서 놀랐지?

요전에 하루카가 다녔던 학교에서 전화가 왔더라고.

"1987년도 졸업생인 이즈미 하루카 씨 계십니까?" 하고.

하루카 앞으로 소포가 왔다고 해서 찾으러 다녀왔어.

상자 속에 낯익은 토트백이 들어 있어서, 정말 하루카 것이 맞다는 걸 알았지.

백 속에 이 노트가 들어 있어서 놀랐단다.

엄마가 몇 년 전에 쓴 글이 남아 있어서.

택배에는 야마다 야스시 군이 학교로 보낸 편지도 들어 있었어.

주소를 모르니 택배를 전달해주기 바란다는 내용이네.

그 편지도 넣어두었으니 자세한 건 읽어보렴.

참, 한 가지 더 중요한 게 있어.

고등학교로 보낸 택배 상자에 야마다 군이 쓴 택배 송장이 붙어 있었어.

그의 주소와 연락처가 있어서 버리지 않고 잘 챙겨두었단다.

감사 편지라도 보내야겠지?

그건 그렇고 하루카가 연상을 좋아했는지 몰랐네.

그렇지만 이번 건은 과거의 일이니 엄마는 신경 쓰지 않도록 하마.

아버지한테도 말하지 않을 테니 안심해.

이제 설이나 돼야 너희가 오겠구나.

학수고대하고 있을게.

1993. 10. 1. 엄마가.

언니.

엄마한테 택배가 왔어.

일단 상자 안을 봐주길 바라.

이건 몇 년 전에 언니가 전철에서 날치기당한 백이지?

그날 일을 생각하니 또 속상해지네.

언니가 울면서 전화했을 때 무슨 일인가 싶어서 어찌나 놀랐는지.

지갑은 안 보이는 것 같아.

범인이 지갑만 빼간 게 분명해.

노트를 읽어보았는데 벼룩시장 주인이 수상하네.

그놈이 날치기 범인 아닐까?

나갈 시간이 됐어.

쓰고 싶은 게 잔뜩 있는데.
야마다 야스시, 특이한 사람이네.
돌아오면 얘기하자.

                        1993. 10. 5. 이즈미 유키.

안녕하세요.
이즈미 하루카입니다.
저는 잘 지내고 있습니다.
요즘 더운 날씨가 계속되는군요.
그쪽은 어떻습니까?
이제 새로운 일은 찾았나요?
그러고 보니 고양이 사진을 봤다고 했죠?
그건 제가 찍은 거랍니다.
아파트 근처에 잘 돌아다니는 아이죠.
털이 북슬북슬한 얼룩 고양이였답니다.
소시지를 뜯어서 먹이곤 했어요.
그러다 정이 들었는지 손바닥에 이마를 문지르는 재롱도 부리게 되었죠.
그러나 일 년 정도 전부터 보이지 않게 되었습니다.
어딘가에서 차에 치이기라도 한 걸까요.

아니면 길러줄 사람을 찾은 걸지도 모르겠습니다.

후자일 거라고 믿습니다.

그 고양이는 도회에 사는 많은 사람들 속에서 마음이 맞는 주인을 찾았을 거라고.

그리고 지금은 그 사람의 발밑에서 행복하게 뒹굴고 있을 거라고.

　　　　　　　　　　　　　　1993. 10. 7. 이즈미 하루카.

이즈미 하루카입니다.

취미는 욕실에서 만화를 읽는 겁니다.

그러면 종이가 축축해지지 않느냐고 생각들 하지만, 의외로 괜찮습니다.

게이타. 그분이 작가가 되었다는 사실에 놀랐습니다.

그는 체육 교사였지만 소설을 좋아하는 사람이었지요.

여학생들에게 인기가 많았습니다.

참고로 게이타라고 불렀던 것은 그가 '선생님'이라고 쓰는 걸 금지했기 때문입니다.

혹시 누군가 노트를 읽게 된다 해도 교사와 학생이라는 관계를 알아차리지 못하게 해야 했으니까요.

그가 성을 쓰지 않은 것도 체육 교사 고야나기 게이타 선생님이란 사실을 들키지 않도록 하기 위한 거랍니다.

당시 게이타라는 이름의 학생은 학교에 다섯 명 정도 있었습니다.

성을 감추면 조금은 정체가 드러나기 힘들지 않을까 하는 작은 바람이었습니다.

스즈하라 마리는 바로 눈치를 챈 것 같습니다만.

저도 『헬리혜성』을 사서 읽어볼 생각입니다.

역시 어른이 된 지금은 소설 정도는 읽을 수 있게 되었습니다.

그렇다 해도 어쩌면 그렇게 직접적인 제목을…….

게이타 선생님과 스즈하라 마리에 대해서는 오해였던 것 같군요.

그분에게 미안한 짓을 했네요.

게이타 선생님을 믿지 못한 제가 잘못한 것 같습니다.

당시는 이 일로 몹시 상처를 받았지만, 지금은 마치 남의 일처럼 느껴집니다.

세월이 흘렀습니다.

게다가 게이타 선생님에 대한 감정은 연애라기보다도 순정만화를 너무 읽어서 생긴 동경 같은 것이지 않았을까요.

연애 기분을 맛보고 싶었던 게 아니었을까요.

소파에 뒹굴며 그런 생각을 하다 보니 하루가 다 갔군요.

           1993. 10. 8. 이즈미 하루카.

오늘은 데생 교실에 갔습니다.

어릴 때부터 그림 그리는 걸 좋아해서, 노트에 낙서 같은 걸 하면서 놀았지요.

그림을 본격적으로 배우기 시작했답니다.

만화 연습을 몰래 계속하고 있습니다.

그러나 신인상 응모에 보내봐도 1차 심사조차 통과하지 못합니다.

동생에게 읽혀봐도 평가는 별로입니다.

이제 슬슬 포기해야 될 때인가 생각했습니다.

밤에 자려고 침대에 누울 때마다 그만두자, 그만두자, 계속해봐야 소용없어, 하고 생각했습니다.

내일 아침이 되면 꿈 따위 깨끗하게 버려버리자.

이런 내가 뭘 할 수 있겠어.

그렇게 생각했습니다.

그러나 조금 더 계속해보려고요.

'당신도 열심히 해요'라고 써주었잖아요.

1993. 10. 9. 이즈미 하루카.

삼 년 전의 사진을 보았습니다.

토트백과 함께 날치기를 당했다가 다시 돌아온 사진입니다.

유키는 당시보다 어른스러워졌습니다.

저는 별로 달라지지 않았다고 합니다.

그러고 보니 유키는 "흉측한 사진을 보여줘 버렸네……" 하면서 속상해했습니다.

그런 유키는 사흘 전부터 친구와 함께 오키나와에 가고 없습니다.

그러나 그녀의 동행자는 아마 친구가 아닐 것입니다. 남자입니다. 저를 생각해서 친구랑 간다는 표현을 쓰고 있는 걸 테지요. 저는 모르는 척하고 있습니다.

동생이지만 참 괜찮은 아이입니다. 머리도 좋고, 성격도 좋고, 인기도 많고. 이름도 잘 알 수 없는 외국 조미료를 몇 종류나 사용하여 요리도 하고. 완벽 달인이랍니다.

완벽 달인이라고 하면 애니메이션 〈근육맨〉 세계에밖에 없는 줄 알았습니다.

동생도 그렇고, 작가로 데뷔한 그 사람도 그렇고, 내 주위엔 굉장한 사람들뿐이네요.

저는 평범합니다.

앞으로 살아가면서 뭔가 좋은 일이 있을까요?

있었으면 좋겠습니다.

1993. 10. 10. 이즈미 하루카.

엄청난 일이 일어났습니다.

기분이 우울합니다.

처음부터 이야기하겠습니다.

요 며칠 동안 저는 택배 송장을 바라보며 지내고 있었습니다.

당신이 우리 모교에 택배를 보낼 때 쓴 것입니다.

송장에는 당신의 집 주소와 전화번호가 기입되어 있습니다.

그것만 있으면 언제라도 당신 집에 감사 편지를 보낼 수 있습니다.

전화를 걸어서 직접 감사의 말을 할 수도 있습니다.

그래서 저는 어떤 계획을 세웠습니다.

편지를 쓰는 대신, 이 노트를 우편으로 보내면 어떨까.

당신에게 쓴 며칠분의 글을 보고 당신은 놀라겠지요.

좋은 아이디어라고 생각했습니다.

내일이라도 큼직한 봉투에 넣어서 우편함에 넣으려고 생각했습니다.

달콤한 기대도 있었습니다.

당신이 제게 답장을 써서, 또 이 노트가 돌아오기를 상상했습니다.

그러나 비극이 일어났습니다.

오늘 낮에 창문을 열어놓고 청소를 하는데, 심술꾸러기 같은 바람이 송장을 밖으로 데리고 나가버렸습니다.

몇 장의 리포트 용지와 함께 베란다 너머로 날아가 버렸습니다.

황급히 손을 뻗었습니다만, 잡지 못했습니다.

밖으로 나가서 맨션 뒤의 수풀과 전봇대 뒤를 샅샅이 뒤졌습니다.

송장은 보이지 않았습니다.

어딘가 멀리로 날아가 버린 것 같습니다.

저는 제가 싫습니다.

당신의 주소를 다른 종이에다 옮겨 적어두었더라면 문제가 없었을 텐데, 그걸 게을러서 못 했습니다.

이제 당신의 집에 이 노트를 보낼 수 없습니다.

전화를 걸 수도 없습니다.

바깥을 뒤지고 있는데, 커다란 여행 가방을 끌고 여동생이 오키나와에서 돌아왔습니다.

사정을 설명했습니다.

그렇게 야단치지 않아도 될 텐데…….

그런 이유로 저는 줄곧 침울하게 있었습니다만, 지금은 좀 안정이 됐습니다.

해결책이 보였기 때문입니다.

　　　　　　　　　　　　　1993. 10. 11. 이즈미 하루카.

용기를 내서 편의점에 갔습니다.

그 편의점은 집에서 삼십 분 정도 전철을 타고 간 곳에 있습니다.

지도를 보면서 십 분 정도 걸어서 겨우 도착했습니다.

어디에나 있는 평범한 로손이었습니다.

무사시코스기 역에서 조금 걸어간 곳에 있는 아주 평범한 로손이었습니다.

가게 안을 한 바퀴 둘러보고 잡지 코너에서 잠시 책을 읽었습니다.

자동문이 열리는 기척이 날 때마다 읽고 있던 잡지로 얼굴을 가리고 들어오는 사람을 관찰했습니다.

제 옆에 서서 같이 읽는 남자 손님이 있었습니다.

혹시 이 사람이 당신일지도 모른다고 생각하니 긴장이 됐습니다.

아직 당신은 그 가게를 이용하고 있는지요?

거기서 삼각김밥과 샌드위치를 사 먹는지요?

우리는 오늘 가게에서 스쳐 지났을까요?

당신은 사진을 보아서 제 얼굴을 알고 있을 테니 잡지로 얼굴을 가리지 않았더라면 저란 걸 알았을지도 모릅니다.

아, 저와 여동생은 아직 메이지 대학교 앞에 살고 있습니다.

메이다이마에 역까지 와주어서 고맙습니다.

도쿄에는 정말로 사람이 많더군요.

저는 스무 살이 넘어 도쿄에 와서 동생이 사는 자취방에 빈대 붙어 살고 있습니다.

이렇게 사람이 많으니 사람 찾기가 힘든 것도 당연합니다.

이 거리에 사람들은 밤하늘의 별만큼이나 많아서 그 속에서 특별한 한 사람을 찾아내기란 기적에 가까운 것일 테니까요.

반드시 당신을 만날 수 있다는 보장은 없습니다.

이직을 계기로 이사를 하여, 이제 그 로손에는 오지 않을 가능성도 있을 테고요.

그러나 일단 노력만이라도 해보려고 합니다.

주소를 알 수 없게 된 현재, 대학 노트를 당신에게 건네려니 이런 방법밖에 생각나지 않았습니다.

최근 동생을 제외하면 지우개 부스러기만큼도 사람과 대화를 한 적이 없어서 막힘없이 감사 인사를 할 수 있을지 어떨지 걱정입니다만.

오늘은 그만 자겠습니다.

내일부터 아르바이트를 가야 하거든요.

무사시코스기 역의 로손에서 앞치마를 하고, 금전등록기를 치고, 도시락을 데우고 해야 한답니다.

저란 걸 알아보시면 말을 걸어주세요.

당신을 향해 글을 썼습니다.

　　　　　　　　　　　　　1993. 10. 12. 이즈미 하루카.

기치조지의 아사히나 군

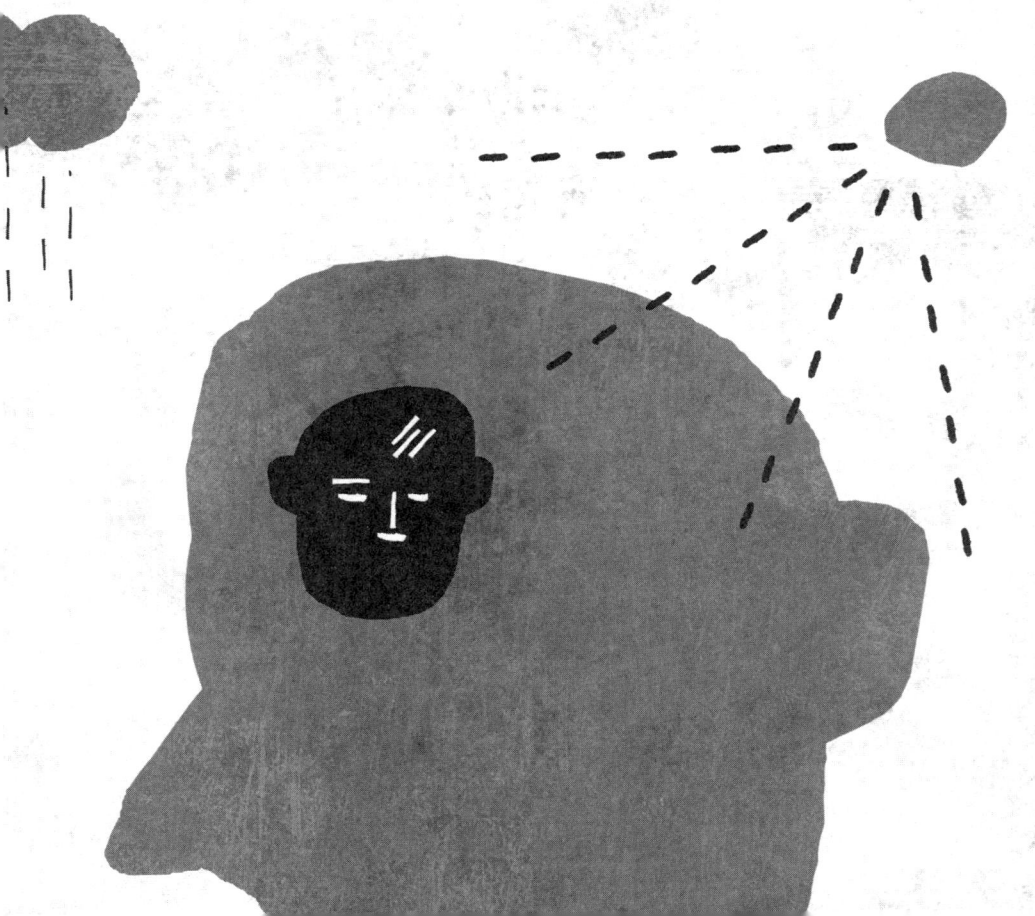

1

그녀의 이름은 야마다 마야(山田眞野)라고 한다. '眞野'라고 써서 '마야'라고 읽는데, 바로 읽어도 거꾸로 읽어도 '야마다 마야'가 되는 것이 싫었는지 그녀는 아는 사람에게는 '마노'라고 부르게 했다. 그러나 나하고는 상관없는 일이다. 언제나 그녀를 야마다라는 성으로 불렀고, 이름을 부르는 일은 마지막까지 한 번도 없었으니까.

내가 기치조지의 어느 커피숍에 자주 다녔던 것은 정확히 4월의 벚꽃 철이었다. 역의 남쪽 출구는 이노카시라 공원에 꽃구경을 온 사람들로 늘 혼잡했다. 그 커피숍은 다목적 빌딩의 오층에 있었다. 독서에 방해가 되지 않을 정도의 들릴 듯 말 듯한 음량으로 음악이 흐르는 곳이었다. 내부 인테리어는 단순하지만 잘 보면 테이블도 의자도 비싼 것뿐이다. 키가 크고 늘씬한 여점원은 항상 카운터 뒤에서 한가한 모습이었다. 가게 바닥은 검게 빛나는 목제로 여점원이 걸을 때마다 그녀가 신고 있는 부츠가 또각또각 소리를 냈다. 점장은 턱수염을 기른 남성이었다. 평소에는 주방 안에 있지만, 그 사건이 일어났을 때는 손님이 없는 시간대였던 탓인지 여점원에게 일을 맡기고 가게에 없었다.

그날 4인석 테이블에서 책을 읽고 있는데 한 커플이 들어와서 조금 떨어진 곳에 앉았다. 대학생 정도로 보이는 젊은 남녀로 잡화점 순례를 하고 왔는지 종이가방을 몇 개나 들고 있었다. 남자는 평범한 용모였지만 여자 쪽은 사람들 시선을 끌 만한 얼굴이었다.

콧등과 반짝거리는 눈에서 아우라가 발산되었다. 그녀는 무뚝뚝하게 테이블에 턱을 괴고 있었다. 점원이 주문을 받을 때도 자세를 흩트리지 않은 채, 돌아보지도 않고 낮은 목소리로 "브랜드"라고 했다. 기분이 나빠 보이는 여자. 그것이 그녀의 첫인상이었다.

신경 쓰이긴 했지만 계속 쳐다보는 것도 실례여서 독서로 돌아갔다. 읽고 있던 소설이 클라이맥스를 향하고 있었다. 탐정이 관계자를 한곳에 모아놓고 그 자리에서 범인을 지명하여 고발하고, 동기에 대해 설명하기 시작했다. 살인 동기는 이른바 치정에 얽힌 것으로 부정을 저지른 아내와 바람피운 상대를 그 남편이 제초기로 죽여버린 것이다. 가엾게도.

커피를 한 모금 입에 물고 페이지를 넘길 때, 커플 쪽에서 치정 싸움 같은 대화가 들려왔다. 글씨를 읽으면서 귀를 쫑긋 세우지 않을 수 없었다. 여자의 목소리가 또렷하게 들렸다. 평소 발성 연습이라도 하는 걸까. 어느 극단에 소속되어 있는지도 모른다. 그러나 도쿄 부근의 극단은 거의 체크했지만 그녀는 없었는데, 신인인가?

여자가 주먹으로 테이블을 쾅 내리쳤다.

"너 알고 있어?"

외모 탓인지 영화를 보는 것 같았다. 남자가 고개를 숙이고 변명을 늘어놓았다. 두 사람의 이야기로 보아 어쩐지 남자 쪽이 바람을 피운 것 같다. 여자 쪽에서가 아니라 남자 쪽이.

나는 책을 읽는 척하면서 흘긋 점원이 있는 카운터를 돌아보았다. 늘씬한 미인 점원도 컵을 닦으면서 이쪽을 흘긋 보았다. 의외군요. 음, 의외의 전개네요. 나와 점원은 무언으로 의사소통을 했다.

커플의 치정 싸움은 점점 심해졌다. 가게 안에는 커플과 나밖에 손님이 없다. 나는 독서하는 척하면서 아까부터 전혀 페이지를 넘기지 않고 있다. 점원은 아까부터 줄곧 같은 컵만 닦고 있다. 이윽고 두 사람의 싸움은 최고조에 이르렀다. 쾅 하고 나무 의자를 쓰러뜨리면서 여자가 일어서더니 남자의 뺨을 때렸다.

"하, 하지 마!"

남자가 피해서 여자의 두번째 손은 헛손질로 끝났다. 여자는 분한 듯이 혀를 차더니, 웬걸 이번에는 가느다란 팔로 옆에 있는 의자를 들고 머리 위로 높이 치켜들었다. 나도 점원도 순식간에 벌어진 일이라 미동조차 하지 못했다. 초등학교 시절, 친구들이 싸울 때 그런 광경을 본 적 있지만, 설마 어른이 되어서 누군가가 의자를 휘두르는 장면을 조우할 줄은 생각지도 못했다.

"죽어버려!"

여자는 그렇게 소리치고 의자를 던졌다. "그만하세요!" 하고 점원이 소리쳤지만 늦었다. 다음 순간 내 눈에 비친 것은 남자가 의자를 획 피하는 광경이었다. 아, 하고 입을 벌리고 있는 여자의 얼굴이 보였다. 그녀의 시선은 나를 향하고 있다.

의자는 내가 있던 테이블 위에 떨어졌다. 커피 잔이 깨져서 검은 액체가 튀었다. 비말과 파편이 춤추는 가운데 튀어 오른 나무 의자는 나를 직격했다.

십 분 경과.

코에 대고 있던 손수건이 빨갛게 물들어 점원은 가게 안의 휴지를 긁어모아 와주었다. 가죽 소파에 앉아 안정을 취하고 있는 내 코에서 줄줄 흐르는 피는 멈출 기미가 보이지 않았다.

미안합니다, 미안합니다, 하고 여자가 몇 번이나 머리를 숙이고 점원과 컵 변상을 이야기했다. 남자 쪽은 여자에게 내쫓겨 이미 가게에 없었다. 여자가 수첩에 뭔가를 적어서 한 장 찢어 내게 내밀었다.

"병원에 가시게 되면 연락 주세요."

그녀가 내민 종이에는 전화번호와 이름이 적혀 있다.

"아마 괜찮을 거예요. 곧 나을 겁니다."

휴지로 코를 막은 상태로 힘없이 대답했다.

"그래도 연락 주세요."

여자는 점원에게 꾸벅 절을 하고 내게 뭔가 할 말이 있는 듯한 시선을 보내고 가게를 나갔다. 여성 점원이 컵의 파편을 청소하고 더러워진 휴지를 처리하는 동안, 나는 여자에게 받은 종이를 보고 있었다.

"연락을 바라는 것 같은데요."

작업을 마친 점원이 내 자리로 왔다.

"걱정됐겠지요, 내 코가."

"아니, 그건 그러니까 그거예요. 당신하고 연락을 취하고 싶다는 거죠."

"아, 치료비 때문에?"

점원은 곤란한 듯이 머리를 긁적였다.

"아, 뭐."

그녀는 새삼 쳐다보며 미안하다는 듯이 말했다.

"죄송해요. 제가 바로 막았더라면……."

"아닙니다. 싸움을 재미있어했던 벌입니다, 이건."

나는 코를 막은 휴지를 누르며 엄숙하게 중얼거렸다. 키가 크고 늘씬한 미인 점원은 웃음을 참을 수 없다는 듯이 살짝 웃었다. 커피숍의 단골손님이 되었지만 말을 나눈 것은 처음이다.

"이름 여쭤봐도 될까요?"

용기를 쥐어짜서 물었다.

"이름? 내 이름?"

"그렇습니다."
"야마다인데요."
그게 어쨌다고요? 라고 하듯이 그녀는 고개를 갸웃거렸다.

기치조지 역 앞에 선로드라는 상점가가 있고 입구에 헌혈 룸이 있다. 헌혈 룸은 수혈과 혈액제재 제조를 위한 혈액을 모으는 장소로, 나는 정기적으로 이곳에 다니고 있다. 팔에 바늘을 꽂고 피를 뺄 때 반투명한 튜브 속으로 빨간 액체가 통과한다. 그것이 얼마나 아름다운지.

옛날에 사귀었던 여자는 주사 맞는 걸 무서워하는 아이여서 헌혈이 취미라는 나를 기이한 눈으로 보았다. 그 아이와는 불과 일주일 만에 헤어졌다. 내 경우 누군가와 사귀기 시작해도 이내 관계가 소원해져 그대로 연락이 끊기는 일이 많다. 사람의 마음은 움직이는 것이니 어쩔 수 없는 일이다.

기치조지 역 앞의 헌혈 룸은 빌딩 사층에 있다. 엘리베이터에서 내려 접수를 마친 뒤, 문진표에 체크하고 대합실 소파에서 아르바이트 정보지를 읽고 있는데 갑자기 누가 말을 걸어왔다.

"어머, 단골손님 아니세요?"

야마다 마야는 오른손에 무료 자동판매기의 종이컵을 들고, 왼손에 여행정보지 『루루부』를 들고 있었다. 어느 쪽의 팔에도 지혈용 벨트가 감겨 있지 않다. 그것은 나와 마찬가지로 막 접수를 마쳤다는 말이다. 커피숍에서 코피를 쏟은 지 사흘이 지났다.

야마다 마야는 내 옆에 앉았다. 나는 읽고 있던 아르바이트 정보지를 그녀와 반대쪽에 감추었다. 헌혈 룸에서 만난 것은 우연이었다. 가게 밖에서 이렇게 우연히 만날 줄은 생각지도 못했다. 커피숍 이외의 장소에서 야마다 마야를 만나면 어떻게 해야 좋을까 곤란해하던 참이었는데.

"그 아가씨랑 연락했어요?"

"아뇨, 코는 바로 나왔어요. 게다가 연락처가 적힌 종이, 바지 주머니에 넣어둔 채 빨아버려서……."

헌혈 룸은 대기실과 채혈실 두 개로 나눠져 있다. 대기실에는 소파와 의자와 테이블이 있고, 무료 자동판매기와 과자 등이 있다. 여기서 헌혈 순서를 기다리기도 하고, 헌혈 후에 몸을 안정시키기도 한다. 한편 채혈실에는 병원의 큰 병실처럼 침대와 의료기계가 줄줄이 있고, 간호사들이 돌아다닌다.

"케이블 텔레비전에서 재미있는 것 안 하나? 오늘은 성분헌혈인데."

그녀가 중얼거렸다. 침대에는 한 대씩 액정 모니터가 구비되어 있어 케이블 텔레비전을 볼 수 있다.

"성분입니까? 나도 그런데."

성분헌혈은 보통 헌혈보다 시간이 걸려서 텔레비전에서 재미있는 프로그램이라도 하면 시간 때우기로 그만이다.

"야마다 씨, 오늘 일은?"

"휴가 받았어요. 그런데 괜찮아요? 요전에 그렇게 피를 뽑았는데 오늘도 피를 뽑다니. 죽을지도 몰라요."

"죽지 않습니다."

"그렇지만 엄청난 코피였어요. 나중에 점장이 쓰레기통의 휴지를 보고 살인 사건이라도 났었냐며 진짜 놀랐잖아요. 죽지 마세요."

"죽지 않는다니까요."

"당신이 죽으면 가게 매상 뚝 떨어질 테고."

채혈실 입구에 간호사가 서서 이름표를 한 손에 들고 말했다.

"야마다 씨, 아사히나 씨, 계십니까?"

야마다 마야가 일어섰다. 조금 뒤에 나도 일어섰다.

"아사히나 씨?"

그녀가 나를 돌아보았다.

"아사히나 히나타입니다."

"그럼 아사히나 군이라고 부르기로 하죠."

우리는 차례대로 문진을 받고 소량의 채혈을 했다. 대기실로 돌아와서 잠시 기다린 뒤 다시 채혈실로 불려갔다.

우연히도 우리는 나란히 있는 침대에 누웠지만 2미터 정도의 거리가 있었고, 대화를 하면 다 들릴 정도로 조용해서 이야기는 할 수 없었다. 간호사가 팔의 정맥에 주사기를 꽂고 헌혈이 시작되었다.

문득 야마다 마야 쪽을 보았다. 침대에서 빠져나온 긴 다리는 부츠를 신은 채로이다. 그녀의 몸속을 순환했던 빨간 액체가 투명한 튜브를 빠져나가 침대 옆 기계로 들어갔다. 그녀는 설치된 소형 모니터 채널을 틀다가 내가 보고 있는 걸 느끼고 얼굴을 이쪽으로 돌려 입술을 움직였다. 공교롭네요, 하고 그녀는 말하는 것 같았다. 그러니까 요전에는 그녀가 내 피를 보고 오늘은 내가 그녀의 피를 본다, 그런 말인가? 야마다 마야가 눈 화장을 한 긴 눈을 가늘게 뜨고 미소를 짓자, 입술 사이로 하얀 앞니가 살짝 보였다.

침대 옆의 기계가 그때까지와 다른 소리를 내기 시작했다. 팔에 찌른 주사기에서 차가운 것이 흘러들어와 체내에 순환했다. 원심분리를 마친 혈액이 반환되는 것이다. 성분헌혈은 혈액에서 혈소판과 혈장만 채취하고 적혈구 등은 체내에 돌려놓는다. 그렇기 때문에 몸에 부담은 덜하다.

이윽고 간호사가 나타나 헌혈이 끝났다고 알려주었다. 팔에서 주사기를 뽑고 반창고를 붙이고 긴팔 옷 위로 지혈용 벨트를 감았다. 나와 야마다 마야는 나란히 대기실로 돌아가 소파에서 쉬었다. 나는 무료 자동판매기에서 음료수 2인분을 빼고, 야마다 마야는 과자 코너에서 먹을 것 2인분을 가져왔다.

"성분헌혈은 좋네요."

야마다 마야는 헌혈 도넛을 먹으면서 말했다. 헌혈한 사람만 먹을 수 있다는 도넛이다.

"성분헌혈이? 그건 아니죠."

혈액이 체내에 도로 들어가는 감촉은 좋은 느낌이 아니다.

"가끔 입술이 저리고, 몸도 차가워지고 뭔가 좋은데요."

"야마다 씨, 그런 말 하는 사람은요, 난 변태라고 생각해요."

"그럼 아사히나 군은 왜 성분헌혈 했어요?"

"자주 할 수 있는 게 아니잖습니까."

연간 헌혈할 수 있는 횟수는 정해져 있다. 성분헌혈의 경우, 몸에 부담이 적기 때문에 통상보다 많은 횟수의 헌혈이 허락된다.

"왜 그렇게 헌혈을 하고 싶어 해요?"

"이렇게 나처럼 살아 있어서 아무 도움도 안 되는 인간은 헌혈이라도 해서 남을 돕는 것밖에 할 일이 없습니다."

"아사히나 군에 대해 잘 모르지만 열심히 살잖아요."

"그리고 헌혈 도넛 먹고 싶어서죠."

야마다 마야는 벽에 걸린 시계를 보았다. 세시 반. '벌써 시간이 이렇게' 하는 표정으로 그녀가 일어섰다.

"슬슬 가야겠네."

나도 소파에서 일어섰다.

"메일 보내도 괜찮습니까?"

좋아요, 라고 해주면 메일 주소를 물어볼 생각이었다.

그녀는 키가 큰 편이지만, 나도 나름대로 키가 있어서 눈높이는 거의 같았다. 야마다 마야는 움직임을 멈추고 나를 빤히 보았다. 한복판에서 나눠져 일직선으로 흐르는 검은 머리칼 끝이 진정되고도 역시 대답이 없다. 그 표정에서 감정은 읽을 수 없다.

"아사히나 군."

입술이 천천히 열리더니, 이윽고 말이 나왔다.

"예."

"눈치채지 못했어요?"

"뭘요?"

"이것."

야마다 마야는 손가락 끝을 쭉 펴서 왼쪽 팔을 올렸다.

"지혈용 벨트네요."

팔꿈치에 간호사가 말아준 벨트가 보였다.

"아뇨. 그 끝. 손가락을 봐요."

"…… 뭡니까, 그게? 난 잘 모르겠는데요. 야마다 씨, 손가락에 뭐 있네요."

"반지라니까요."

그녀의 왼손 약지에는 은색 반지가 있었다. 사실은 훨씬 전에 눈치채고 있었지만, 보이지 않는 척했다. 그녀는 무안한 듯이 말했다.

"커피숍에서 일할 때는 이걸 빼고 있으니 모르는 게 당연하죠. 그런 생각으로 말을 걸어준 거라면 미안해요. 게다가 지금 내가 가는 곳이 어딘지 알아요? 네시까지 보육원에 아이를 데리러 가야 해요. 그렇지만 뭐 메일 주소 정도라면 가르쳐주어도 남편한테 혼나지 않겠죠? 어떻게 생각해요, 아사히나 군?"

2

결혼이란 계약이다. 남녀가 부부 관계가 됨으로써 사회적, 경제적으로도 동반자로 맺어지는 것이다. 형의 결혼식에 갔을 때 그런 생각을 했다. 하얀 웨딩드레스를 입은 형수가 친정아버지와 나란히 버진로드를 걸어와서 형 옆에 섰다. 신부가 두 사람을 축복하고, 예수님 말씀을 성경에서 인용했다.

아내 사랑하기를 자신같이 하고

아내도 남편을 존경하세요.

언제까지나 남는 것은 믿음과 소망과 사랑입니다.

그중에 제일은 사랑입니다.

두 사람이 입맞춤을 나누자 성가대가 드높이 노래를 불렀다. 사람의 입에서 사랑이라는 말이 나오는 것을 그날 처음으로 여러 번 들었다.

피로연에 참가했을 때 결혼이라는 것이 약간 무서워졌다. 친척과 친구를 잔뜩 모아놓고 많은 돈을 들여 성대하게 축하를 받고 나면, 만약 헤어지고 싶어도 결심하기가 어렵지 않을까? 피로연에서 축복해준 사람들에게 미안하니 이혼은 좀 생각해봐야겠어, 하고 단념하지 않을까? 혹시 그걸 목적으로 피로연이라는 걸 여는 게 아닐까?

거창한 의식을 거쳐 부부가 된 두 사람 중, 이를테면 부인 쪽과 내가 사귄다면 이것은 일반적으로 생각했을 때 분명 부도덕한 짓이다. 그러나 사귄다고 해도 여러 종류가 있다. 어디서 어디까지 용서받고, 어디부터 용서받지 못하는 범위일까? 배우자 이외의 이성과 말을 나누는 것만으로 죄일까? 손을 잡고 피부가 접촉하는 것은 어떤가? 함께 저녁을 먹으면 안 되는 걸까? 메일을 주고받는 것은? 문장 속에 '사랑'이라고 쓰면 그건 이미 신에게 벌을 받아야 하는 행위일까?

기치조지 역 앞의 하모니카요코초에는 전후의 야시장 모습이 고스란히 남아 있다. 그곳에 서서 먹는 선술집 몇 곳이 처마를 나란히 하고 있는데, 데쓰오 선배와 그중 한 곳에서 술을 마시기로 했다. 카운터 뒤에 계속 켜져 있는 낡은 소형 텔레비전에서 뉴스가 나오고 있었다. 불륜을 저지른 아내와 그 바람난 상대를 남편이 엽총으로 쏘아 죽인 사건이 있었던 듯, 아나운서가 담담하게 원고를 읽고 있었다. 근처에 있던 샐러리맨으로 보이는 남자가 뉴스를 보면서 벌게진 얼굴로 고개를 가로저었다.

"불쌍하게도 바람피운 남자 사타구니를 쏘았다네. 한 시간이나 괴로워하다 죽었다는군. 불륜은 하면 안 되지. 당신도 그렇게 생각하지?"

남자는 몸을 흔들면서 내 어깨를 쳤다. 나는 카운터에 양팔을 짚은 자세로 끄덕이고 잔을 들여다보았다. 내려온 앞머리 틈으로 고마 소주 '베니오토메'의 표면이 보였다. 데쓰오 선배가 나 대신 밝은 목소리로 남자에게 대꾸했다.

"아십니까? 바람이란 건 옛날에 엄청난 범죄였죠."

나는 잔을 기울이며 선배의 이야기에 귀를 기울였다.

"간통죄라고 해서 말입니다. 불륜을 저지른 아내와 그 상대가 책형(죄인을 나무기둥에 묶어놓고 찔러 죽이던 형벌 – 옮긴이)을 당했다고 하죠. 사람들 앞에서 심장을 죽창으로, 이렇게 한 방에."

데쓰오 선배가 죽창으로 찌르는 시늉을 했다. 나는 켁켁거리다 마시던 소주를 쏟았다.

"왜 그래, 아사히나!"

"소주가 기도로……."

목이 타는 듯한 통증과 함께 기침이 멎지 않았다. 몸을 '〈' 모양으로 꺾었다.

"물을 마셔."

"됐습니다, 괜찮습니다."

이런 통증이야 죽창에 비하면, 하고 나는 속으로 중얼거렸다.

데쓰오 선배는 내가 상경한 초기에 알게 된 사람으로 아르바이트하던 곳에서 만났다. 그때 인상이 남아 있어서 지금도 선배라고 부른다. 현재 서른 살인 그는 부동산 회사에 취직해서 주오선(中央線)으로 신주쿠까지 통근하고 있다. 지난 몇 년은 소식불통 상태여서 완전히 인연이 끊겼다고 생각했는데, 얼마 전부터 또 같이 술을 마시게 되었다. 그는 밝고 활력이 넘치는 남자다.

오 년 전의 일이다. 나는 어떤 여자아이와 사귀기 시작했지만, 성격이 맞지 않아서 바로 헤어지게 됐다. 처음에는 서로 좋아서 어쩔 줄 몰랐지만 사람의 마음이란 변하는 것이다. 드문 일이지만 자연 소멸이 아니라 서로 의논 끝에 헤어지게 되었다. 그런데 그 아이가 스토커로 변신한 것이다. 나는 아르바이트하는 곳에서 데쓰오 선배한테 그 아이 일로 종종 상담했다. 그런 어느 날, 애인과 집에 돌아와서 현관을 열었더니 그 아이가 방에 들어와 있었다. 어느새 보조열쇠를 만들어둔 것이다. 그 아이는 낮은 목소리로 나에 대한 원망을 중얼거리면서 식칼을 꺼내 들고 방을 돌아다녔다.

찔리지는 않았지만 순찰차를 부르는 사태가 생겼고 새 애인과도 헤어졌다. 아르바이트도 잘리고, 아파트에서도 쫓겨나고, 돈도 없어서 고향에 돌아갈 수밖에 없게 됐다. 그럴 때 손을 내밀어준 사람이 데쓰오 선배였다.

"다음에 살 집 찾을 때까지 우리 집에서 살아도 돼. 사용하지 않는 방도 있고. 그리고 꿈을 갖고 상경한 녀석이 다시 시골로 내려가는 걸 보고 싶지 않아."

어느 가을날, 가재도구를 팔아치우고 극단 친구에게 얻은 침낭 하나 달랑 들고 선배의 집에 굴러 들어갔다. 그러나 신세를 진 것은 결국 일주일 정도였다.

다음 주거가 금세 생긴 것은 행운이 아니고 무엇이랴. 이사 가는 곳을 알렸을 때 데쓰오 선배는 몹시 어이없어했다.

"너란 놈은…… 너란 놈은 말이야……. 말이 안 나오네……."

새로운 아르바이트 장소에서 알게 된 여자아이에게 "지금 이런 사정이 있다"고 이야기를 했더니, "우리 집에 와"라고 했다. 뺨을 붉히면서 "나 혼자 살아"라고. 그건 에둘러서 하는 고백이었던 것이다. 솔직히 나는 망설였다. 만난 지 며칠밖에 되지 않았는데, 함께 살겠다고 생각하는 것은 어떨까 하고. 여기서 '예스'라고 대답하면 여자아이를 적당히 이용하는 게 아닐까 하고. 스토커의 위협 속에 그녀를 끌어들이는 게 아닐까 하고. 그러나 스토커의 위험성을 이야기해도 여자아이는 "우리 집에 와도 괜찮아" 하고 말해주었다. "나도 옛날 남자친구한테 스토커 같은 것 당하고 있어서, 남자랑 사는 게 더 든든해"라고 했다. 어쩐지 도쿄는 스토커투성이인 것 같다. 마침 스토커인 여자아이가 홋카이도 본가에서 요양을 시작한 것 같다는 소문이 있어서, 그렇다면 그녀와 같이 살아도 괜찮지 않을까 하고 생각했다.

결국 나는 새 여자친구의 집에 살기로 했다. 그러고 보니 이유는 또 한 가지 더 있었다. 데쓰오 선배의 집에 기거를 계속하는 것은 아무래도 선배의 여자친구에게 미안했다. 그 무렵 선배는 나를 배려해서 여자친구를 집에 데려오지 않았다. 데이트를 하고 돌아올 때도 아파트 앞에서 헤어졌다. 선배의 여자친구와 아파트 계단에서 스쳐 지난 적이 있는데, 그건 몹시 어색한 체험이었다. 고개를 숙이고 빠른 걸음으로 지나치는 나와 찌르는 듯한 시선을 보내는 선배의 여자친구. 나는 그냥 지나친 후 슬쩍 돌아보고는 막 뛰어서 도망쳤다. 그 뒤로 돈을 모아 기치조지 역에서 도보 삼십 분쯤 걸리는 곳에 방을 얻어서 혼자 살기 시작했다. 다양한 좌절을 경험하고, 나를 살게 해준 그녀와도 연락불통이 되고, 나는 스물다섯 살이 되었다. 현재도 취직하지 않고, 아르바이트로 생계를 꾸리고 있어서 사는 건 늘 궁핍하여 내일 전기세를 낼 여유도 없다. 식비도 아껴 써야 해서 헌혈 도넛을 먹을 수 있는 날은 몹시 기쁘다. 물론 이래서는 안 된다고 생각한다. 불륜도 안 된다고 생각한다.

야마다 마야의 딸 도노는 엄마를 닮아 미인이었다. 이목구비와 얼굴의 윤곽, 흐르는 듯 찰랑거리는 머릿결 하며, 야마다 마야의 축소판을 보는 것 같다. 참고로 도노라는 이름은 야나기타 구니오의 『도노 이야기』에서 따왔다고 한다. 듣고 보니 도노라는 여자아이가 텐구(일본 전설에서 사람을 마계로 인도하는 괴물—옮긴이)나 가파(상상의 동물. 키는 1미터 남짓하고 입이 뾰죽하며 정수리 오목한 곳에 물이 담겨 있음—옮긴이), 좌부동자(어린아이 얼굴을 한 일본 요괴—옮긴이)의 동료처럼 느껴졌다.

이노카시라온시 공원 연못에 걸린 다리 위에서 나는 무릎을 구부려 그녀와 눈높이를 맞추었다. 벚꽃이 다 지긴 했지만 날씨가 좋은 토요일 낮에는 많은 사람들이 이 공원에 모여든다. 좁은 다리 위는 혼잡했다.

"몇 살?"

나는 도노에게 질문했다. 도노는 난감한 얼굴로 엄마를 한 번 올려다보았다. 야마다 마야가 입고 있는 데님 바지를 왼손으로 꼭 잡고 "아무 데도 가지 마" 하고 졸랐다.

"도노, 몇 살이야?"

야마다 마야가 묻자 딸은 자기 오른손을 보며 진지한 얼굴로 엄지와 새끼손가락을 간신히 접어서 세 손가락을 내게 보였다. 잠깐 방심하면 새끼손가락을 따라서 약지도 구부러질 것 같았다.

우렁차게 나는 박수 소리에 도노가 깜짝 놀라 울상을 지었다. 무슨 일인가 하고 주위를 돌아보자, 사람들이 다리 위에 서서 날아가는 새를 올려다보고 있었다. 옆에 있던 사람이 연못의 잉어와 물새들을 향해 빵 부스러기를 던져주었다. 머리 위의 새가 급강하해서 수면에 닿을 듯 말 듯 한 높이에서 재빠르게 부리로 빵 부스러기를 낚아채자 다시 박수가 나왔다.

약 38만 평방미터 넓이의 이 공원에는 인간이 아주 자그마해 보일 정도로 거대한 수목이 신전의 기둥처럼 우뚝 솟아 있다. 그 밑에는 비닐시트를 깔고 손수 만든 액세서리나 엽서를 파는 사람들이 옹기종기 있다. 악기를 연주하는 사람, 마술을 하는 사람도 있다. 휴일에는 언제나 축제처럼 흥청거린다. 우리는 천천히 산책하며 인파를 즐겼다.

도노가 멈춰 서서 거대한 나무를 밀기 시작했다. 진지한 표정으로 사명감에 불타고 있었다. 그걸 바라보면서 야마다 마야가 중얼거렸다.

"친정인 시코쿠에 살 때는 나무가 많은 곳이 흔해서, 굳이 공원 같은 데 가지 않았는데."

그녀는 몸매가 늘씬하여 아이 엄마로 보이지 않는다. 평소에는 커피숍 점원을 하고 이따금 잡지 모델 아르바이트를 하고 있습니다, 라고 하는 편이 훨씬 납득이 갈 것 같다. 도노는 여전히 진지한 얼굴로 나무를 밀고 있다. 그 행동에 어떤 깊은 의미가 있는지는 알 수 없었다.

산책길에 있는 유리벽의 반오픈 테라스 커피숍에 들어갔다. 계란과 햄과 치즈 갈레트를 주문하고 나오기를 기다리고 있자, 개를 데리고 나온 주부들이 가게에 왔다. 도노는 개한테 흥미진진한 모습이었다. 의자에서 떨어지지 않도록 팔걸이를 꼭 잡고 줄곧 그쪽을 보고 있었다.

"아사히나 군, 지금 무슨 일 해?"

"갑자기 무거운 이야기네요."

"무거워?"

"백수입니다. 아르바이트하던 가게가 망해버려서."

"역시. 어쩐지 언제 메일을 해도 바로 답장이 온다 했지."

나와 야마다 마야는 갈레트를 먹었다. 그녀가 나눠준 것을 포크로 찍어서 도노의 작은 접시에 옮기려 할 때 약지의 은색 반지에 화사한 햇살이 반사되어 반짝거렸다. 컵의 물을 마시려고 했더니 어느새 비어 있다.

우리는 휴대전화 메일을 사용하여 순조롭게 교류했다. 그녀가 나를 어떻게 생각하는지 모르겠지만, 메일 교환으로 판명된 것이 몇 가지 있다. 그녀는 메일에 그림문자를 사용한다. 특히 V 사인 그림문자를 자주 사용한다. 이름이 마야지만 타인에게는 마노라고 부르게 한다. 올해 스물여섯 살로 나하고 겨우 한 살밖에 차이가 나지 않는다. 평일은 아침에 딸을 보육원에 데려다 주고, 저녁까지 기치조지의 커피숍에서 일한다. 가끔 휴가를 얻어서 평일에 쇼핑을 하고 논다. 주말에는 딸이 집에 있으니 일하러 나가지 못한다.

―내일 딸을 데리고 기치조지에 산책하러 가려고 하는데. 아사히나 군도 올래?

―꼭 데려가 주세요.

―앗싸!

하는 메일을 주고받은 것은 어젯밤의 일이었다.

갈레트 조각과 격투하던 도노가 문득 무슨 생각이 났는지 엄마 소맷자락을 당기며 무슨 말인가 하려고 했다. 야마다 마야가 그녀에게 귀를 가까이 가져가자 도노는 조그만 두 손으로 비밀 이야기를 하듯이 입가를 가리고 속삭였다. 야마다 마야는 자애로운 얼굴로 딸에게 대답했다.

"아빠는 오늘도 일이 있대."

이노카시라온시 공원에 이노카시라 자연문화원이라는 곳이 있다. 그곳은 말하자면 동물원 같은 곳이다. 커피숍을 나온 우리는 입장료를 내고 이노카시라 자연문화원에 들어가서 양, 미국너구리, 붉은털원숭이 등을 만났다. 평일에 오면 사람이 없으니 동물을 독점하여 구경할 수 있지만, 오늘은 가족 동반으로 온 사람들이 많아서 혼잡하다. 우리에 가까이 가자 동물 특유의 냄새가 떠돌았지만 그게 싫지 않다. 나는 모녀 뒤에 조금 떨어져서 야마다 마야가 도노의 손을 잡아주거나 겁을 먹고 있는 딸의 등에 손을 올리거나 동물이 잘 보이도록 높이 안아 올려주는 모습을 지켜보았다. 내가 사용하는 휴대전화는 카메라 기능이 충실하여 디지털카메라 못잖은 고밀도의 촬영이 가능해서 기념으로 두 사람의 사진을 찍어주었다.

"여기 올 때마다 늘 궁금한데 이 바로 너머는 주택가잖아. 거기 사는 사람들은 자기 집 바로 뒤에서 코끼리가 자고 일어나고 하는 걸 어떻게 생각할까?"

야마다 마야가 내 바로 옆에서 말했다. 눈썹에 바른 마스카라의 검은 입자가 보일 만큼 가까운 거리였다. 콘크리트 담 너머에서 주름투성이의 거구가 아까부터 꼼짝 않고 움직이지 않는다. 마치 장식품 같지만 아마 살아 있을 것이다. 코끼리라는 녀석은 어찌나 느긋한 생물인지.

"풍향에 따라서는 역시 냄새 같은 것도 날아가겠지요?"

주택가 한가운데 동물원이 있다. 아침에 코끼리 울음소리로 눈을 뜨는 일도 있을까? 멋지다. 나는 도노를 내려다보며 물어보았다.

"코끼리 좋아하니?"

도노는 엄마 뒤에 숨었다. 전신에 긴장을 찰랑거리며 수상한 놈을 보는 듯한 눈으로 나를 보았다. 한참 코끼리를 지켜보았지만, 아무 소리도 내지 않고 코끝으로 지푸라기만 휘적거렸다.

이노카시라 자연문화원에는 작은 유원지 같은 곳도 있다. 그곳에서 놀이기구를 탄 도노는 엄마를 향해 웃어 보이다가, 내가 시야에 들어오자 노골적으로 시선을 돌렸다. 100엔짜리 동전을 넣으면 아래위로 움직이는 순찰차에 올라탔을 때도 내가 손을 흔들자 도노는 고개를 숙여버렸다. 그런 딸과 나를 보고 야마다 마야는 날씬한 배에 두 손을 대고, "쿡쿡쿡쿡" 하고 재미있다는 듯이 웃음을 참지 못했다. 완전히 상처 입은 내가 비난의 시선을 보내자 야마다 마야는 갑자기 생각난 듯이 뒤를 휙 돌아보았다.

"아, 매점에 감주 팔지. 잠깐 가서 사올게. 도노 부탁해."

그 자리에 나와 도노를 남겨두고 뛰어가려고 해서 나는 황급히 그녀를 불러 세웠다. 지금 도노와 둘이 남으면 이제 어떻게 해야 좋을지 모른다. 상대는 세 살짜리다. 그것도 여자아이. 너무 버겁다. 게다가 나는 무직인 성인 남성이잖아? 도노가 울기 시작하면 지나가던 누군가가 신고를 할 것이고, 그러면 경비원이 와서 나를 연행해가는 모습이 쉽게 상상되지 않는가?

야마다 마야를 놓치지 않으려고 얼른 그녀의 손목을 잡았다. 야마다 마야의 얼굴은 매점 쪽을 향하고 있어 손목을 잡힌 쪽의 팔이 막대기처럼 뻗어져서 내 손과 이어졌다. 그녀의 손목의 가는 액세서리 사슬이 내 손바닥에 차갑게 느껴졌다. 시야 끝에서 도노가 탄 동그스름한 순찰차가 천천히 아래위로 오르내렸다. 야마다 마야가 나를 돌아보았다.

"농담, 농담."

야마다 마야가 말했다. 그때 순찰차가 정지하고 도노가 조심스럽게 계단을 내려왔다. 놀이기구 위에서 우리를 보고 있었던 걸까? 달려오자마자 그대로 엄마 다리에 매달렸다. 야마다 마야가 "윽" 하고 비틀거려서 나는 그녀의 손목을 놓아주었다.

"아까 손목 잡았을 때 아사히나 군 긴장했지?"

"살이 닿는 건 아무래도……."

"가게에서 가끔 손가락 끝이 닿았잖아. 잔돈 내줄 때."

"그랬던가요?"

"난 기억해."

야마다 마야는 딸의 등을 어루만지면서 내 쪽을 보지 않고 말했다. "괜찮아, 무서웠구나" 하고 도노를 향해 중얼거렸다.

오후 다섯시 폐원 시간 직전에 우리는 이노카시라 자연문화원을 나와 역을 향해 걸었다. 태양은 서쪽으로 기울고, 하늘은 복숭아빛으로 빛나고, 우리의 그림자는 짙고 길어졌다. 걷다 지친 도노는 엄마 등에 업히자 이내 쌔근쌔근 잠이 들어버렸다. "이제 괜찮을 거야" 하고 야마다 마야는 짐을 나눠주듯이 내게 도노를 안겼다. 가벼운 도노는 연체동물처럼 축 늘어져서 전혀 일어날 기미를 보이지 않았다. 그리고 우유 냄새가 났다. 이 아이의 속에 야마다 마야의 피가 흐른다는 신기함.

공원 연못에 떠 있는 오리 모형의 보트가 석양을 받아 그림자 그림처럼 보였다. 보트가 수면을 흔들며 찰랑거리자 반사된 석양이 무수히 빛났다. 우리는 걷는 속도를 늦추고 풍경을 바라보았다.

"오늘 고마웠어."

"저야말로."

도노를 안기 좋은 자세를 찾으면서 대답했다. 제대로 안지 않으면 도노의 머리가 뒤로 벌러덩 젖혀진다.

"도노가 아빠한테 얘기 안 할까요? 오늘 모르는 오빠 만나서 놀았다고."

"에이, 안 놀았잖아. 도노하고 아사히나 군은."

"그야 그렇지만."

"괜찮아. 적당히 속이면 되니까."

"속인다는 건 그러니까 남편한테 거짓말을 하겠다는 거군요."

"새삼스럽게 그런 말을."

"이 작은 거짓말을 계기로 원만한 부부 사이에 균열이 갈지도 모릅니다. 그런 건 내가 바라는 게 아니에요."

"멋대로 우리를 원만한 부부라고 단정 짓지 말아줘."

내가 멈춰 서자 그녀도 걷기를 멈추었다. 잠깐 시선을 나누다 다시 걷기 시작했다. 품속에서 도노가 꿈틀거렸지만 잠이 든 채로였다.

"남편하고 순조롭지 않다는 말입니까?"

"시끄러워."

"안 되잖아요. 좀더 이야기를 하자고요. 남편이 바람피우면 어쩌려고요."

걸어가면서 야마다 마야가 곁눈으로 찌익 노려보았다. 그러나 이내 입가가 벌어지며 재미있어한다.

"왜 웃어요? 야마다 씨는 지금 부부 위기에 직면해 있을지 모른다고요."

"그 이상 말하면 때릴 거야."

야마다 부부의 이야기는 그것으로 끝이었다. 그녀와 남편의 관계에 대해 들을 생각은 별로 없었다. 시간이 아깝다. 이노카시라 공원에서 기치조지 역까지는 바로 거기였다. 이 짧은 거리를 적어도 다른 즐거운 이야기를 하면서 걸어야 한다.

다음에는 언제 헌혈할까요? 헌혈 룸에 있는『마스터 키튼』만화, 누가 갖다놓은 걸까요? 헌혈 룸 마스코트 캐릭터의 귀가 핏방울을 이미지화한 거잖아요, 대체 어떤 천재가 디자인했을까요? 등등의 화제를 우리는 진지하게 논했다. 이런 이야기를 할 수 있는 상대가 처음이어서 기뻤다.

기치조지 역 남쪽 출구에 도착했을 때 하늘은 벌써 어둑해졌다. 음식점 간판이 켜지고, 사람으로 혼잡한 좁은 골목을 버스가 지나갔다. 나는 도노를 야마다 마야에게 돌려주었다. 그녀는 딸을 업으면서 건조한 목소리로 물었다.

"저기, 배우는 그만뒀어?"

"예?"

"아사히나 군을 아주 오래전에 소극장에서 본 적 있어. 배우 했었지?"

센스 있는 대답이 나오지 않았다.

"그럼 다음에 또!"

그녀는 개찰구가 있는 층으로 향하는 에스컬레이터에 올라탔다. 나는 그 자리에 선 채로 야마다 마야와 도노의 등을 지켜보았다.

3

본가의 형과 통화를 했다. 형은 부모님의 상태와 변화한 풍경에 대해 알려주었다. 언제쯤 고향에 돌아올 거냐고 묻지 않은 지 오래됐다. 형과 이야기하다 보니 결혼식 때가 생각났다.

언제까지나 남는 것은 믿음과 소망과 사랑입니다.

그중에 제일은 사랑이지요.

신부가 인용한 성경의 말이다. 형은 한 여성과 혼인서약을 했다. 형이 부인 이외의 여성과 바람피우는 모습을 상상해보았다. 의외로 불쾌했다. 그만큼 축복받으며 결혼해놓고 그런 짓을 해! 하는 실망감이 분명 있다. 성경에 적힌 '사랑'이라는 말을 배신하는 일이고, '그중에 제일인 것'에 똥칠을 하는 행위다. 믿음도 소망도 모든 것이 박살 나고 나중에 남는 것은 증오뿐이다.

그런 생각을 하는 사이 형과의 전화가 끝나고, 멍하니 텔레비전을 보고 있었다. 무의미하게 채널을 계속 바꾸는데 헌혈 룸에서 케이블 텔레비전 채널을 돌리던 야마다 마야의 모습이 떠올랐다. 침대에 누워 튜브가 꽂히지 않은 쪽의 팔을 들어 검지를 활처럼 구부리고 채널 단추를 눌렀다. 그림으로 그린 듯이 반듯한 균형이었다.

"바람이나 불륜을 법률로는 부정이라고 합니다."

텔레비전에서 나오는 소리다. 법률 상담을 테마로 다룬 버라이어티 프로그램을 하고 있다. 게스트가 변호사에게 고민을 상담하는 내용이다.

"부정이란 부부간에 정절을 지켜야 하는 의무를 위반하는 간통을 가리킵니다. 배우자 이외의 이성과 성교를 한 경우에만 위자료를 청구할 수 있으며, 손을 잡거나 키스를 하는 정도는 부정이 되지 않아 위자료를 청구할 수 없습니다."

오늘 프로그램의 테마는 바람과 이혼에 관련된 재판 같다. 텔레비전에서 변호사가 이야기하는 내용을 연필로 메모하기로 했다. 지금 내 상황을 생각하면 무관하지 않다.

성교를 한 경우에만 부정이 된다. 이것은 중요한 키워드다. 어디까지가 바람이고 어디까지가 그렇지 않은가. 심정적인 경계선은 그을 수 없지만, 법률 세계에서는 여기에 선을 긋는 것 같다.

"위자료의 적정가는 혼인 기간이 길면 길수록 고액으로, 대체로 100만 엔에서 500만 엔 정도겠지요. 1000만 엔을 넘는 사례는 거의 없습니다. 바람피운 상대에 대한 손해배상 청구도 시세는 100만 엔 정도입니다."

바람피운 상대에게 청구하는 위자료. 만약 그걸 내가 청구받게 된다면 도저히 지불 불가능하다. 본가에 가서 울며불며 빌려달라고 해야 되는 건가. 그건 너무 한심한 모습이다.

"위자료를 청구하려면 성교를 했다는 사실을 미루어 추측할 수 있는 증거가 필요합니다. 예를 들면 애인과 호텔에 들어가는 사진이라든가 말이죠. 휴대전화 문자만으로는 재판에서 부정의 증거가 되지 않는 경우가 많습니다. 부정의 확실한 증거를 확보하기 위해 탐정에게 의뢰하는 사람도 적지 않습니다."

성교의 유무와 그것을 증명할 증거.

이혼 위자료는 모두 거기에 달려 있다고 한다.

그 뒤 프로그램 내의 특집으로 바람이나 불륜을 저지른 사람의 행동 유형이 몇 가지 재연 VTR로 소개되었다. 예를 들면 차의 재떨이에 배우자가 피우는 담배와는 다른 꽁초가 있을 때나, 차 조수석 위치가 달라졌을 때는 바람을 피울 가능성이 있다. 휴대전화를 언제나 손에서 놓지 않으며 욕실이나 화장실까지 가지고 가는 것도 수상한 일이다.

프로그램이 끝났을 무렵 휴대전화에서 메일이 왔다는 수신음이 울렸다.

보낸 사람은 야마다 마야로 다음 날 만날 장소에 대한 연락이었다.

커피숍 아르바이트를 가기 전이나 아르바이트가 끝나고 보육원으로 도노를 데리러 갈 때까지의 짧은 시간에 우리는 기치조지 역 근처에서 만났다. 이틀 연거푸 만나는 날도 있고 며칠 만나지 않는 날도 있다. 얼굴을 보고 뭘 특별히 하는 건 아니다. 도큐 백화점 옥상의 애완동물 매장에서 개를 구경하는 날도 있고, 파르코 백화점 옆에서 다코야키를 먹을 때도 있고, 함께 잡화점을 둘러볼 때도 있다. 그녀가 일하는 커피숍에 가서 독서를 할 때도 있지만, 그녀는 내 주머니 사정을 걱정했다. 그 커피숍 커피가 내 주머니 사정에는 가격이 좀 맞지 않다는 것을 알아주었다.

야마다 마야와 기치조지를 산책하는 것은 즐거웠다. 이야기를 하다 보면 그녀가 다른 사람과 혼인서약을 했다는 사실도 잊었다. 그래도 가끔 성경의 말이 머리 한구석을 스쳐갔다. 텔레비전에서 들은 지식과 데쓰오 선배가 선술집에서 보여준 간통죄 처형 몸짓이 뇌리에 번쩍거렸다.

기치조지에는 사토 정육점이라는 가게가 있다. 여기서 파는 마쓰사카 소고기 멘치카쓰(다진 고기를 튀긴 것—옮긴이)를 구입하기 위해 항상 백 명 이상의 사람이 줄을 서 있다. 가끔 그녀에게서 좋은 향이 풍겨오지만, 이내 멘치카쓰 냄새에 방해를 받는다.

"시코쿠 여행 어땠어요?"

"부모님이 도노를 보고 무척 기뻐하셨어."

황금연휴 중에 야마다가(家)의 세 사람은 시코쿠에 있는 그녀의 친정에 다녀왔다고 한다. 참고로 그녀의 부모님은 그 지역에서 이름이 알려진 유력자로 대지주다. 도쿄에서는 생각할 수 없을 정도로 넓은 집에 살고 있다고 한다.

"나 외동딸이어서 친정에는 지금 부모님밖에 안 계셔. 게다가 아버지 건강이 요즘 안 좋은 것 같아. 자주 가봐야 할 텐데."

기다리는 줄이 조금씩 당겨졌다. 펭귄이 걷는 것 같은 보폭으로 전진하다 야마다 마야와 어깨가 부딪쳤다.

"아사히나 군은? 황금연휴에 뭐 했어?"

"메일에 썼다시피 아르바이트."

얼마 전부터 기치조지 역 빌딩인 론론에서 아르바이트를 시작했다.

"그리고?"

"바우스에서 영화도 보고."

바우스란 기치조지에 있는 바우스 시어터라는 영화관이다.

"마침 폭음(爆音) 영화제를 했어요."

"좋겠네. 그거 소문으로는 들었지만 아직 가본 적은 없어."

바우스 시어터에는 보통 영화관에는 없는 음악 라이브용 음향시설이 있다. 그걸 사용하여 평소보다 큰 소리로 영화를 체감하는 이벤트가 폭음 영화제다.

나는 전철비를 아끼느라 기치조지 안에서만 연휴를 보냈다. 이곳에는 어지간한 것들은 다 갖춰져 있다. 세련된 잡화점도 있고 거대한 요도바시 카메라도 있다. 만화에 사용되는 스크린톤 같은 것도 유자와야에 가면 있다. 그러고 보면 만화가들도 많이 산다. 호러 만화로 유명한 우메즈 카즈오 선생이 걸어가는 걸 가끔 보았는데 그런 날은 엄청나게 기쁘다.

"아르바이트 바빠?"

"열심히 하고 있어요."

"그럼 별로 만나지 못하겠네."

우리는 잠시 입을 다물었다. 사토 정육점 점원이 기운차게 소리를 지르고 있다. 곁눈으로 야마다 마야를 보았다. 동그란 두상이 도드라지는 가는 직모가 중력에 이끌려 찰랑거렸다. 눈을 내리뜨고 있으면 긴 속눈썹이 두드러진다.

"지금 무슨 생각 해요?"

내가 질문하자 그녀는 눈을 내리뜬 채로 대답했다.

"멘치카쓰 빨리 먹고 싶어."

"나도 그래요, 멘치카쓰."

줄이 조금 앞으로 갔다. 그새 우리 뒤에도 많은 사람들이 줄을 섰다.

"폭음 영화제 재미있었어?"

"재미있었어요. 참, 다음에 연극 보러 안 갈래요? 추천하고 싶은 극단이 있어요."

"좋아."

가방에 연극 전단지가 들어 있어서 그 자리에서 일정을 확인해 보았다. 하지만 좀처럼 같이 관람할 수 있는 시간대를 찾을 수 없다. 일요일이라면 두 사람 다 일을 쉬지만, 주말에는 도노를 돌봐야 한다. 세 살짜리 아이를 데리고 연극을 보는 건 어떨까. 공연 중에 울기라도 하면 모두에게 폐가 될 것 같다.

"보러 갈 수 있을지 어떨지 모르겠지만 가고 싶네. 지금도 연극은 체크하고 있어?"

"그냥 신경 쓰여서요."

"극단 동료들하고 요즘도 만나?"

"친한 후배가 있어서 가끔 같이 놀아요."

멘치카쓰는 눈앞에 있는데 줄이 좀처럼 줄어들지 않았다.

"도쿄에는 소극단이 하늘에 별만큼이나 많잖아? 그중에서 우연히 아사히나 군이 나오는 무대를 봤다는 건 엄청난 확률 아냐? 그것도 얼굴까지 어렴풋이 기억하고 있으니."

그녀는 내가 극단에 소속되어 있을 때 친구와 함께 연극을 보러 왔었다고 한다. 이야기 내용을 들어보니 확실히 그녀가 본 무대는 내가 출연했던 게 맞다. 이것이 우연이라면 정말 기적이다.

"작은 소극장이었어."

"이름 없는 소극단이었으니까요."

"객석하고 무대 거리가 너무 가까워서 놀랐어. 바로 눈앞에서 사람이 연기하고 있어서 쇼킹했어. 아사히나 군이 커피숍 단골이 되었을 때, 어디서 본 사람 같다 싶더라고. 텔레비전에서 본 연예인인가 했어. 얼굴도 잘생긴 데다."

기적이라고 마음속으로 중얼거린다.

과연 그런 일이 그렇게 간단하게 일어날까.

"아사히나 군은 어째서 아직 도쿄에 살고 있는 거야? 배우가 되겠다는 꿈, 포기하지 않았어?"

야마다 마야가 거침없이 물었다. 대답을 생각하는 동안에 침묵이 길어졌다. 줄도 긴 데다 사람들의 왕래도 많은 곳이다. 근처에 있는 휴대전화 판매점의 점원까지 소리를 내지르고 있다. 잡다한 소리들이 건물 사이에서 웅성거리다 내 머릿속에서 메아리쳤다.

왜 나는 여기 있지? 그녀의 말대로다. 배우를 꿈꾸어 상경한 주제에 극단을 그만두었으니 이제 여기 있을 이유가 없다. 그런데도 기치조지에 살고 있는 것은……

"고향에 돌아갈 타이밍을 놓쳐서요."

그렇게 말하자 그녀는 안심한 듯이 숨을 토했다.

"화나게 한 줄 알았어. 아사히나 군이 입을 다물고 있어서."

"화낸 거 아닙니다. 생각을 했던 거예요."

"어떡하나 걱정했네."

어느새 우리는 손을 잡고 있었다. 너무나도 자연스러워 손을 잡은 전후로 달라진 것은 하나도 없었다. 멘치카쓰를 살 때만 손을 뗐다가 그 뒤로 또 손을 잡았다. 훨씬 전부터 그랬던 것 같은 느낌이 들었다. 손을 잡지 않고 걷는 것이 오히려 이상했다. 우리 관계가 한 걸음 앞으로 나간 것이다. 그러나 이내 다시 되돌아가게 된다.

다음 날, 나는 감기에 걸려버렸다. 원인은 모르겠지만 얇은 옷차림으로 밤길을 다녔던 게 안 좋았던 것 같다. 아침에 이불 속에서 나오는데 머리가 뜨겁고 몸이 무거웠다. 아르바이트를 쉬기로 하고 하루 종일 이불을 둘둘 만 채 텔레비전을 보았다. 마침 그럴 때 야마다 마야에게 문자가 와서 기뻤다. 별 내용 없이 근황보고 같은 한 줄짜리 문자를 이불 속에서 보내고, 답장이 오면 그걸 읽고 또 보내고, 답장이 오고…… 반복되었다. 돈을 아끼느라 병원에 가지 않았더니, 감기는 토요일까지 질질 끌었다.

기치조지 시어터는 요도바시 카메라 건물의 옆길로 가서 동쪽에 있다. 그날 야마다 마야는 도노를 집에 남겨두고 혼자 찾아왔다. 그녀의 말로는 오늘 하루 남편이 돌봐주기로 했다고 한다. 기침을 하는 내 몸을 걱정해서 몇 번이고 "괜찮아?" 하고 물었다.

　연극은 재미있었지만 아직 감기가 완치되지 않은 탓에 가끔 오한이 들었다. 머리가 멍해서 내가 연극을 보고 있는 건지 아니면 꿈을 꾸고 있는 건지 알 수 없었다. 애초에 내 인생과 연극, 뭐가 다르단 말인가. 어디까지가 연기이고 어디부터가 진짜인지 아무도 모르는 거 아닌가. 어쨌든 오늘 연극을 보러 온 건 잘못이었다. 주위에 있는 모두에게 감기 바이러스를 옮겼을지도 모른다. 어째서 그런 생각을 미리 하지 못했을까 후회했다.

　연극이 끝나고 기치조지 시어터를 나오자 이미 캄캄한 밤이었다. 빌딩 사이로 보이는 하늘은 먹물을 칠한 듯한 까만색으로 별은 보이지 않았다.

　"저녁 어떻게 할래요?"

　"같이 먹고 싶네."

　감기가 옮기 전에 헤어져야 한다는 생각이 없는 것도 아니었다. 그러나 그녀의 수줍은 표정을 보며 좀더 이야기를 나누고 싶었다. 어렴풋이 느끼고 있었지만, 나는 이 사람과 함께 있는 게 좋았다.

　그녀는 남편에게 전화를 걸어서 "밖에서 먹고 가도 돼?" 하고 물었다. 그 시점까지는 즐거울 것 같았다. 처음 같이 먹는 저녁밥도 분명 근사할 것 같았다. 머리가 멍한 것은 열 탓인지 야마다 마야와 함께 있는 탓인지 판단이 되지 않았다. 그러나 전화를 끊은 그녀는 우울한 표정이었다.

　"어떡하지, 아사히나 군?"

불안한 듯이 눈썹을 모으고 나를 보았다.

"저녁 먹고 와도 된대."

기치조지 시어터 앞의 보도에 선 그녀는 입을 다물었다. 연극을 다 본 사람들이 건물에서 나와 흩어져 갔다.

"남편은 내가 여자 친구하고 연극을 보러 간 줄 알아. 평소 일만 하느라 도와주지 못했다고 오늘은 도노를 봐주겠대. 도노 저녁도 자기가 만들어 먹이겠대. 어떡하지, 아사히나 군? 엄청 죄책감이 드네."

그녀는 잠깐 고개를 숙이고 있다가 얼굴을 들더니 말했다.

"오늘은 돌아갈래."

우리는 천천히 역을 향해 걸었다. 대화는 없었다.

그녀의 집은 기치조지 역에서 몇 정거장 떨어진 곳에 있다. 도노가 뱃속에 있을 때 토지를 사서 주택 업자에게 건축을 의뢰했다고 한다. 지금부터 그녀는 그곳으로 돌아가서 남편과 딸과 자신의 저녁밥을 지을 것이다. 그녀도 결혼식 때 성경의 말을 들었을까? '사랑'이라는 말을 들었을까? 남편이 된 남자와 함께 신부 앞에서 맹세했을까? 평생 상대를 배신하지 않겠다고.

생각을 하는 동안에 열로 머리가 몽롱해졌다. 눈꺼풀이 축 늘어질 것 같은 걸 참았다. 파친코 가게의 네온사인 간판이 핑크와 파란색으로 깜빡거렸다. 술집과 수상한 가게들의 간판이 평소보다 밝게 인광을 뿜어냈다. 몸이 떨리고 다리가 휘청거리고 땅이 부드럽게 느껴졌다.

야마다 마야의 옆얼굴을 보았다. 걸을 때마다 머리칼이 흔들리고 하얀 귓불의 피어스가 보였다. 그녀는 겁먹고 있다. 금방이라도 울 것 같은 표정이다. 지금까지 이런 표정을 내가 본 적 없었던 것은 그녀가 남편에게 안고 있는 감정이 희박했기 때문일까. 그러니까 나와 만나도 후회가 없었던 것이다. 그리고 지금은 다르다.

두통과 구토가 밀려왔다. 그 자리에 웅크리고 앉아 밤새 퍼마신 취객처럼 토하고 싶다. 캄캄한 밤하늘이 그대로 농밀한 어둠이 되어 건물과 건물 사이에 가득 찼다. 주위는 와글와글 시끄러운데 열이 나서 멍한 탓인지 말이 이해되지 않는다. 외국에 와서 길을 잃은 것 같은 기분이다. 지나가는 사람들의 모습이 음식점에서 새어 나오는 불빛을 등져 실루엣처럼 보였다. 남녀의 검은 그림자가 어깨를 맞대고 앞쪽에서 다가와 나와 야마다 마야 사이를 가르고 지나갔다.

내가 할 일은 알고 있다.

누구보다 명확하게 알고 있다.

이윽고 기치조지 역에 도착했다. 하얀 형광등이 JR 개찰구를 밝게 비추고 있었다. 사람들이 붐벼서 그녀는 거치적거리지 않도록 벽 쪽에 서서 교통카드가 든 카드케이스를 꺼냈다.

"연극 같이 봐주어서 고마워."

나는 벽에 기대어 몸을 지탱하면서 그녀에게 미소를 지어 보였다. 분명 힘없는 미소였을 것이다.

"내가 가자고 했는걸요."

"감기 얼른 나아."

"예."

그녀는 나를 똑바로 보며 말했다.

"한동안 만나지 말기로 해."

야마다 마야는 입술을 다물고 내게 등을 돌렸다. 개찰구를 빠져나가 계단을 올라가며 한 번도 돌아보지 않았다.

그녀가 일하는 커피숍에 가보아야 할지 말아야 할지 갈등하는 사이에 일주일이 지났다. 메일을 보내도 답장도 없고 전화도 받지 않았다. 열은 내렸지만 몸 컨디션은 좋지 않은 날이 계속되었다.

야마다 마야를 만나지 않으니 시간이 남아돌았다. 독서에도 집중할 수 없고 그저 잠만 자고 싶었다. 수면 시간이 늘어서 방에 있을 때는 거의 이불 속에만 있었다. 하루 한 끼만 편의점에서 도시락을 사와서 먹었다. 고르는 게 귀찮아서 언제나 같은 종류의 도시락을 샀다.

일을 시작하자 집과 아르바이트하는 곳만 왕래하는 생활이 되었다. 귀가가 늦은 날에는 주택가를 걸으면서 별을 보고 야마다 마야와 도노를 떠올렸다.

데쓰오 선배에게 상담을 하기로 하고 밤에 이노카시라 공원 입구에 있는 꼬치구이집에서 만났다. 그러나 선배는 직장 친구라는 젊은 여자를 데리고 왔다. 그녀 앞에서 이런 얘기를 하기도 뭣해서 잠자코 있었다. 화장실에 가는 척하고 가게를 나와서 야마다 마야에게 문자를 보냈다. 답장이 없을 것은 알고 있었다. 가게로 돌아가려고 했더니 데쓰오 선배가 직장 친구라는 젊은 여자와 키스를 하는 것이 보였다. 나는 몰래 휴대전화로 두 사람의 사진을 찍고 그대로 밖에 있기로 했다.

꼬치구이집 앞에서는 엄청난 연기가 뿜어 나오고, 어두워진 길에서 사람들은 연기를 피해 걷고 있었다.

"너도 제대로 해."

꼬치구이집에서 나온 데쓰오 선배는 만 엔짜리 지폐를 손에 쥐여주었다. 받아야 할지 돌려주어야 할지 망설이는 사이 데쓰오 선배는 먼저 걸어가 버렸다. 역에서 전철을 타고 가는가 생각했더니 아니었다. 선배와 직장 친구라는 여자는 내게 손을 흔들고 영화관인 기치조지 동아홍행체인 뒤쪽으로 사라져서 나도 그 뒤를 따라갔다.

이윽고 6월이 되자, 나는 완전히 건강을 회복해서 언제라도 헌혈을 하러 갈 수 있을 것 같았다. 장마가 시작되기 직전에 야마다 마야에게 전화가 왔다. 연락이 끊긴 지 이 주 뒤의 토요일 밤이었다.

4

인생에는 종종 예상 밖의 사건이란 것이 일어난다. 나는 그걸 내

방에서 실감하고 있다. 세 살짜리 소녀가 내가 늘 덮고 자는 이불 속에 잠들어 있다. 요전에 날씨 좋은 날 이불을 말려두길 잘했다고 가슴을 쓸어내렸다. 극단 후배에게 얻은, 요즘 세상에 보기 드문 브라운관 텔레비디오에서 심야 프로를 하고 있지만, 도노가 잠을 깨지 않도록 음량은 낮춰놓았다. 그래서 야마다 마야가 샤워를 하는 소리가 더 또렷이 들렸다.

두 시간 전.

아르바이트를 마치고 집에 돌아가려는데 휴대전화가 울렸다. 액정화면에 표시된 것은 야마다 마야의 이름이었다.

"여보세요? 야마다 씨?"

"……아사히나 군?"

힘없는 목소리였다.

"지금 기치조지 선로드 입구의 맥도날드에 있는데 만날 수 없을까?"

밤 열시가 지났다. 상점가의 가게는 대부분 셔터를 내리고 기타를 치는 젊은 남자들이 여기저기에서 노래를 부르고 있다. 야마다 마야와 도노는 맥도날드 지하 일층 테이블 석에 나란히 앉아 있었다. 도노는 해피세트를 주문하면 나오는 작은 여아용 장난감을 갖고 놀다가, 나를 발견하더니 엄마 팔에 얼굴을 묻으며 숨었다.

"오랜만입니다."

야마다 마야 앞에 앉았다. 그녀는 지난번에 보았을 때와 전혀 달라지지 않았다. 키가 크고 늘씬한 미인으로 딸과 함께가 아니었다면, 이십사 시간 영업하는 맥도날드에 무리지어 있는 젊은 남자들이 말을 걸었을지도 모른다.

"갑자기 연락해서 미안해."

그녀가 도노의 등을 쓰다듬으면서 말했다. 테이블에는 프리미엄 로스트 커피와 손을 대지 않은 채 식은 감자튀김과 도노의 주스가 있다.

"정말 놀랐습니다. 마음의 준비를 할 시간을 주세요."

"한 가지 더 부탁이 있는데."

"돈 빌려달란 것만 아니면 뭐든 좋습니다."

"다행이다. 안심이야. 거절할 거라고 생각했는데."

"내가 마음이 좀 넓죠."

"그럼 얼른 갈까?"

야마다 마야가 도노의 손을 잡고 일어서려고 했다.

"어디로?"

"아사히나 군 집. 지갑에는 천 엔밖에 없고……. 달리 의지할 사람이 없었어."

역 앞에서 세이케 대학 방면으로 걸어가면 내가 사는 다세대주택이 나온다. 도노는 처음에는 혼자 걸었지만, 도중에 엄마에게 업혀 그대로 잠이 들어버렸다. 걸어가면서 대충의 사정을 들었다. 그녀는 남편과 싸운 뒤 딸을 데리고 집을 뛰쳐나온 것 같다.

"싸운 이유는?"

"안심해. 아사히나 군과의 일이 들킨 건 아니니까. 둔감한 사람은 아니지만. 아, 혹시 어렴풋이 뭔가를 깨닫고 있으려나."

남편하고 싸운 이유는 가르쳐주지 않았지만, 별것 아닌 말다툼이 발단이 된 것 같다. 야마다 마야는 이런 일이 자주 있으며, 때리지 않는 것만으로 다행이라고 말했다.

내가 사는 이층 다세대주택은 지은 지 오래되었다. 일층 모퉁이 방 현관에 '아사히나'라고 매직으로 쓴 이름표가 붙어 있고, 현관 밖에는 세탁기와 주워온 우산 등이 놓여 있다. 열쇠로 방문을 열어 두 사람을 들어가게 하려고 할 때, 야마다 마야의 휴대전화가 울렸다.

"아마 남편일 거야."

도노를 업은 상태로 주머니에서 휴대전화를 꺼냈다. 헛기침을 하고 일부러 부루퉁한 표정을 지으며 낮은 목소리로 전화를 받았다.

"여보세요? 난데. 뭐?"

내가 언제나 빨래를 돌리던 장소에 그녀가 있고, 남편과 전화로 이야기하는 그림은 불길하기도 하고 우스꽝스럽기도 했다. 나는 신발을 벗고 복도의 불을 켰다. 복도라고 해도 한쪽 벽에 수도와 가스곤로가 있어 부엌도 겸하고 있다. 문이 열린 채여서 야마다 마야의 목소리가 들렸다.

"별로. 응, 그래. 지금? 기치조지의 친구 집에 와 있어. 도노도 같이. 자고 갈 생각이야."

샤워를 하고 돌아온 야마다 마야는 내가 빌려준 트레이닝복을 입었다. 다른 사람에게 바지를 빌려주면 길이가 안 맞아서 접어 입는 경우가 많은데, 그녀는 그냥 입어도 딱 맞다. 젖은 머리칼에, 혈액순환이 좋아진 피부는 핑크색으로 물들었다. 그녀가 화장하지 않은 얼굴을 처음 보았지만 피부의 윤기 탓인지 더 건강해 보였다. 그녀는 입고 있던 옷을 옷걸이에 걸고, 이불에서 자고 있는 도노의 얼굴을 바라보다 책장에 꽂힌 소설과 새 책들을 둘러봤다. 나는 벽에 등을 기대고 앉아 있었다.

"방이 좁아서 미안해요."

"편한걸. 월세는 얼마야?"

내가 얼마라고 말하자, 그녀는 "와, 싸다!" 하고 놀랐다.

"이거 뭐야?"

야마다 마야가 방구석에 방치해둔 대학 노트를 발견하고 집어 들려고 했다.

"앗, 안 돼요!"

나는 노트를 옆에서 낚아챘다. 메모장 대신으로 쓰고 있는 노트로 얼마 전 법률상담 프로그램을 보면서 메모한 글이 있는 것을 읽게 할 수는 없다. 부정이니 위자료니 그런 말이 즐비하다. 그런 것에 관한 지식을 메모한다는 걸 알면 창피하다. 노트를 꼭 안고 있자, 야마다 마야가 되레 호기심이 발동한 얼굴로 다가왔다.

"뭐야, 그거. 일기?"

"아닙니다."

"야한 거?"

"더 아닙니다."

"보여줘."

"싫습니다."

그러자 그녀는 입가에 씨익 하고 수상한 미소를 짓더니 내 손에서 힘껏 노트를 빼앗으려고 했다. "보여줘!", "안 돼요!", "왜!", "하여튼요!" 하는 대화가 반복되었다. 나는 다다미 바닥에 몸을 웅크리며 저지하려고 했지만, 야마다 마야는 팔과 다리를 사용하여 무리하게 공격했다. 몸이 밀착되었지만 색기를 느끼게 하지 않는 난리법석의 일 분 반이 지났다.

이불이 들리고 도노가 일어났다. 나는 다다미에 엎드려 있고 야마다 마야는 승마 자세인 상태에서 움직임을 멈추었다. 도노는 눈을 비비고 멍한 표정으로 우리를 바라보았다. 몇 초 동안 아무도 소리를 내지 못했다. 8조 다다미방의 공간에 침묵이 내렸다. 이윽고 도노는 조그맣게 하품을 하더니 발랑 쓰러져서 아무 일도 없었던 것처럼 쌔근거리고 자기 시작했다.

야마다 마야는 소리가 나지 않도록 천천히 내 위에서 일어나, 텔레비전 쪽을 향해 무릎을 안고 앉았다. 쑥스러움을 감추듯이 헛기침을 하며, 건전지 커버 부분이 망가져서 테이프로 붙여놓은 리모컨을 조작하여 무의미하게 텔레비전 채널을 바꾸었다.

"무심결에 올라타 버렸네."

"그러게요, 무심결에."

나는 방을 나와 현관 앞에 있는 세탁기 안의 더러운 빨래 사이에 노트를 감추었다.

심야 버라이어티 프로그램을 보면서 우리는 소주를 마셨다. 옆에다 커다란 종이팩 소주를 갖다놓고 나란히 앉아 마시며 상대의 술잔이 비면 따라주었다. 안주로 가키노타네(감씨 모양의 과자와 땅콩이 들어 있는 스낵 이름―옮긴이)를 꺼내자 야마다 마야가 땅콩만 골라 먹어서 야단쳤다.

"가키노타네에서 땅콩만 먹는 사람, 나는 좋아하지 않습니다."

"아, 이 광고 좋더라."

그녀는 듣는 사람이 감탄할 정도로 깨끗하게 말을 무시하고, 땅콩을 볼이 미어지게 입에 넣고 먹었다. 다람쥐? 하고 생각할 정도로 뺨이 볼록해졌다.

"아사히나 군 술 세네."

"야마다 씨야말로."

취한 그녀는 좌우로 비틀비틀 몸을 흔들었지만, 아직 정신은 멀쩡했다.

"뭐야, 시시해."

그녀는 몸을 앞뒤로 흔들었다.

취한 야마다 마야의 눈은 울고 있는 것처럼 빨갛다. 가끔 둘 다 입을 다물고 텔레비전도 조용해지면 8조 다다미방에는 약간 긴장이 감돌았다. 도노가 같은 방에서 자고 있으니 이상한 사태는 일어나지 않을 것이다. 그렇게 생각하고 있는데, 내가 잠시 일어서거나 할라치면 그녀는 방어 태세를 취하듯이 어깨를 움직인다. 무릎을 안고 있는 팔에 힘이 꽉 들어간다. 반대로 그녀 쪽에서 옷자락 스치는 소리라도 들려오면, 나는 흠칫 그녀 쪽을 돌아보았다. 그냥 자세를 바꾸어 앉은 것뿐이란 걸 알고야 안심한다. 벽시계의 바늘이 재깍재깍 소리를 냈다. 오늘따라 바늘이 느리게 돌아가는 것 같다.

야마다 마야의 손발은 가늘고 길었다. 양말을 신지 않아서 예쁘게 손질된 발톱이 시야 끝에 보였다. 트레이닝복을 입은 그녀의 다리 한쪽이 천천히 뻗어와서 내 허벅지를 발끝으로 찔렀다.

"아사히나 군."

그녀가 불렀다.

"예."

냉정한 척하고 대답한다. 그녀는 내 쪽으로 몸을 돌려 앉았다.

"결혼이란 걸 어떻게 생각해?"

"결혼이요?"

"응. 아사히나 군은 지금까지 누군가하고 결혼할 기회 없었어?"

단순한 잡담이었다. 맥이 탁 풀렸다.

"스토킹당한 적은 있어도 결혼하자는 사람은 없었네요."

내 경우 교제를 시작해도 어느새 관계가 소원해져 원래대로 돌아갈 때가 많다. 결혼을 전제로 친밀한 관계를 쌓은 적은 없다. 직소퍼즐 조각처럼 성격이 딱 맞는 상대는 좀처럼 없었다.

"결혼 같은 건 나한테 무리가 아닐까요?"

"그래?"

이불에서 자고 있는 도노를 돌아보았다.

"도노의 몸속에 야마다 씨의 피가 반은 흐르고 있겠군요."

"응."

당연한 일이다. 결혼하면 이런 일이 일어난다. 결혼하지 않아도 일어나지만.

지금까지 혈연이라는 말을 의식한 적이 없었다. 결혼이라는 계약은 어떤 의미에서 피와 피가 서로 섞이는 것을 허락하는 것일지도 모른다.

"내 피는 코피가 되어 쓸모없이 흘렀던 것뿐인데."

"그건 정말 쓸모없는 피였지. 그러나 누군가에게 프러포즈한다면 간단히 결혼할 수 있을 것 같은데, 아사히나 군이라면."

"바로 버려질걸요, 아마."

"괜찮아. 아사히나 군은 좋은 사람이니까."

"난 좋은 사람이 아닙니다. 자각하고 있어요."

"난 좋아해, 아사히나 군을."

야마다 마야는 고개를 숙여 얼굴을 가렸다. 귀가 조금 빨개졌다.

두시 반이 지났을 즈음, 심야 프로그램도 지겨워져서 비디오로 영화를 보기로 했다. 요즘 세상에 DVD가 없다는 사실에 그녀는 놀랐다.

"무슨 영화 볼까요?"

벽장에서 상자를 꺼내오며 물었다. 지상파에서 방영되었던 영화를 3배속으로 녹화한 비디오테이프가 빼곡하게 들어 있다.

"적당한 걸로."

뽑기 형식으로 골라볼까 하고, 상자에 손을 넣어 아무거나 한 개 뽑았다. 〈섹스와 거짓말과 비디오〉라는 라벨이 붙어 있어서 없었던 걸로 하고 바로 옆에 있는 〈람보〉를 골라서 틀었다.

"에이, 하필이면 〈람보〉야."

야마다 마야는 불만스럽게 말하면서 소주를 마셨다. 이제 거의 아저씨 같은 말투였다.

"봤어요?"

"그거잖아, 액션영화. 근육이 엄청난 남자 나오는."

어쩐지 보지 않은 것 같다.

〈금요 명화〉의 오프닝이 끝나고 본편이 시작되었다.

"으, 으윽……. 불쌍해, 람보……."

시작한 지 삼십 분쯤 되자 야마다 마야는 눈물을 펑펑 흘렸다. 사실 영화는 건성으로 보며 이야기나 할 생각이었는데, 그녀는 베트남 귀환병에게 마음을 빼앗겨 이야기가 문제가 아니었다. 그녀에게 수건을 건네며 눈물을 닦으라고 했다. 람보의 고독한 싸움이 끝날 무렵, 창밖이 서서히 밝아왔다. 지상파여서 엔딩 자막은 잘렸다. 옛날 광고가 흐르는 가운데 감상을 물었다.

"이 영화의 가장 훌륭한 점은 말이야, 아사히나 군. 람보가 단 한 사람도 죽이지 않았다는 거야."

그녀는 확신을 갖고 말했다. 나도 동의하여 끄덕였다. 한 번 보고 그 점을 깨달은 그녀는 예리하다.

야마다 마야는 세면실에서 세수를 하고 새로 꺼내준 칫솔로 양치질을 하고 와서 도노의 이불 속에 들어가 나란히 누웠다.

"이게 아사히나 군 냄새구나."

이불을 얼굴까지 덮고 홈— 하— 하고 숨을 들이마시는 소리가 들린다. 일 분도 지나지 않아 숨을 들이마시는 소리는 쌔근쌔근 잠든 숨소리로 바뀌었다.

이불은 한 채밖에 없지만, 예전에 데쓰오 선배네 집에서 일주일 동안 사용한 침낭이 있었다. 나는 그걸 사용했다. 졸리긴 한데 좀처럼 잠이 오지 않았다. 눈을 감아도 어느새 보면 생각에 잠겨 있다. 그런 상태가 계속 이어지다 벽시계를 보니 벌써 여덟시가 지났다.

자리에서 일어나자 아직 소주 냄새가 온몸에 남아 있고 몸이 휘청거렸다. 이불에서 자고 있는 모녀가 깨지 않도록 샤워를 하고, 휴대전화를 열어보니 몇 통의 메일과 부재중 전화가 와 있었다. 메일을 체크하고 창을 열어 환기를 했다. 모녀가 눈이 부시지 않도록 커튼을 내린 채 밖을 보니 하늘이 흐렸다.

여덟시 반경 다시 침낭에 들어가 있는데 이불이 움직이며 도노가 일어났다. 눈을 부비며 바람을 안고 펄럭이는 커튼을 보더니, 이윽고 나와 눈을 마주쳤다. 멍한 표정이었다.

"뭐 좀 마실래?"

조심스럽게 물어보자 도노가 끄덕였다. 잠이 덜 깬 상태여서 그녀의 경계심이 덜해진 탓일까. 언제나처럼 숨지 않고, 보리차가 든 컵을 양손으로 받아 들더니 쏟지 않도록 조심하면서 마셨다.

그리고 도노는 텔레비전을 가리키며 뭔가를 호소하는 눈으로 나를 보았다. 켜달라는 걸까? 텔레비전 전원을 켜고 채널을 돌리자 〈프리큐어〉라는 애니메이션을 하고 있었다. 어린 여자아이들이 좋아할 만한 컬러풀한 애니메이션이었다. 도노는 아직 엄마가 자고 있는 이불에 앉아 진지한 얼굴로 〈프리큐어〉를 시청하기 시작했다. 나도 함께 텔레비전을 보며 주인공들이 변신하는 장면 등이 나올 때면 도노와 시선을 교환했다.

열시가 지나 〈이웃집 토토로〉 비디오를 도노와 함께 보다 얕은 잠이 들었는데, 야마다 마야가 일어났다. 놀란 얼굴로 도노가 내 바로 옆에 앉아 있는 걸 보더니 조용히 미소 지었다.

야마다 마야가 세면실에서 변신 작업을 하는 동안, 나는 도노와 함께 〈아따맘마〉 비디오를 보았다. 〈아따맘마〉의 등장인물인 반어인(半魚人) 같은 얼굴의 엄마가 화면에 나타나자, 도노는 눈을 반짝거리며 텔레비전에 다가갔다.

"너는 이 엄마 좋아해?"

그렇게 말을 걸어보자, 도노는 화면을 보는 채로 엄숙하게 끄덕였다.

화장을 하고 옷걸이에 걸린 옷으로 갈아입은 야마다 마야가 방으로 돌아왔다.

"자, 그만 갈까?"

야마다 마야가 말했다. 오늘은 일요일이어서 남편이 집에 있을 것이다. 일단 돌아가서 남편하고 이야기를 하고 싶어 하는 것 같았다. 기치조지 역까지 나도 동행하여 셋이서 식사를 하고 두 모녀를 배웅하기로 했다.

나는 출발할 준비를 모두 마치고, 현관 쪽으로 나가려는 야마다 마야를 말렸다. 현관에 놓아둔 그녀의 부츠와 도노의 신발을 들고 8조 다다미방으로 돌아와, 아파트 뒤쪽으로 난 창문을 열었다. 내 방은 일층에 있어서 그곳에서 직접 밖으로 나갈 수 있었다.

"이쪽으로 나가주세요."

"왜?"

"하여간요."

아파트 뒤에는 빨래를 너는 작은 마당이 있다. 손질을 하지 않아서 잡초가 무성하다. 하루살이가 얼굴에 붙는 걸 참으면서 우리는 신발을 신고 밖으로 나왔다.

담장 틈을 통과하여 다른 아파트 부지를 빠져나와 어제는 지나지 않았던 골목으로 나왔다. 당장이라도 비가 올 것 같은 짙은 구름이 하늘을 가득 덮고 있었다. 바람에도 습기가 섞여 있어, 그러고 보니 곧 장마철이구나 하는 사실이 떠올랐다.

기치조지 역 쪽을 향해 주택가를 걸어나갔다. 야마다 마야는 딸의 손을 잡고 있고, 도노의 보폭은 작아서 우리는 거기에 맞춰 천천히 걸어갔다. 이윽고 잡화점이 줄지어 있는 거리로 들어서자 오가는 사람이 많아졌다. 휴일이라 평소보다 혼잡한 거리에는 유모차를 미는 가족들이나 개를 데리고 가는 사람들의 모습이 많이 눈에 띄었다. 초소형 버스가 간판과 설치물을 재주 좋게 피하면서 좁은 골목길을 지나갔다. 무사시노 시가 운영하는 커뮤니티 버스다. 100엔으로 탈 수 있는 이 버스는 주택가 사이를 요리조리 주행하여 보통 버스들이 다니지 못하는 지역을 커버하고 있다. 기치조지로 이사 오기 전까지는 이런 버스가 있다는 것조차 몰랐다. 내가 이 동네로 이사 온 건 기거하게 해준 여자아이의 영향이었다. 그녀는 곧잘 언젠가 기치조지에 사는 것이 꿈이었다고 말했다.

도큐 백화점 뒤쪽은 목재 데크 광장으로, 그곳에 스타벅스 테이블이 나란히 줄지어 있다. 그 옆을 지나려 할 때 야마다 마야가 물었다.

"이웃 사람들이 볼까 봐 싫었던 거야?"

아까 아파트를 나올 때 이야기였다. 내가 대답을 망설이자, 그녀는 또 물었다.

"우리가 현관을 출입하는 걸 보이기 싫어서 뒤로 나온 거야?"

"아닙니다."

"그럼 왜?"

"정문으로 나오면 야마다 씨는 사진에 찍혔을 겁니다."

야마다 마야가 멈춰 섰다. 손을 잡고 있던 도노가 왜 그러냐는 듯이 엄마 얼굴을 올려다보았다.

"남편이 우리 사이를 눈치챘다는 말이야? 흥신소 같은 데 의뢰

해서 내가 가는 곳을 미행하게 했을 거라고?"

고개를 가로저었다.

"흥신소나 탐정은 없습니다. 그러나 남편이 우리 관계를 알고 있다는 건 정답입니다."

그녀는 곤혹스러운 듯이 숨을 토하고, 목재 데크에 줄지어 있는 스타벅스 테이블을 돌아보았다.

"…… 저기, 뭔가 먹지 않을래? 먹으면서 이야기를 들려줘."

스타벅스에서 줄을 서서 커피와 샌드위치와 쿠키를 구입해 바깥 테이블에 앉았다.

목재 데크의 테라스에는 손님이 많았다. 휴일 낮에는 어느 가게나 복잡하다. 하늘에는 구름의 움직임이 빨라졌다. 종이 냅킨이 바람에 날려가지 않도록 커피 잔으로 눌렀다. 나무들이 권투 샌드백처럼 흔들렸다.

커피에 입을 대면서 어디서부터 설명해야 할지 망설이고 있는데, 내 등 뒤에 누군가가 서 있었다. 기척만으로 알았다. 야마다 마야가 내 등 뒤를 올려다보고는 표정을 잃은 채, 입에 물고 있던 샌드위치를 조용히 내려놓았다.

"아빠!"

도노가 기쁜 목소리로 말했다. 내가 처음으로 또렷하게 들은 그 아이의 목소리가 그 단어라는 것이 우스웠다.

뒤를 돌아 그의 얼굴을 확인했다.

"마야, 얘기는 나중에 듣도록 하자. 우선은 이 사람하고 둘이서 얘기 좀 하고 싶은데."

분노를 억누른 목소리로 말하고, 그는 내 어깨를 잡았다. 아플 정도의 힘이 그 손에 남아 있었다. 야마다 마야는 남편의 얼굴을 응시한 채 한마디도 하지 않았다.

"그럼 저쪽으로."

나는 일어서서 도큐 백화점 뒤쪽을 가리켰다. 그는 말없이 끄덕였다. 야마다 마야는 걱정스러운 표정으로 우리를 지켜보았다. 그녀와 도노를 테이블에 남겨두고 백화점 뒤로 들어갔다. 짧은 통로를 빠져나오자 구두 수선 카운터가 있었다. 그 앞에서 멈춰 섰다. 종업원 전용 엘리베이터가 있을 뿐 쇼핑객이 별로 오지 않는 공간이다.

"대체 무슨 생각을 하는 거야?"

그는 내 멱살을 잡았다.

"왜 밖으로 나오지 않았어? 메일 안 읽었어?"

"사진을 찍어도 소용없었습니다. 어젯밤 아무 일도 없었어요. 그러니 부정(不貞)이 아니에요."

"집에까지 가서 하룻밤을 보냈다는 게 바로 부정이야."

"어쨌든 사진을 찍지 못했으니 실패였죠? 이건 돌려주겠습니다."

주머니에서 몇 장의 지폐를 꺼내 멱살을 잡고 으르렁거리는 데쓰오 선배의 얼굴에 내동댕이쳤다.

5

데쓰오 선배를 다시 만난 것은 올해 2월이었다. 갑자기 전화가 와서 놀랐다. 지난 오 년 동안 전혀 연락이 없었기 때문이다. 선배네 집에서 일주일 동안 더부살이를 하고 여자의 집으로 굴러 들어간 뒤로는 거의 연락이 끊긴 상태였다. 이제 서로 기억에만 남아 있는 존재가 되어 휴대전화에 번호는 등록되어 있지만 거는 일도 걸려오는 일도 두 번 다시 없을 줄 알았다.

우리는 눈이 내리는 기치조지 역 앞에서 재회하여, 라이브하우스에서 밴드 연주를 잠깐 듣고 약간 비싼 술집에 들어갔다. 선배가 사는 술을 마시면서 서로 근황을 이야기했다.

"결혼했어요?"

"애도 있어. 딸."

선배는 내 현재 아르바이트와 재정 상황이 바람직하지 못하다는 얘길 듣고, 신중한 목소리로 말했다.

"돈 필요하지?"

"필요하죠."

"그럼 좋은 아르바이트 거리가 있어. 네가 필요해. 네가 적임자야."

"다단계라든가 뭐 그런 건 아니죠?"

"안심해. 네가 좀 도와주었으면 하는 일이 있어. 그것뿐이야."

"뭘 해야 하는데요?"

"불륜."

"불륜? 누구하고요?"

선배는 청주를 한 모금 마셨다. 맛을 음미하듯이 삼키고는 불륜 상대의 이름을 말했다. 야마다 마야. 선배의 부인이었다.

"아마 멀지 않은 장래에 우리는 이혼할 거야."

"원인은?"

"현재는 원인이 없어."

"현재는?"

"다만 성격 차이로 대화가 거의 없는 상황이야. 그리고 나는 회사의 다른 여자와 사귀고 있어."

"그러면 안 되잖습니까?"

"아직 마야는 몰라. 그러니까 그걸 이혼 원인으로 거론할 수 없어. 성격 차이로 이혼. 그게 앞으로 우리 부부가 가야 할 길이야. 나는 아마 앞으로 십 년 이상 딸의 양육비를 내게 되겠지. 그렇지만 여기서 한 가지 작전을 세우려고 해. 즉, 네가 마야하고 불륜을 저지르는 거야."

내가 여자들에게 종종 유혹을 받는다는 것을 데쓰오 선배는 기억하고 있었다.

"나는 회사 일이 바빠서 집에 잘 들어가지 않아. 들어가도 대화가 없어. 그럴 때 마노 앞에 네가 등장하는 거야. 네 외모라면 금세 그런 관계가 될 수 있을 거야. 남편인 내가 전적으로 도와줄게. 마야가 너하고 자면 계획은 성공이야. 마야의 바람 때문에 이혼한다.

그렇게 되면 나는 마야한테 위자료를 청구할 수 있어. 집사람 친정이 시코쿠에 있는 대지주 집안이거든. 집사람한테는 지불할 능력이 없어도 친정 부모가 돈을 대줄 거야. 알겠어? 네가 마야를 꼬여서 자기만 하면 수백만 엔이야. 나하고 너하고 공통된 지인은 없지? 마야한테도 네 이름을 말한 적이 없어. 우리의 관계를 알 사람은 없는 거야. 누구한테 들킬 일도 없어. 지난 오 년간 연락 불통이 됐던 게 다행이지."

나는 선배가 제시하는 보수에 눈이 멀었다. 그 후로 선배는 만날 때마다 지폐 몇 장씩을 쥐여주었다. 우연을 가장하여 야마다 마야와 사귀고 데이트를 하기 위한 자금이었다.

"최악이네요."

극단 후배이자 친구이기도 한 후지무라가 말했다. 내게 자기가 쓰던 텔레비디오를 준 후지무라하고는 극단을 그만둔 뒤에도 교류가 있어서 같이 노는 일이 많았다.

"그럼 부인이 불쌍하잖아요."

"그때는 야마다 씨하고 이야기를 나눈 적도 없어서 말이야. 데쓰오 선배한테 신세를 진 것도 있고."

"최악입니다, 아사히나 씨. 그런 사람인 줄 몰랐어요."

"도중에 깨달았어. 내가 바보란 걸. 그래서 이렇게 된 거 아냐."

후지무라에게 앞니가 깨진 걸 보여주었다.

그 후 일주일이 지났다. 나는 도큐 백화점 일층의 구두 수선 카운터 앞에서 일방적으로 데쓰오 선배에게 얻어맞아 앞니가 부러졌다. 바로 경비원이 오고, 걱정이 되어 달려온 야마다 마야가 감싸주었다. 도노는 사태를 파악하지 못하고 울고 있었다. 머리가 몽롱하여 그 뒤의 일은 잘 기억나지 않는다. 정신을 차리고 보니 도큐백화점 응급실 같은 곳에서 응급처치를 받고 있었다.

입에서 피를 흘리면서 선배의 계획을 폭로했다. 내 연극은 코피로 시작하여 입에서 유혈이 낭자한 채로 막을 내린 것이다. 야마다 마야는 처음에는 내 이야기를 믿지 않았다. 데쓰오 선배가 회사 여자와 바람을 피운다는 이야기도 의심했다. 나는 휴대전화를 꺼내 보관해둔 두 장의 사진을 보여주었다.

꼬치구이집에서 데쓰오 선배를 만난 밤, 몰래 찍어둔 사진이다. 한 장은 꼬치구이집에서 선배가 회사 여자와 키스하는 장면. 또 한 장은 가게를 나온 뒤에 기치조지 동아흥행체인 영화관 뒤쪽으로 사라지는 뒷모습을 찍은 것이다. 혹시나 하고 생각해서 뒤를 쫓았더니 호텔로 사라지는 그들이 보였다. 어둠 속의 뒷모습, 그리고 멀리서 촬영한 악조건이지만 두 장을 조합해보면 호텔에 들어가는 남녀는 데쓰오 선배와 회사 여자라는 걸 알 수 있다.

야마다 마야는 사진을 보다 휴대전화를 접고, 조용한 손놀림으로 내게 돌려주고는 말없이 방을 나갔다. 복도에 서 있는 데쓰오 선배와 이야기를 하러 간 것이다. 이윽고 복도 쪽에서 사정을 따지는 소리가 들려왔다.

한참 후 되돌아온 야마다 마야는 내 뺨을 때렸다. 내가 사과할 때마다 그녀는 손을 들었다. 남편의 배신보다 내 배신이 그녀에게 더 용서하기 힘든 행위였을지도 모른다.

"잘생긴 얼굴이 엉망이 됐네요."

이가 빠진 나를 보고 후지무라가 웃었다. 일주일이 지나자 통증도 좀 가셨다. 참고로 야마다 마야와 데쓰오 선배는 현재 별거 중이라고 한다.

나는 한숨을 쉬고 골목을 지나가는 사람들을 바라본다. 모두 우산을 쓰고 있다. "레몬크레이프 주문하신 손님" 하고 불러서 돌아보자, 후지무라가 주문한 크레이프가 완성되어 점원이 카운터 너머에서 내밀고 있었다. 우리는 대형 잡화점인 로프트 옆에 있는 크레이프 가게의 벤치에 앉았다. 후지무라가 이 크레이프 팬이다. 벤치가 있는 장소는 건물 아래여서 비가 내려도 옷이 젖을 일은 없다. 장마철에 들어선 도쿄는 비가 오는 날이 계속되었다.

"부인한테는 용서받았어요?"

후지무라가 레몬크레이프를 베어 물었다.

"몰라."

"연락은?"

"지난 일주일 동안 메일이 딱 한 번."

"만나지 않았군요."

"응. 그래서 오늘 오랜만에 만나기로 했어. 지금 여기로 올 거야."

후지무라는 놀라서 켁켁거렸다. 크레이프 먹고 목이 막히는 놈은 처음 보았다.

"지금요? 여기로?"

"전부 얘기하기로 했어."

후지무라가 레몬크레이프를 다 먹었을 무렵, 장화를 신은 늘씬하고 멋진 두 다리가 물웅덩이에도 아랑곳없이 다가와서, 벤치에 나란히 앉아 있는 우리 앞에 멈추었다. 키가 큰 미인이 우산을 접고, 눈 화장을 한 가늘고 긴 눈으로 나를 내려다보았다. 입을 꼭 다물고 한마디도 하지 않은 채. 긴장감이 팽팽 도는 몇 초가 지났다.

"야마다 씨."

"이 사람은?"

그녀가 후지무라를 흘끗 보았다.

"친굽니다."

"화나네. 중요한 이야기가 있다며?"

이런 자리에 친구를 데리고 오다니, 그녀는 그렇게 말하고 싶은 것이다.

"이 친구는 곧 갈 겁니다. 그보다 이것 좀 보세요."

나는 이가 빠진 앞니를 보여주었다. 그 너무나 우스꽝스런 얼굴에 야마다 마야가 웃음을 참지 못하며 "풉!" 하고 웃음을 터트렸다가 '아뿔싸' 하듯이 눈을 돌렸다. 고개를 옆으로 돌리고 손으로 얼굴 옆에 벽을 만들어, 내 얼굴이 시야에 들어오지 않도록 했다.

"그만해. 난 아직 너한테 화가 풀리지 않았으니까."

그녀는 어깨를 떨며 웃음을 참고 있었다.

"저기……."

후지무라가 주뼛주뼛 일어서서 말했다.

"안녕하세요. 극단 후배인 후지무라입니다. 저번에는 폐를 끼쳐서 죄송합니다."

야마다 마야는 그의 얼굴을 보았지만, 기억이 나지 않는 것 같았다.

"우리 만난 적이 있어요?"

"예. 4월쯤 아사히나 씨한테 부탁을 받아 커피숍에 갔었습니다. 여자아이하고요. 그런데 설마 의자를 던지리라고는 생각도 못 해서. 그만 도망쳐버렸습니다. 그래서 아사히나 씨가 코피를……. 그때 의자를 피했던 놈입니다."

"더 고백할 건 없어?"

"특별히는 없습니다."

야마다 마야는 팔짱을 끼고 의심스러운 눈으로 나를 노려보았다. 우리는 후지무라와 헤어져 상점가에 있는 '구구쓰쿠사'라는 커피숍에 마주 보고 앉았다. 지하에 있는 이 가게는 바위를 깎은 동굴 모양의 내장으로 문도 무겁고 까칠한 철제였다. 어딘지 모르게 감옥 같기도 한 이런 가게에서 심문을 하는 야마다 마야의 센스라니.

"후지무라하고 함께 왔던 그 여자아이는?"

"나도 그때 처음 만났어요. 아마 새로 극단에 들어온 애가 아닐까요."

이제 얼굴도 잘 생각나지 않지만 예뻤던 것 같다.

"그때 깨진 컵, 그 아이한테 변상받았는데?"

"경비로 내가 나중에 후지무라한테 지불했어요. 그것도 어차피 데쓰오 선배한테 받은 돈이지만."

"그럼 우리 집 가계에서?"

"그렇게 되네요."

그녀는 어이없어서 말도 나오지 않는 것 같았다.

"데쓰오 선배의 계획은 후지무라한테 말하지 않았습니다. 걔들은 내 연애를 응원할 생각으로 도와준 거예요."

그들이 가게에서 싸우면 내가 그걸 말린다, 그러면 점원인 야마다 마야와 얘기를 할 계기가 생길 것이다, 하는 것이 원래의 계획이었다. 설마 내가 다치게 될 줄은 생각지도 못했지만 결과는 좋았다.

"연애라……."

야마다 마야는 불쾌한 얼굴로 눈을 가늘게 뜨고 내게 차가운 시선을 보냈다.

"기치조지 시어터에서 연극을 본 날, 갑자기 남편이 도노를 봐주기로 한 것도 지금 생각해보면……."

그런데 데쓰오 선배의 의도와는 반대로 야마다 마야는 남편이 기다리는 가정으로 돌아갔다.

"보통 같으면 트라우마야. 이런 식으로 우리가 마주 앉아 있지만 말이야. 돈이 목적이었다는 게 최악이라고."

"정말 미안했습니다."

"반성해?"

"진심으로."

동굴 같은 어두컴컴한 가게에 그녀의 긴 탄식이 흘렀다.

나는 고개를 숙이고 지난 몇 개월을 떠올렸다.

야마다 마야를 만나기 위해 커피숍에 갔던 최초의 시기는 그래도 괜찮다. 사전 조사 단계였다. 그녀가 어떤 인물인지조차 나는 모르고 있었다. 죄의식을 느끼기 시작한 것은 함께 성분헌혈을 하고 메일을 주고받게 된 뒤부터다.

후회의 연속이었다. 내가 더 나쁜 사람이라면 그냥 그녀를 속이고, 데쓰오 선배가 그녀에게 위자료를 청구하는 거나 지켜보고 약간의 돈을 손에 넣고 그녀와 인연을 끊었을지도 모른다. 그러나 나는 그럴 수 없었다. 야마다 마야의 마음에 생길 상처를 상상하면 핏기가 가셨다.

완전한 실수였다.

데쓰오 선배의 돈벌이 이야기에 넘어간 실수.

계획을 실행으로 옮겨서 야마다 마야와 메일을 하게 된 실수.

"고마워, 아사히나 군."

고개를 푹 숙이고 있는데 야마다 마야의 목소리가 들렸다.

"고마운 마음도 조금은 있어. 변호사에게 상담했더니 내 쪽이 남편한테 위자료를 청구할 수 있대. 당신이 휴대전화로 찍은 사진,

바람피운 증거가 된다나 봐. 웃기지? 계획을 한 쪽이 오히려 위자료를 내게 되다니. 이것도 아사히나 군 덕분이야. 그러니까 고마워."

그녀는 커피가 든 컵을 양손으로 감싸고, 눈을 내리뜬 채 말했다. 긴 속눈썹이 뺨에 그늘을 만들었다.

"설마 고마워할 줄이야……."

나는 완전히 놀랐다.

"아사히나 군 집에서 잔 날, 현관으로 나오지 않은 것도 나를 지키려고 한 거였지?"

나는 끄덕였다. 데쓰오 선배는 심야에 야마다 마야와 통화할 때 "기치조지의 친구 집에서 잔다"는 정보를 얻고, 그게 내 방이란 것을 눈치챘다. 만약 현관으로 나갔더라면 어디선가 숨어 있던 데쓰오 선배한테 사진을 찍혔을 것이다. 흥신소 사람이 촬영한 것처럼 해서 부정을 저지른 자료로 제시하여 위자료를 청구했을 것이다.

야마다 마야는 가게 구석에 있는 유리문을 보았다. 유리문 너머는 밝다. 지하에 있는 가게여서 그곳만 탁 트여 있는 것처럼 보이지만, 조명으로 그렇게 연출한 것이다. 안에 식물을 키우고 있어서 짙은 녹색으로 보인다. 어두운 동굴 구석에조차 빛은 들어왔다.

"일주일 전 두 사람의 교묘한 계략을 들은 뒤에 앞으로는 당신 얼굴도 보고 싶지 않아. 한 인간의 마음을 갖고 놀았잖아. 돈을 목적으로. 그러나 당신이 좋은 쪽으로 생각을 바꾸지 않았더라면, 나는 아무것도 몰랐겠지. 남편의 정체도, 당신의 진짜 모습도. 두 사람이 시작한 짓은 나빴지만, 정착은 바르게 했다고 생각해. 그건 당신 덕분이야."

야마다 마야는 동굴 속에서 등을 쭉 폈다. 맑고 고요한 공기가 그녀 주위에 생겨났다. 그녀가 나를 정면으로 바라보며 말했다.

"그러니까 나는 당신을 용서할 거야."

나는 엄숙하게 그녀의 말을 받아들였다.

장마전선이 지나가고 더워졌다. 내 방에는 에어컨이 없어서 창을 열어놓은 채로 하루를 보냈다. 아파트 뒤에 무성하게 자란 잡초는 날이 갈수록 생기를 더하며 푸르게 우거져 갔다.

야마다 마야는 남편과 별거하고 전보다 자신의 시간이 더 없는 상태가 되었다. 변호사와도 이야기를 해야 했고, 이혼에 대한 공부도 했다. 무엇보다 도노가 있었다.

별거 후, 도노는 엄마와 살고 있었지만 별안간 아빠와 떨어져 살게 된 것을 제대로 이해하지 못했다. 도노 이야기를 들으니 마음이 아팠다. 야마다 마야는 종종 커피숍 아르바이트를 쉬고 딸과 함께 시간을 보냈다.

나와 야마다 마야의 관계는 끊어지는 일 없이 가늘지만 계속 이어졌다. 그렇다고 해도 짧은 시간에 가끔 만나 기분 전환 삼아 산책을 하는 것뿐이었다.

어느 휴일에 그녀가 도노를 데리고 기치조지로 와서, 셋이 이노카시라 공원에 놀러 갔다. 매점에서 경단 꼬치를 사 먹었다. 오리

보트를 타고 놀며 "이 연못물이 간다 강이 된대요" 하고 야마다 마야에게 가르쳐주었다. 도쿄 시내를 흘러 유행가 가사에도 나오는 간다 강의 수원(水源)이 이노카시라 공원 연못이라는 것을 아는 사람은 얼마 없다. 공원 안에 있는 수문교 위에 서서 간다 강의 시작을 셋이서 바라보았다. 도쿄에 사는 많은 사람들이 이 강물을 내려다보며 생각에 잠길 것이다. 그 출발점에 세 사람이 모여 있다는 것은 신기한 일이었다.

점심때가 되어 야마다 마야가 만들어온 도시락을 먹었다. 문어 발 모양의 비엔나소시지와 계란말이, 매실을 넣은 삼각김밥이 들어 있는 도시락이었다. 도시락을 먹고 난 뒤 도노는 낙엽을 긁어모아 놓고, 나와 야마다 마야는 벤치에 앉아서 노부부처럼 풍경을 바라보았다.

"남편하고는 곧 이혼할 것 같아."

그녀가 말했다.

"배신당한 분함 같은 건 없어. 그냥 무작정 슬퍼. 우리에게는 분명 결혼해서 아이가 하나 탄생할 정도의 사랑이 있었을 텐데, 어느새 사라졌다는 것이 슬퍼."

기분 좋은 산들바람이 불어 머리칼이 살랑살랑 흔들렸다.

"시코쿠의 친정에 가기로 했어."

나는 고개를 끄덕였다. 나뭇잎 사이로 쏟아지는 햇빛 속에서 도노가 미끄럼틀 주위를 뛰어다니고 있었다. 행복이라는 개념을 단단히 응축시킨 듯한 시간이었다.

야마다 마야와 도노가 시코쿠로 출발한 날은 7월 중순의 평일이었다.

정오가 되기 전에 매미 울음소리와 찌는 듯한 더위로 눈을 떴다. 방충망 너머로 구름 하나 없는 맑은 하늘이 보였다. 이 날씨라면 그녀들이 탈 비행기도 안전하게 날 수 있겠구나. 나는 아르바이트 관계로 하네다 공항까지 배웅을 하러 가진 못했다.

옷을 갈아입고 나갈 준비를 하고 있는데 현관문 노크 소리가 났다. 나가보니 야마다 마야가 서 있었다. 그녀의 뒤에 택시가 서 있고, 뒷자리에 도노의 얼굴이 보였다.

공항 가는 길에 들른 거라고 했다. "하네다 공항까지 택시로 가다니 부자네요" 하고 말하자, 그녀는 "마지막인데 이 정도쯤이야 괜찮잖아"라고 했다. 우리는 낡은 다세대주택 앞에 선 채로 이야기를 나누었다. 택시 옆에 다가가서 차창 너머로 도노에게 손을 흔들어주기도 했다. 아스팔트가 햇빛을 눈부시게 반사해 우리는 눈을 가늘게 떴다. 아지랑이가 생겨 전봇대와 벽이 흔들렸다.

"당신을 몇 년 전에 연극에서 본 적 있다 했지?"

"작은 극장이었죠."

"그건 우연이었어?"

"아뇨. 내가 일주일 동안 데쓰오 선배네 집에 기거할 때, 연극 전단지를 두고 갔어요. 야마다 씨는 아마 그 전단지를 보고 연극을 보러 갔을 테죠."

"뭐야, 그런 거야? 기적 같은 우연이었을지도 모른다고 살짝 생각했더니만. 아사히나 군, 배우 계속해. 당신 연기 인상적이었어."

나는 끄덕였다.

"극단에 복귀하는 것도 괜찮겠다고 생각하던 참이었어요."

"잘했어. 그래야 아사히나 군이지. 남편은 나쁜 사람이지만, 당신을 기거하게 해주고 도와준 건 잘한 것 같아."

야마다 마야는 그렇게 말하고 뭔가 기억난 듯한 얼굴로 십 초 정도 생각에 잠기더니 조심스럽게 입을 열었다.

"혹시 오 년 전에 우리 계단에서 스쳐 지났던 것 같지 않아?"

나는 웃음이 나려는 것을 참을 수 없었다. 드디어 그녀가 기억해 냈다. 데쓰오 선배의 방이 있는 아파트 계단에서 우리가 딱 한 번 스쳐 지났던 사실을.

그때 어색해서 고개를 숙이고 있었던 탓에 그녀에게는 내 얼굴이 보이지 않았을 것이다. 그러나 나는 똑똑히 기억하고 있다. 딱 한순간 본 그녀의 옆얼굴을. 스쳐 지난 뒤에 나는 그녀 쪽을 돌아보았다. 가을이어서 아파트 계단에 낙엽이 떨어져 있었다. 부츠를 신고 낙엽을 밟는 그녀는 멋있었다. 도노의 엄마도 아니고, 데쓰오 선배의 아내도 아닌 한 여성으로서 살고 있는 야마다 마야였다.

"뭐야, 그랬던 거야? 그때의……."

"우리 참 멀리 돌아온 것 같죠?"

"그러게."

그녀는 살짝 웃었다. 어딘가 쓸쓸해 보였다. 택시 운전석을 흘끗 보았다. 운전사는 내비게이션을 조작하며 시간을 때우고 있었다.

하네다 공항까지 가는 길을 확인하고 있을 것이다. 비행기 시간이 촉박했다. 언제까지 여기 붙들어둘 수 없다. 모녀는 지금부터 시코쿠로 간다. 친정에서 생활하면서 도노는 근처에 있는 보육원에 보낼 거라고 한다.

"거기 가서도 전화나 메일은 되죠?"

"응, 연락할게."

"돌아올 겁니까, 도쿄에?"

"모르겠어. 이런저런 일 정리하러 도쿄에 오긴 하겠지만."

"살러 오는 건 아니다?"

"이사를 자주 해서 환경이 자꾸 바뀌는 것도 도노한테 나쁠 테고."

야마다 마야는 시선을 내리깔았다.

"이 이별이 일시적인 것이었으면 좋겠어. 그건 진심이야. 또 아사히나 군하고 기치조지를 산책하고 싶어. 그러나 장담은 할 수 없어. 어쩌면 평생 그쪽에서 살게 될지도 모르고."

"나는 도쿄에서 하고 싶은 일이 있어서 그쪽에는 못 가요."

"알아, 잘했어."

"그렇지만 거기서 살다가 그래도 내가 마음에 걸리면."

"그때는 다시 한 번……."

우리는 서로를 껴안았다. 팔에 힘을 꽉 주어 상대의 몸을 으스러지게 안았다. 연인들이 하는 부드러운 포옹이라기보다는 폭풍우 속에서 날려가지 않도록 상대의 몸에 매달리는 것 같았다. 세게,

더 세게 껴안았다. 우리는 울음을 참았다. 숨을 죽이고 말을 아끼고 슬픔을 참았다. 몸을 떼는 것이 두려웠다. 무서웠다. 이 시간이 지나면 품속에 있는 이 사람은 멀리 간다.

예전에 형의 결혼식에서 신부가 말했다. 언제까지나 남는 것은 믿음과 소망과 사랑으로, 그중에 제일은 사랑이라고. 하지만 우리의 마음은 너무나도 덧없다. 영원이라든가 절대라든가 그런 건 없다. 사랑이 있었을 텐데 그것이 어느새 사라졌어. 그녀는 그렇게 말했다. 나도 역시 모든 것은 변한다고 각오하고 있다. 분명 여기에 있는 것은 변화다. 거기에 붙어 다니는 기쁨이나 슬픔이다. 우리는 불안하기 그지없다. 지금 이 감정도 언젠가 희박해져 갈까? 떨어져 살다 보면 기억하는 윤곽도 목소리도 흐릿해져 갈까?

그러나 만약 그렇게 되지 않는다면? 도쿄에서 사는 내 마음속에 언제까지나 그녀가 있다면? 그때는 성경에 나오는, 언제까지나 남는 것의 존재를 믿을 수 있을지도 모른다.

야마다 마야는 붙어 있던 몸을 떼고 쑥스러워하면서 택시를 탔다. 도노가 창을 두드려 내게 손을 흔들었다. 기치조지 상공에 초여름 하늘이 펼쳐졌다. 구름 한 점 없다. 이런 하늘이라면 그녀가 탄 비행기도 안전하게 날 거라고, 아침에 일어났을 때부터 몇 번이나 했던 생각을 또 한 번 했다. 나는 길 한복판에서 멀어져 가는 택시를 배웅했다.

낙서를 둘러싼 모험

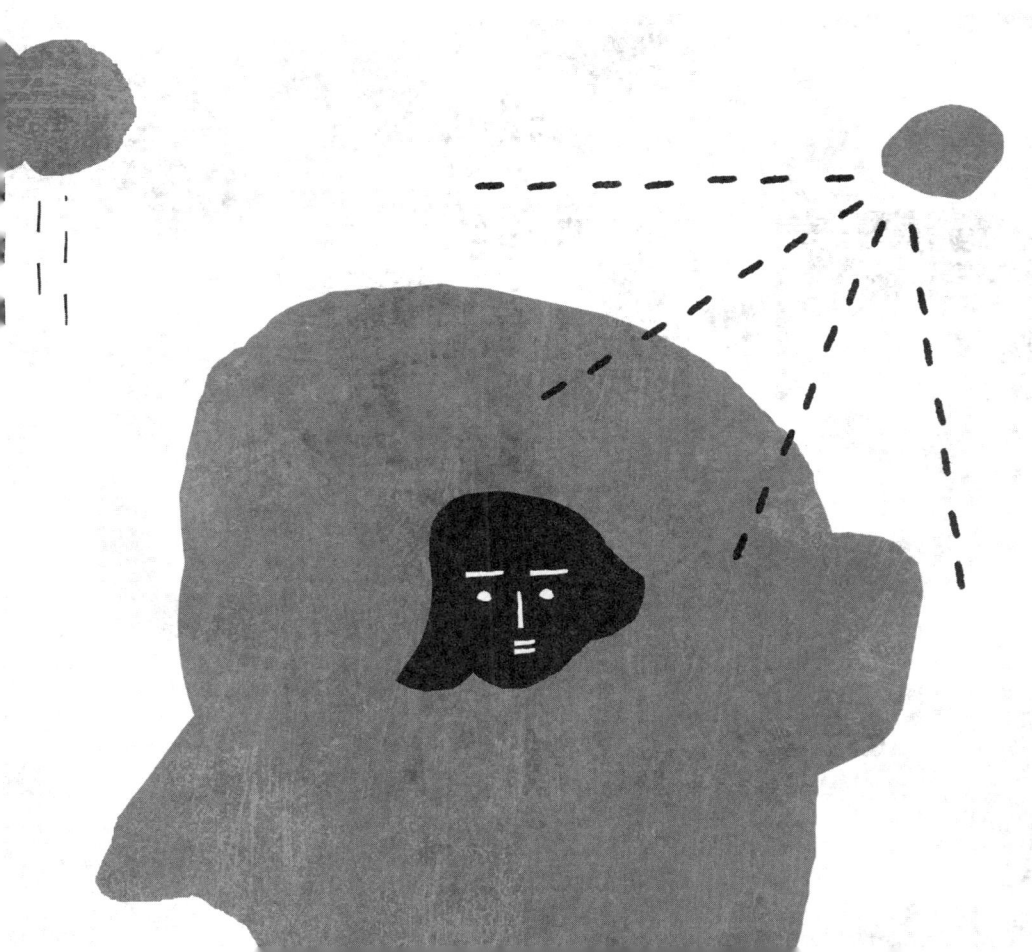

5

5월 황금연휴가 끝났다. 나는 역 앞 벤치에 앉아 사람을 기다리고 있다. 그가 내 우산을 갖다 주기로 했다. 앞으로 우산은 절대 잊어버리지 않을 거라고 다짐했는데, 같은 실수를 또 해버렸다. 그것은 그가 운전하는 차를 탔을 때다. 역 앞에 도착했을 때 경차가 도로에 주차를 해놓아, 길게 차를 세우고 있을 수 없어서 나는 황급히 내려야 했다. 덕분에 우산을 차 뒷자리에 두고 내려버렸다. 졸음이 밀려왔던 것도 원인 중의 하나겠지. 그때 운전하던 그가 오늘 굳이 우산을 갖다 주겠다고 했다. 사실은 그 사람, 내가 우산을 잊고 간 것을 알면서 일부러 모르는 척한 것 같은 낌새가 있다. 그 후로 나는 그와 사귀게 되지만, 그건 아직 한참 뒤의 이야기다.

1

　유성 마커를 주머니에서 꺼내 검지와 엄지로 잡고 다양한 각도에서 바라보았다. 제브라 사의 제품으로 양 끝에 뚜껑이 있어 한쪽 펜은 끝이 굵고, 다른 한쪽 펜은 끝이 가늘다. 지름 21.8밀리미터, 길이 140.8밀리미터. 상품명 '마키'. 누구나 한 번쯤은 보았거나 사용한 적이 있을 것이다. 펜 끝은 펠트 제품으로 잉크가 듬뿍 스며 있다. 이거 한 자루만 있으면 굵은 선도 가는 선도 마음대로 그릴 수 있다.
　얼마 전 봄방학을 맞아 시골에 있는 본가에 갔을 때의 일이다. 중학 시절에 산 낡은 CD를 찾느라고 벽장을 뒤졌다. 그러다 안쪽에서 작은 냅색이 나왔을 때, 나도 모르게 숨을 멈추었다. 안을 뒤져보니 손전등이며 반창고에 섞여 이 유성 마커가 나온 것이다. 아직 써지는가 하고 뚜껑을 열어보았다. 찾고 있던 CD는 이미 관심 밖이었다.
　혼자 사는 아파트로 돌아온 뒤로 도야마 신노스케라는 동창생만 생각했다. 내 첫사랑이다. 창밖의 벚꽃을 바라보면서 유성 마커 뚜껑을 열었다 닫았다를 되풀이하다 시간이 지났다. 그리고 겨우 결심했다.
　휴대전화를 꼭 쥐었다. 아직 도야마의 번호가 있는 것을 확인하고 안도했다. 오 년 전에 전화번호를 입력한 뒤로 한 번도 그에게 전화를 건 적이 없었고, 걸려온 적도 없었다. 심호흡을 하고 도야마의 휴대전화를 눌러보았다. 호출음이 일 분 정도 이어졌다. 전화를 받는 기척. 이어서 남자의 목소리.

"여보세요?"

"아, 나 사쿠라이야. 사쿠라이 치하루. 도야마지?"

"에?"

당황하는 목소리였다. 나는 불안해졌다.

"도야마, 지?"

"아닙니다. 잘못 걸었습니다. 이케다…… 입니다만……."

"……."

결론부터 말하면 오 년 전, 그의 전화번호를 입력할 때 숫자를 잘못 입력한 것 같다.

도야마 신노스케. 고등학교 2학년 때, 우리는 같은 반이었다. 연락처를 교환한 것은 어느 가을날 밤이다. 서로에게 휴대전화 번호를 가르쳐주고, 교대로 입력한 것을 기억하고 있다.

내 방은 다세대주택 이층의 모퉁이 방이다. 창으로 파란 하늘과 건물 옆에 심은 벚나무가 보였다. 그는 지금쯤 뭘 하고 있을까? 나처럼 대학생이라면, 재수하지 않았다면 4학년일 텐데.

"여보세요? 오와다 씨 휴대전화입니까?"

아까의 이케다 씨 건도 있어서 조심스러운 말투가 된다.

"예, 오와다인데요. 치하루?"

오와다 유리코는 중학생 때부터 친구다. 그녀와 친구가 된 덕분에 암흑 같은 초등학생 시절에서 벗어날 수 있었다고 말할 수 있다. 같은 고등학교에 진학하여 오 년 전인 고등학교 2학년 때도 우리는 같은 반이었다. 통화를 하는 동안 이따금 아기 소리가 들렸다. 그녀의 아이다. 무슨 말을 하는지 모르겠다.

"참, 우산은 찾았니?"

"아니, 연락 없음."

"그럼 포기하는 게 낫겠네."

"마음에 들었던 거였는데."

"요전에는 어쨌어? 도쿄에 큰비가 왔다며?"

"비닐우산. 주워온 것. 그걸 썼어."

"그러니까 너 인기가 없는 거야."

"비닐우산 쓰는 거랑 그거랑 무슨 상관이야."

대학 친구들을 떠올린다. 얼굴을 마주 보고 잡담을 하다 보면 어느새 이성과의 교제 이야기가 되어버려, 나는 갑자기 자리가 불편해진다. 그런 경험이 몇 번이나 있었다.

대학 캠퍼스에는 세련된 여학생과 세련된 남학생이 '쌍'을 이루어 맑은 하늘 아래를 활보하고, 벤치에 나란히 앉아서 인체의 경계가 모호해질 정도로 접근해 있다. 나는 그들의 시야에 들어가지 않도록 구석진 그늘을 조심조심 걷는다.

"그건 됐고, 묻고 싶은 게 있는데" 하고 화제를 바꾸었다.

"뭔데?"

"열일곱 살 때, 우리 같은 반이었지? 기억나니?"

"열일곱? 고2?"

"미타라이 선생님이 담임했을 때."

"아아, 이상한 사건 있었을 때?"

"그래, 그래."

"그게 어쨌다고?"

"우리 반에 도야마라는 아이 있었지?"

"도야마?"

"도야마 신노스케."

오와타 유리코는 전화 너머에서 잠시 생각한다.

"글쎄, 모르겠는걸. 생각이 안 나."

분명 대부분의 동창들은 그를 기억하지 못할 거라고 생각한다.

"고등학교 졸업 앨범은? 거기에 주소랑 연락처랑 실려 있지 않니?"

"도야마는 실려 있지 않아."

"왜?"

"3학년 여름방학 때 이사 갔거든."

"잘 아네."

졸업 앨범을 펼쳐도 그의 얼굴은 실려 있지 않았다. 다른 연도에 촬영한 단체 사진을 자세히 찾아보았지만, 유감스럽게 그의 모습은 보이지 않았다.

"그런 아이, 정말로 존재했니?"라고 묻는 오와타 유리코.

그녀의 목소리 뒤에서 칭얼거리는 아기 소리.

휴대전화도 모른다. 그녀의 기억에도 없다. 졸업 앨범에도 없다. 도야마의 존재는 내가 날조한 건가?

"그가 존재했다고 치고, 휴대전화 번호 알 수 없을까?"

"어째서 내가 알고 있을 거라고 생각했어?"

"반 친구들 연락처 대부분 알고 있었잖아."

오와타 유리코는 친구가 많은 타입이었다. 남자아이들 무리에 들어가서도 예사롭게 이야기에 낄 정도로 뛰어난 사교성의 소유자다. 너무 부러웠다.

"그렇지만 그거 오 년 전의 일이잖아? 일단 알아보겠지만."

전화를 끊지 않은 채, 휴대전화 연락처 데이터를 검색해주었다. 그녀가 침묵하고, 휴대전화를 조작하는 기척. 어버, 어버어버, 하고 아기 소리만 이따금 들려왔다.

"아, 참. 미안."

오와타 유리코가 검색을 마치고 말했다.

"깜빡했네. 나 작년에 휴대전화 잃어버려서. 그때 아이들 연락처도 알 수 없게 돼서, 인간관계 다 리셋했어. 오가사와라한테라도 물어보지? 걔라면 누구하고나 친하게 지냈으니 그 아이에 대해서도 기억할지 모르잖아. 나도 그 녀석 번호라면 알고 있고."

오와타 유리코와 통화를 끝냈다.

열려 있는 창으로 따뜻한 바람이 들어와서 책상 위에 쓰다 만 리포트가 펄럭거렸다. 필통으로 눌러놓아서 흩어질 염려는 없다. 벚꽃 잎 한 잎이 바람과 함께 창으로 들어와서 빙그르르 회전하며 바닥 위에 떨어진다.

그러고 보니 고등학교에도 벚꽃 가로수가 있었다. 편차도 규모도 보통인 고등학교로, 하얀 학교 건물은 네모반듯한 모습이었다. 역 앞에서 정문까지는 도보 십 분의 산책길인데, 하늘을 뚫을 정도로 키가 큰 나무들이 즐비하게 늘어서 있었다. 나와 오와타 유리코는 집에서 가깝다는 이유만으로 그 학교를 골랐다.

도야마 신노스케라는 남학생은 존재하지 않았던 게 아닐까? 오와타 유리코는 그렇게 말했지만, 그럴 리가 없다. 그러나 걱정이 되어서 혹시나 하고 인터넷에서 그의 이름을 검색해보았다. 뜨지 않았다.

그래도 나는 그를 기억한다. 언제나 무슨 생각을 하고 있는지 알 수 없는 아이였다. 감정의 변화가 좀처럼 밖으로 드러나지 않았다. 구부정한 고양이 등에다가 마르고, 언제나 고개를 숙이고 있어서 그다지 주목하는 사람은 없었겠지만, 얼굴은 못생기지 않았다고 기억한다.

바닥에 떨어진 꽃잎을 주워서 창으로 손을 내밀어 바깥바람에 날렸다.

***

    열일곱 살 가을, 비가 그친 어느 날 밤에 나는 집에서 몰래 빠져나와 자전거를 타고 학교에 갔다. 등에는 냅색을 메고 있었다. 복장은 위아래로 검은색. 이거라면 밤의 어둠에 섞여 알아보기 힘들 거라고 계산했다.

    그날 밤중에 학교에 몰래 들어가서 불량한 아이들의 책상에 마커로 낙서를 해주려고 결심한 것은, 방과 후 교무실에서 담임인 미타라이 선생님과 얘기를 하고 난 뒤였다. 어떤 경위로 교무실에 갔는지는 기억나지 않는다. 제출하지 못한 프린트물을 내러 갔거나, 그런 일이었을 것이다.

    미타라이 선생님은 창밖을 보면서 "일주일째네" 하고 중얼거렸다. 아침부터 비가 내리고 있었다. 일주일. 누군가 모리 아키라의 책상에 낙서를 해놓아서, 그가 결석을 하게 된 뒤로 그만큼의 날짜가 흘렀다.

    "어머니한테 전화가 왔는데 오늘부터 1박 2일로 시골에 다녀온대. 시골 할머니 집에. 모리하고도 전화로 잠깐 얘길 했어. 어머니가 공부를 봐주고 계시대."

    모리 아키라를 놀렸던 불량한 아이들을 떠올리자, 가슴속에 부글거리는 마그마 같은 감정이 쌓여갔다. 초등학생 때 반 친구들이 나를 무시하거나 수업 시간에 내게 지우개똥을 뿌리던 기억이 되살아났다.

교무실을 나오며, 생각했다.

오늘 밤, 불량한 아이들의 책상에 낙서를 하는 건 어떨까?

모리 아키라가 당한 짓을 그대로 그들에게 되돌려주는 것이다.

평상시 같으면 불량한 아이들의 책상에 낙서를 한 게 모리 아키라라고 오해할지도 모른다. 복수라는 강한 동기가 있는 것은 그 아이니까. 그러나 오늘 밤에 그걸 실행하면 모리 아키라가 의심을 사지 않는다. 왜냐하면 그는 부모님과 시골에 갔다. 그를 의심하여 추궁하려고 해도 이 사실이 모리 아키라의 결백을 지켜줄 것이다.

또 한 가지 좋은 점이 있다. 이 일이 그의 귀에 들어가면 반 친구 중 누군가가 자신을 위해 행동해주었음을 알 것이다. 나는 그에게 마음의 힘이 될지도 모른다.

평소에는 자전거로 통학했지만, 비 오는 날에는 버스를 탔다. 하교 때를 위해 우산을 들고 버스정류장으로 가는 도중에 문구점에서 검은색 유성 마커를 샀다. 제브라 사의 '마키'다. 점원이 계산을 마친 표시로 테이프를 붙여주었다. 노란 테이프에는 문구점 이름이 인쇄되어 있다. 나는 이런 걸 떼지 않고 두는 타입이다. 테두리 부분에 먼지가 묻어서 시커멓게 돼도 붙여둔다. 나의 그런 습성을 보고 오와타 유리코는 "센스가 없어"라고 했다. "휴대전화 살 때 붙어 있는 투명 필름도 안 떼고 둘 거지?"라고도 했다. 정답이었지만.

2

학교에서 돌아오는 도중에 신주쿠 역에서 내려 백화점 안을 빠져나가다, 우산 매장에서 좋은 우산을 발견했다. 하얀색 우산으로 전체적으로 가늘었다.

카운터에서 계산할 때 가게 매장을 둘러보니 여기에도 많은 '쌍'이 있었다. 이쪽을 봐도 '쌍'. 저쪽을 봐도 '쌍'. '쌍'이라는 것은 그러니까 '동물의 수컷과 암컷 한 쌍'이라는 말이다.

아파트로 돌아와 좁은 방 안에서 우산을 펼쳤다. 방이 더 좁아 보였다. 기왕 펼친 거니 이대로 좀더 있어볼까 하고, 펼친 우산을 바닥에 두고 휴대전화를 손에 들었다.

"별일이네. 사쿠라이가 전화를 다 하고." 오가사와라 노부오다.

별일이 아니라 그에게 전화를 하는 것은 처음이다. 오와타 유리코에게 연락처를 들었다는 것과 도야마 신노스케 연락처를 알고 싶다는 뜻을 간단히 설명했다.

"도야마 신노스케?"

"응. 2학년 때 우리 반이었던 애. 기억나니?"

"그런 애가 있었나."

으음, 하고 생각에 잠긴 목소리가 전화 너머로 들린다. 어쩐지 그도 도야마에 대해서 기억나지 않는 것 같다. 첫사랑이었던 아이인데 어쩌면 이렇게 그림자가 희미할까. 나는 은근히 낙담했다. 그때였다.

"아! 있었어! 알아, 알아! 그 녀석이지, 수학 만점 받았던 녀석?"
"맞아!"
"호시노가 만든 기말 시험을."
"백 점 만점 받았지."

호시노는 당시 수학 선생님으로 시험 문제를 어렵게 내는 걸로 유명했다. 성격도 최악이고, 문제에 대답하지 못하면 예사로 학생을 무시했다. 다른 아이들 앞에서 한 여학생을 울린 적도 있다는 소문이다. 난 그가 만든 문제의 의미를 도무지 알 수 없었다. 전혀 이해 불가여서 수학이란 과목이 싫어졌다. 수학이라는 말만 들어도 호시노라는 교사의 얼굴이 떠올라서 가슴이 답답해졌다. 동시에 식욕도 잃었다. 호시노식 다이어트라는 책의 출판을 검토해볼 만하다고 생각한다. 그 호시노가 만든, 아무도 완전하게 해독하지 못할 것으로 보이는 문제를 다 푼 사람이 학년에 한 명 있었다. 도야마 신노스케였다.

"그렇지만 소문일 거야."

도야마의 만점 답안지를 본 사람은 사실 아무도 없다.

"만점을 받았으면 바로 알겠지. 나라면 그 자리에서 애들한테 자랑할 거야, 분명."

"너라면 그랬겠지."

도야마가 그러는 장면은 상상할 수 없다. 그의 경우, 만점인 답안지가 돌아와도 표정 하나 바뀌지 않고, 아무것도 특별한 게 없는 것처럼 접어서 가방 속에 넣을 거라고 멋대로 상상해본다.

"도야마란 녀석은 어렴풋이 기억하지만, 휴대전화 번호까지는 몰라. 그런 접점이 나한테는 없었어."

"그래, 그럴 거 같았어."

"그렇지만 의외네."

"뭐가?"

"너 도야마를 혹시?"

"혹시 뭐?"

"어, 뭐 됐어. 역시 그랬던 건가."

"그러니까 뭐가?"

"오 년도 더 되었잖아. 우리가 같은 반이었던 게. 이제 와서 연락해서 어쩌자는 거야?"

"됐어. 전화 끊는다."

"알았어, 알았어. 미안, 미안. 대신 도야마를 알 만한 녀석을 찾아볼게. 생각나면 전화하마. …… 맞다, 고2 때면."

아까와는 다른 낮은 톤의 목소리다.

"혹시 낙서 사건?"

"맞아, 그해야."

모리 아키라라는 아이가 반에 있었다. 도야마 신노스케와 오와타 유리코, 오가사와라도 같은 반이었다. 전부 같은 고교 2학년생이었다. 10월 중순 어느 아침의 일이다. 모리 아키라의 책상이 엉망이 되어 있었다. 그는 반에서 못된 아이들에게 종종 놀림을 받는 아이였다. 책상 사건은 명백히 그 연장에 있었다.

낙서 내용은 초등학생이라도 떠올릴 만한 단순한 어휘였다. 먼저 책상이 꽉 차게 굵은 마커 선으로 한마디 써놓았다. 그리고 비어 있는 곳에 가는 마커 선으로 또 다른 말을 써넣었다.

게다가 흰색과 노란색 분필가루. 그 아이는 몇 번이나 칠판 지우기를 강요당한 걸까. 책상 표면을 알아볼 수 없고, 바닥에도 가루가 떨어져 있을 정도로 대량의 분필가루가 뿌려져 있었다.

아니, '낙서' 뒤에 '분필가루'가 아니다. 처음에 '분필가루', 그 뒤에 '낙서'다. 왜냐하면 낙서는 분필가루 위에 쓰여 있었다. 일단 책상을 닦고 난 뒤에 낙서하자, 이런 생각은 하지 않았던 것 같다.

그날 이후, 모리 아키라를 교내에서 보는 일은 없었다. 2학년 때는 휴학으로 되어 있었지만, 우리가 3학년으로 올라갔을 무렵 자퇴했다는 소문을 들었다. 지금은 어디서 무얼 하는지 모른다.

당시에 나는 가슴속에서 끓어오르는 마그마 같은 감정을 안고 있었다. 초등학생 때, 나도 비슷한 입장에 처해 있었기 때문이다. 모리 아키라가 느꼈을 불안도 분노도 모두 내 일처럼 느껴졌다. 등교해서 그 책상을 보았을 때 그를 덮쳤을 이 세상의 악의, 절망, 불안의 덩어리를 나는 쉽게 짐작할 수 있었다. 그러나 아무것도 하지 못했다. 낙서를 한 것은 평소 모리 아키라를 놀리는 불량한 아이들이란 걸 알고 있으면서 항의하지 못했다. 나는 두 번 다시 이지메를 당하지 않도록 조심조심 살아가는 것이 고작이었다.

그런데 당시 반 아이들이 기억하고 있고, 지금도 마음속에 응어리져 있는 낙서 사건이란 모리 아키라의 책상에 남아 있었던 낙서가 아니다. 그 일주일 뒤에 일어난 두번째 낙서 사건을 말하는 것이다.

두번째 낙서 사건은 규모가 컸다. 피해자는 반 아이들 전부. 내 책상에도, 도야마 신노스케의 책상에도, 오와타 유리코의 책상에도, 오가사와라의 책상에도 유성 마커로 낙서가 되어 있었다.

"그때 아이들 책상이 전부 타깃이 되었지……."

오가사와라가 수화기 너머로 이야기했다.

"그 범인은 실은 반 아이들 전부였다, 이렇게 됐더라면 좋았을 텐데. 각자가 자기 책상에 그랬다면 멋진 반이잖아."

"그러게."

분명 우리 모두에겐 불량한 아이들에게 놀림을 받는 모리 아키라를 감싸주지 못했다는 죄책감이 있었다. 한 사람 한 사람이 똑같이 책상에 낙서를 했다고 한다면, 전원이 모리 아키라에게 사과하는 것 같아서 뭔가 개운하다. 만약 그렇다면 그도 마음의 구원을 받았을 것이다. 그건 어찌 됐건 모리 아키라의 책상에 낙서를 한 인물과 반 아이들 전원의 책상에 낙서를 한 인물이 다른 사람이라는 오가사와라의 이야기는 예리했다. 왜냐하면 나와 도야마가 두번째 낙서의 범인이었으니까.

***

한밤중. 가족이 잘 때 몰래 집을 나왔다.

비는 어느새 그쳤고, 습기를 머금은 공기가 자욱했다. 10월의 밤은 서늘했다. 역에서 학교까지 곧게 뻗은 산책길에는 점점이 켜진 가로등이 물이 들기 시작한 나뭇잎을 비추고, 젖은 길바닥에 반사되었다. 자전거도 통행할 수 있는 길이어서 사정없이 속도를 내서 달려갔다. 라이트를 켜는 발전기 소리가 붕붕 하고 울리는 소리를 들으면서 힘차게 페달을 밟았다. 하늘에는 아직 비구름이 걸려 있는지, 별이나 달은 보이지 않고 유성 마커로 칠한 듯이 까만색이었다.

전혀 상상하지 못했다.

같은 생각을 한 사람이 나 말고 또 있을 줄이야.

"사쿠라이?"

어둠 속에서 누군가 말을 걸어와 흠칫 놀랐다. 학교 부지를 둘러싼 울타리 옆에 자전거를 세우고 몰래 들어가려고 할 때였다. 뒤를 돌아 자세히 보니 같은 반 남자아이가 서 있었다.

얼굴은 아는데 이름이 바로 생각나지 않았다.

"도야마야. 같은 반인."

그는 가로등 아래 멀뚱하니 서 있었다. 키가 크고 약간 구부정하다. 나는 그날 밤까지 그와 말을 해본 적이 없었다. 교실에 있는지 없는지 잘 모르는 아이라는 인상이다. 그 아이도 나와 비슷한 인상을 안고 있을 것이다.

"뭐 하는 거야?"

"너는?"

"난 마침 지나가던 길이었을 뿐."

"이 시간에?"

"너야말로 이 시간에?"

우리 사이에 무언의 시간이 흘렀다. 곧게 난 길을 따라 학교 산울타리가 저 끝까지 뻗어 있고, 우리 말고는 아무도 없었다. 눈앞에 기다랗고 조금 구부정한 고양이 등의 실루엣을 바라보았다. 그러다 '혹시?' 하는 생각이 떠올랐다.

"설마 교실에 몰래 들어갈 생각? 유성 마커 같은 것 준비한 거 아냐?"

도야마는 몇 초의 침묵을 사이에 두고 대답했다.

"응. 유성 마커, 빌려왔어."

그는 주머니에서 '마키'를 꺼냈다. 우리가 가지고 온 유성 마커는 똑같은 제브라 사 제품이었다.

***

안녕하세요, 사오토메 란코라고 합니다.

오가사와라에게 사쿠라이 씨 이야기를 들었습니다.

도야마와 나는 고등학교 3학년 1학기 때 같이 학급 임원을 했습니다.

별로 얘기를 한 적은 없지만…….

도야마의 전화번호는 내 휴대전화에도 없습니다.

아마 여름방학이 시작된 뒤 이사를 하지 않았을까요.

2학기부터는 더 이상 보이지 않았답니다.

반의 남학생 중 누군가 도야마와 주소를 교환했을지도 모릅니다.

좀더 알아보겠습니다.

오가사와라와 전화를 한 사흘 뒤의 일이다. 대학 캠퍼스의 휴게 코너에서 '우유 가게의 커피'라는 달콤한 커피를 자동판매기에서 구입하여 마시고 있을 때, 내 휴대전화로 메일이 왔다. 보낸 사람은 오가사와라. 그의 메일에는 사오토메 란코라는 친구에게 연락해보았다는 얘기와, 그녀가 내게 쓴 메일 내용이 있었다.

오가사와라와 사오토메 란코는 고교 시절에 동아리 활동을 통해 알게 된 관계 같다. 오가사와라는 농구부 주장이고 사오토메 란코는 매니저였다고 한다. 벤치 등받이에 몸을 기대고 휴대전화 액정 화면을 보면서, 어이없다는 생각이 들었다. 그냥 오 년 전 같은 반이었던 아이에게 연락을 하고 싶은 것뿐이었는데, 여러 사람들을 끌어들이고 말았다. 더 이상 일이 커지지 않았으면 좋겠는데.

자동판매기 종이컵의 테두리를 앞니로 잘근잘근 씹으면서 메일을 다시 읽고 있는데, 세미나를 같이하는 여자아이가 왔다. '쌍'인 남자아이와 같이였다. 그녀는 이번 황금연휴에 갈 여행 계획을 즐겁게 이야기하면서, 자동판매기에서 주스를 사서 또 어딘가로 가버렸다. 눈이 마주치면 인사라도 하려고 마음의 준비를 하고 있었는데, 그녀는 끝까지 내가 있는 것을 알아차리지 못했다. 도야마 신노스케에게 지지 않을 만큼 나도 존재감이 없다. 북극권의 오존층 못잖다. 그러나 그런 건 옛날부터 알고 있다. 새삼스럽게 상처 입을 것도 없다. 라기보다 스스로 원해서 그렇게 되었다. 불량한 아이들에게 놀림받지 않게, 되도록 눈에 띄지 않게 사는 것이 중학교 이후 나의 신조였다.

안녕하세요, 사쿠라이 치하루라고 합니다.
도야마의 일로 번거롭게 해서 미안합니다.
도야마와는 오 년 전에 전화번호를 교환했습니다만,
아마 번호를 잘못 입력한 것 같습니다.
하고 싶은 이야기가 있어서 사람들 편에 그의 연락처를 묻고 있습니다.
잘 부탁합니다.

오가사와라에게 메일 전달을 부탁했다.
그 후 일주일 정도, 정보가 누구에게로 어떻게 갔는지 나는 몰랐다. 내 휴대전화는 침묵한 채였고, 가끔 메일이 왔나 싶으면 대학교나 아르바이트 친구에게서 오는 관계없는 메일이었다. 그러는 중에 벚꽃 잎이 날리는 계절이 되고, 그것도 지나버렸다. 그 만개했던 벚꽃은 꿈이 아니었나 싶다.
내가 무사히 도야마와 연락을 취할 수 있었던 것은 4월 말의 일이다.

그가 있는 곳을 알고 있는 사람은 사오토메 란코의 동창이었다. 그 남자아이는 도야마와 친했던 건 아니지만, 고등학교 3학년 1학기 때 수학 노트를 빌려서 베낀 적이 있었다고 한다. 그러나 노트를 돌려주는 걸 깜빡한 채로 여름방학이 시작되었고 그사이에 도야마도 이사를 가버려서, 할 수 없이 담임선생님에게 그의 주소를 물어서 보냈다. 그러자 대학 입시를 눈앞에 둔 1월에 그에게서 연하장이 왔다. 노트를 보내준 데 대한 인사와 짧은 근황 보고가 있었다고 한다. 노트를 보냈던 주소를 쓴 메모나 도야마에게 받은 연하장은 이미 분실돼서 찾을 수 없다. 그러나 그가 쓴 근황 보고 속에 진학을 희망하는 학교가 적혀 있었는데, 그건 지금도 기억한다는 것이었다.

당시 도야마가 진학을 희망한 곳은 도카이 지방에 있는 이공학계 대학이었다고 한다. 홈페이지에서 총무과 전화번호를 찾아 전화를 해보았다.

"도야마 신노스케라는 학생이 그 학교에 재학 중인지 알고 싶습니다만."

그 학교에 진학했다는 전제로 물어보았다.

"몇 년 전에 입학했는지 아십니까?" 총무과 사람이 물었다.

내가 대학에 입학한 것은 삼 년 이 개월 정도 전이어서 그것과 비슷한 시기를 알려주었다. 또한 내 신분과 그와는 어떤 관계인지, 어떤 이유로 연락을 하고 싶은 건지 물어와서 거침없이 대답을 했다.

"그 사람이라면 현재 학부 4학년이군요. 데시가와라 교수님 연구실에 소속되어 있습니다. 생물기능공학 연구실이지요."

전화를 끊은 뒤, 대학 홈페이지에서 링크를 타고 연구실 홈페이지에 가보았다. 생물기능공학 연구실에 소속된 학생 이름이 게재되어 있었다. 당연히 거기에 도야마의 이름이 있을 거라고 생각했지만, 찾지 못했다. 대신 마음에 걸리는 이름이 있었다.

B4 미도 신노스케.

B4의 B는 Bachelor(학사)의 머리 문자. 이 연구실 학부 4학년생으로 이름이 도야마 군과 같다. 이 사람이 도야마 신노스케일까? 그러고 보니 그 이름을 인터넷에서 검색했을 때 하나도 나오지 않았다. 연구실 홈페이지에 이름이 게재되어 있다면 검색이 됐을 것이다.

연구실 전화번호가 홈페이지에 있어서, 그곳으로 전화를 해보았다. 신호음이 간 뒤에 누군가 전화를 받았다.

"예. 데시연입니다."

남자 목소리였다. 데시연이라는 것은 데시가와라 연구실의 약칭일 것이다.

"여보세요? 미도 씨라는 분 계십니까?"

"예, 접니다."

"미도 신노스케 씨?"

"그렇습니다."

"혹시, 도야마?"

잠깐의 침묵 뒤에 대답이 있었다.

"…… 사쿠라이?"

그는 내 목소리를 기억하고 있었다.

3

열일곱 살의 밤, 학교 앞에서 나와 도야마는 서로의 계획을 이야기했다.

"어떻게 교실로 들어갈 생각이었어?"

도야마는 침착한 목소리의 소유자였다.

"숙직실에서 제일 먼 곳의 유리창을 깨면 눈치채지 못할 거라고 생각했어."

"이 학교에 숙직실은 없는데?"

"어, 정말?"

"옛날에는 그런 방이 있어서 선생님이 자기도 했는데, 지금은 민간 경비회사와 계약을 했어."

창과 문에 설치된 센서가 이상을 감지했을 때만 경비회사 직원이 온다고 그는 말했다. 그러나 그 센서도 우리 학교의 경우에는 교무실과 교장실 같은 곳과 약품이 있는 과학실 같은 곳을 중심으로 설치되어 있어서 교실에 들어가는 거라면 문제없을 거라는 이야기였다.

도야마는 창문의 잠금장치가 부서진 곳도 알고 있었다. 일층 남자화장실 창이다. 그곳으로 들어가면 계단도 바로 옆에 있고, 이층에 있는 우리 교실까지 최단 거리로 갈 수 있다.

"그런 곳에 창문이 열리다니 마침 잘됐네."

"그러게."

아무 감정도 담기지 않은 '그러게'였다. 나는 그가 사전에 창문의 잠금장치를 망가뜨린 게 아닐까 하는 의심에 대해서는 말하지 않았다. 그의 모습을 보면 명백했다.

그날 밤, 도야마 신노스케는 냉정했다. 심장이 쿵쿵 뛰어서 호흡곤란을 일으킬 것 같은 나와는 달리 별로 어렵지 않은 연습 문제를 풀듯이 그는 차분하게 행동했다.

우리는 전화벨이 울리면 곤란하니까 휴대전화 전원을 끄고 출발했다. 울타리를 넘어서 운동장 한쪽 구석을 지나, 우뚝 솟은 네모난 교사로 다가갔다. 비가 그친 뒤여서 땅바닥은 질척했다. 교사 벽을 따라 이동했다. 일층 남자화장실 옆으로 가자, 도야마가 준비했던 타월로 신발 바닥을 깨끗이 닦았다. 흙발로 이동하여 발자국을 남기지 않기 위한 세심한 주의다.

그가 먼저 화장실 창으로 들어갔다. 뒤이어 나도 들어갔다. 그가 창으로 몸을 내밀어 내 손목을 잡아주었다. 그러나 화장실 바닥에 뛰어내릴 때 실패했다. 발이 창틀 아랫부분에 걸려 머리부터 떨어질 뻔했다.

소리를 내지 않은 것은 거의 기적이었다. 그러나 냅색의 주둥이로 '마키'며 손전등이 바닥에 떨어져서, 탁, 탁, 탁 하는 소리가 길게 꼬리를 이었다.

도야마는 내 몸을 받아주다 바닥에 쓰러졌다. 두 사람이 포개진 상태였다. 내 뺨 아래 그의 가슴이 있고, 서로의 숨소리가 들렸다. 아픔과 놀람으로 몇 초간 그대로 멈춰 있었다. 그가 숨을 쉴 때마다 가슴이 아래위로 흔들렸다. 우리는 비틀비틀 말없이 일어서서 바닥에 흩어진 것을 주웠다. 낯이 뜨거웠다. 쑥스러움을 얼버무릴 말도 생각나지 않았다.

"선택을 잘못했네."

그도 역시 주머니에 넣어둔 '마키'를 떨어뜨렸는지, 화장실 문까지 굴러가 있었다.

"다른 창으로 들어갔더라면 좋았을걸."

남자와 둘이서 화장실 바닥에 굴렀다는 말은 아무한테도 할 수 없다.

소리를 듣고 누군가가 달려오는 일은 없었다. 건물 안은 고요가 감돌았다. 도야마의 등에 붙어서 복도를 지나 계단을 올라가 교실로 이동했다.

평소에는 시끌시끌한 교실이지만, 캄캄한 교실은 쥐 죽은 듯이 고요했다. 그것만으로도 뭔가 무서운 기분이 들었다. 도야마의 지시로 형광등은 켜지 않기로 했다. 가지런히 정렬되어 있는 책상. 평소 같으면 건드릴 일도 없는 친구들의 책상이다.

"여기 정말 우리 반이야? 잘못 들어온 거 아니지? 칠판이 서쪽 벽에 있지?"

실수했다가는 큰일이어서 도야마에게 몇 번이나 확인했다.

"응. 그런데 칠판은 원래 서쪽 벽에 있어."

"그래?"

"초등학교부터 고등학교까지 그렇게 되어 있어. 남쪽에 창이 있는 것과 무관하지 않아. 오른손잡이가 많은 일본인이 노트에 글씨를 쓸 때, 연필을 잡은 손이 그림자를 만들지 않게 하기 위한 배려야."

도야마가 잡학 상식을 늘어놓은 그 시점에서 나는 유성 마커를 꺼냈다. 어둠 속에서 전원의 책상에 낙서를 시작했다.

나는 당초 모리 아키라를 놀렸던 불량한 아이들의 책상에만 낙서를 할 생각이었지만, 아까 밖에서 의논을 할 때 도야마가 고개를 가로저었다.

"그건 안 돼. 전원을 피해자로 하는 게 좋아."

"왜?"

"너는 모리의 책상에 낙서를 한 범인을 너무 단정 짓고 있어."

불량한 아이들이 범인이 아닐 수도 있다는 가능성은 생각지도 못했다.

확실히 불량한 아이들은 모리 아키라의 책상 낙서가 자기들 짓이 아니라고 주장했다. 자신들에게 죄를 뒤집어씌우기 위해 모리 아키라 본인이 스스로 낙서를 한 게 아닌가, 라고도. 그래서 전원의 책상에 낙서를 하기로 했다. 다 하다 보면 하나쯤은 범인이 걸리겠지, 하고 생각했다. 무관한 사람에게는 미안하지만.

낙서를 한 글씨체와 어휘는 기억하고 있다. 그것을 떠올리면서 필체를 모르도록 거칠게 책상에 낙서를 했다.

"도야마는 모리하고 친구였어?"
"응."
초등학교 때부터 같은 학원에 다녔다고 한다.
"모리는 드래곤캐스트 레벨 올리기를 나한테 해달라고 그래. 난 게임기가 없으니 기쁘게 하고 있지만."
"학교에서 얘기하는 것 본 적 없는데?"
"이번에 같은 반이 되고는 모리가 나를 생각해서 말을 걸지 않아."
"왜?"
"자기와 친하게 지내면 나까지 애들한테 놀림을 당할 거라고 생각했겠지."

내가 미는 자전거가 덜덜덜 소리를 냈다. 도야마의 자전거는 역 앞에 세워두어서, 거기까지 함께 가기로 했다. 도야마가 오늘 교실에 몰래 들어가려고 한 이유를 생각했다. 그는 모리 아키라와 학교에서 이야기할 수 있는 날을 되찾고 싶었던 게 아닐까?

도야마가 걸어가면서 하품을 했다.
"하품이 잘도 나오네."

밤의 교실에 몰래 들어가서 그런 행동을 한 뒤다. 나는 아직도 심장이 터질 듯이 뛰고 있는데.

벚꽃은 그 시기에 낙엽 준비를 하고 있었다. 잎과 가지마다 빗방울이 매달려 있고, 거기에 가로등 불빛이 비치자 유리구슬을 뿌려 놓은 것처럼 반짝거렸다. 어느덧 밤하늘에 걸려 있던 구름이 사라지고 별이 보였다. 가슴 가득 숨을 들이마셨다. 태어나서 처음으로 호흡을 한 것처럼 상쾌한 밤이었다.

십오 분 정도 전에 어두워서 시야가 제대로 보이지 않는 상황에서 모든 작업이 종료됐다. 작업 자체는 그리 힘들지 않았다. 시간 단축을 위해 굵은 쪽 펜으로만 낙서를 한 덕분일지도 모른다. 그렇게 하는 것도 교실로 들어가기 전에 둘이서 의논한 결과였다.

도야마가 내 책상에, 나는 그의 책상에, 각자 욕을 썼다. 모리 아키라의 책상에도 새로 낙서를 해야 하나 망설였다. 우리는 결국 모리 아키라의 책상에는 손을 대지 않았다. 작업을 종료하고 교탁 앞에 서서 둘러보았지만, 어두워서 전체 모습은 잘 보이지 않았다. 형광등을 켜면 분명 몹쓸 광경일 것이다.

"사쿠라이는 어째서 모리 때문에 이런 일을······?"

"그냥."

잠시 말없이 걷다가 뭔가 말을 더 보태야 한다고 생각했다.

"나도 초등학생 때 같은 일을 겪었거든. 그런데 아무도 편이 되어주지 않았어."

그때 만약 나와 이야기를 해줄 친구가 있었다면 그 뒤로 성격이 많이 바뀌었을지도 모른다. 공기가 차가워지면서 안개가 생겼다. 투명한 공기에 하얀 것이 섞여서 가로등 불빛이 수채화처럼 부옇게 번졌다. 우리는 아무 말도 하지 않고 걸었다. 이윽고 산책길의 젖은 식물들 너머로 마을 불빛이 보였다. 밤인데도 전혀 무섭지 않았다.

역에 가까워지니 처음으로 지나가는 사람이 있었다. 휴대전화 전원을 넣자, 액정 시계는 새벽 세시가 되어 있었다. 경찰에서 보도(補導)를 하기 전에 귀가해야 한다. 다음 날도 학교를 가야 해야 했다.

"전화번호 가르쳐줄래?"

내가 먼저 말을 꺼냈다.

"왜?"

도야마는 조금 멍한 표정으로 되물었다. 애는 정말로 졸리구나, 하고 생각했다.

"오늘 밤 일로 잊어버린 게 있다거나, 갑자기 연락해야 할 때를 대비해서……"

나는 전화번호를 묻기 위한 명목과 근거와 동기라는 것을 서둘러 위장했다.

"그렇구나."

그도 휴대전화를 꺼냈다. 액정 화면이 눈부실 정도로 빛나며 우리 얼굴을 비추었다. 서로 각자 번호를 말하고 손으로 입력했다.

다음 날 아침, 학교에 난리가 났다. 다른 반에서도 구경하러 와서 교실 입구는 사람 탑이 생겼다. 나는 잔뜩 겁을 먹고 있었지만, 도야마는 태연했다. 우리는 그 뒤로 이런저런 이야기를 나누며 친해져서 전화도 자주 걸게 될 거라고 생각했지만, 그렇게 되지 않았다. 말을 걸 용기가 없어서 어물거리는 사이 3학년이 되었고, 그는 홀연히 다른 동네로 이사를 가버려서 학교에 없었다.

4

5월 황금연휴는 비가 오는 날이 이어졌다. 그날의 일기예보 역시 우산 표시여서, 큰마음 먹고 얼마 전에 구입한 흰 우산을 들고 갔지만, 신칸센에서 내리니 역 앞은 말짱하게 개어 있었다. 버스정류장에서 목적한 대학으로 가는 노선을 찾아서 올라탔다. 넓은 주차장을 가진 파친코 가게와 거대한 간판의 신사복 가게가 버스 창으로 언뜻언뜻 보였다. 신칸센 안에서도 버스 안에서도 가방에서 '마키'를 꺼내 바라보곤 했다. 대학교 정문을 들어갔을 즈음에 로터리가 있고, 정류장에서 버스가 정차했다.

그 대학은 전원지대에 있어서 녹색의 지평선 바다에 거대한 흰색 연구동이 밀집해 있었다. 여기서 단백질 실험이며 DNA 해석이며 전자회로 연구를 하는구나, 하고 생각했다.

도야마와 만나기로 한 장소는 F동이라는 구석진 곳에 있는 건물 일층 로비였다. 지도에 의지하여 캠퍼스를 걸었다. 병원보다 더 개성 없게 만든 건물이 광대한 토지에 줄줄이 있었다. 지나가는 사람도 별로 없고 한적했다. 인기척이 없는 것은 황금연휴 탓일 것이다.

F동을 찾아서 일층 정면 현관으로 들어갔을 때 한 남자가 스쳐 지나갔다. 도야마는 아니었다. 그 사람은 바로 지나치며 어딘가로 가버렸지만, 스쳐 지날 때 나를 보는 것 같은 기분이 들었다. 외부인이 이곳을 찾아오는 일이 드물지도 모른다.

일층 로비의 벤치에 앉아서 초조한 시간을 보냈다. 약속 시간 정각에 흰 가운을 입고 키가 큰 남자가 복도 저 끝에서 걸어와서 내 눈앞에 멈춰 섰다. 도야마는 여전히 구부정하고 가슴도 없고, 재회를 했다고 기뻐하거나 들뜨거나 하는 모습도 없이 아주 평범하게 고개를 숙이며 "안녕" 하고 말했다.

도야마의 안내로 엘리베이터를 타고 생물기능공학 연구실로 들어갔다. 그리 넓은 방은 아니었다. 용도 불명의 하얀 실험 기기가 비좁게 널려 있고 희미하게 작동음을 내고 있었다. 작업용 책상에는 노트북이 펼쳐져 있었다. 그는 영어 논문을 집필하는 중이었다. 여러 명이 같이 사용하는 방이라고 하는데, 그날은 도야마 외에 아무도 없었다.

도야마는 연구실 비품인 냉장고에서 페트병에 든 아이스커피를 꺼내 유리잔에 따라서 내게 주었다.

"결혼했구나."

흰 가운을 펄럭이며 걷는 도야마의 약지에 반지가 있었다.

"예."
"상대는?"
"여잡니다."
"그야 그렇겠지."
"데릴사위로 들어가서 성이 바뀌었습니다. 지금은 미도 신노스케입니다."

Bachelor(학사, 미혼남)인데 기혼자라는 웃기는 사실. 그도 '쌍'의 한쪽이다.

흰 가운 차림의 그가 사무 의자에 앉아 있으니 의사 같아 보였다. 결혼했다는 말을 듣고 충격이 없었다면 거짓말이다. 그러나 그런 동요는 감춰두자. 태연한 척해두자.

"그럼 미도라고 불러야 해?"
"도야마도 괜찮고."
"연휴인데 연구실에서 실험? 부인은 화내지 않아?"
"아내도 다른 연구동에서 콘크리트 파괴 실험을 하고 있으니까."

이 부부는 대체 집에서 무슨 대화를 나눌까.

"도야마, 좀 멋있어졌네."

부인이 옷차림에 신경을 쓰는 사람일까.

"그런가."
"달라졌어, 달라졌어."
"사람에 따라서는 더 변화하기도 해."
"겨우 오 년 사이에 딴사람이 될 수도 있구나."

"사쿠라이는 별로 바뀌지 않았네."

은근히 충격이었지만, 이것도 역시 태연한 척해둔다.

오 년 전, 교실에 몰래 들어간 날 밤 이후, 이야기를 한 적이 없는데 거리낌 없는 대화가 가능했다. 어느새 그도 존댓말을 쓰지 않았다. 그게 기뻤다.

한 차례 서로의 근황을 주고받았다. 그다음에 본론으로 들어갔다.

"그런데 오늘 여기 온 이유 말인데……."

봄방학에 본가에 갔던 일과 벽장 속에서 학교에 몰래 들어갔을 때 사용한 냅색이 나와서 오 년 만에 내용물을 확인한 것 등을 설명했다.

"오 년 만에?"

"응. 돌아가자마자 바로 벽장 속에 넣어두고는 그대로 잊어버렸어."

"그날 밤의 일, 아직 기억하고 있었어?"

잊을 리가 없다. 평범한 내 인생에서 그것은 가장 특별한 밤이었다. 비가 그치고 촉촉한 공기를 들이마실 때마다 그날이 생각나서 가슴이 쿵쾅거린다.

나는 가방에서 검은색 유성 마커를 꺼냈다.

"이거, 그때 썼던 '마커'."

도야마의 눈이 희미하게 가늘어졌다.

"사쿠라이, 드디어 눈치챘구나."

나는 끄덕였다.

"갖고 와주어서 고마워. 우편으로 보내도 됐을 텐데."

"우편으로 보내면 도야마하고 얘기를 할 수 없으니까."

그날 밤, 교실에 침입할 때 내 발이 창틀에 걸려서 보기 좋게 굴렀다. 그걸 받아주던 도야마와 함께 남자화장실 바닥에 굴렀다. 나는 냅색에서 떨어진 '마키'를 바로 주웠다. 그도 역시 화장실 문 앞까지 굴러간 유성 마커를 줍고 있었다.

그러나 실제로는 내가 주운 것이 그의 것이고 그가 주운 것이 내 유성 마커였다. 내가 가져간 '마키'에는 노란색 테이프가 붙어 있을 터였다. 문구점에서 구입할 때 계산 완료를 표시하는 테이프다. 그러나 벽장에서 발견한 이 유성 마커에는 테이프가 없었다.

내가 내민 유성 마커를 받아들고 도야마는 바로 뚜껑을 열어보았다.

"아하, 이것 때문인가."

뚜껑을 열자 펜 끝 주위에 분필가루가 묻어 있었다.

"결론부터 말하자면 도야마, 너 아니었어? 첫번째 낙서. 모리의 책상에 이 유성 마커로 낙서한 사람은."

벽장에서 발견한 그의 유성 마커는 오 년 전 그날 밤 이후, 한 번도 사용하지 않았다. 굵은 쪽 뚜껑을 열어보았더니, 펜 끝 주위가 가루로 지저분해져 있었다. 가는 쪽의 뚜껑을 열고 책상 위에 두드려보니 흰색과 노란색 가루가 떨어졌다. 그것들이 분필가루라는 것을 바로 알아차릴 수 있었다.

"우리가 낙서한 날 밤에는 시간을 단축하기 위해 굵은 글씨밖에 쓰지 않았어. 가는 쪽 펜은 사용하지 않았지. 한 번도 뚜껑을 열지 않았으니 분필가루도 모리의 책상에 낙서를 한 직후부터 줄곧 보존되어 있었던 게 아닐까?"

도야마는 천천히 고개를 끄덕였다.

"아마 그게 맞을 거야. 집을 나오기 전에 시험 삼아 써봤더라면 눈치를 챘을 텐데. 실수했네."

모리 아키라는 칠판 지우기를 떠맡고 있어서 그의 책상은 늘 흰색과 노란색 분필가루로 지저분했다. 그 위에다 유성 마커로 낙서가 되어 있었다. 펠트제인 펜 끝은 유성 잉크를 책상 표면에 그리면서 동시에 분필 가루를 닦아냈을 것이다. 낙서를 한 뒤 펜 끝에는 많은 분필가루가 묻었을 것이고. 그러니 벽장에서 발견한 유성 마커야말로 모리 아키라의 책상에 낙서할 때 사용한 것이지 않은가. 나는 그런 스토리를 상상했다.

"그럼 역시……."

"그렇지만 사쿠라이는 오해하고 있어."

"어떤?"

"난 그날 밤에 말했을 거야. 세세한 부분까지 기억하지 못할 테지만."

"뭐라고 했는데?"

"만나자마자 넌 이런 질문을 했지. '유성 마커 같은 건 준비했니?' 나는 이렇게 대답했지. '유성 마커, 빌려왔어.' 너무 놀란 나머지 말이 헛나와버렸어."

놀란 것처럼 보이지 않았지만, 그가 그렇게 말한다면 그랬을지도 모른다.

"빌려왔어?"

"이 마커는 내 것이 아냐. 모리한테 빌린 거야. 첫번째 낙서를 한 건 그 아이야. 그 아이가 직접 자기 책상에 낙서를 한 거야."

연구실 전화가 엄청난 소리로 울어댔다. 도야마는 일어서서 수화기를 들고 "예, 데시연입니다" 하고 받았다. 나는 열심히 생각을 정리했다. "선생님은 이 방에 안 계신데, 다른 연구실에 계신 거 아닐까?" 하는 전화 통화를 하고, 도야마는 다시 이야기로 돌아왔다. 의자에 앉아 휜 가운 앞으로 팔짱을 끼고, 모리 아키라가 자기 책상에 낙서를 한 경위에 대해 이야기를 했다. 나는 잠자코 그 동기를 들었다.

"…… 그래서 드디어 학교 측은 이지메가 있었던 걸 인정했어. 모리의 어머니는 이대로 학교에 보내느니 직접 지도를 하는 편이 낫겠다고 생각해서 그의 등교 거부를 받아들였어. 원래 모리는 고등학교에 가는 건 시간 낭비라는 사고방식을 가진 아이여서, '학교에 가지 않아도 된다'는 명목을 얻은 거지."

"명목?"

"혹은 이유, 동기, 행동의 근거. 어른의 세계를 움직이기 위해서는 그런 것이 필요했을 테지. 나도 처음에는 사정을 몰라서 모리를 걱정했어. 그런데 실제로 모리를 만나보니 편안한 모습으로 하루

하루를 보내고 있었고, 진상도 솔직히 털어놓더라고. 등하교 시간도 없어지고, 독서에 쓸 수 있는 시간이 늘었다고 좋아했어."

"그럼 두번째 낙서는? 어째서 필요했던 거야?"

"불량한 아이들이 의심하기 시작한 탓이지. '낙서는 모리 아키라의 자작극이 아닌가?' 하고. 근거가 있었던 건 아냐. 걔들은 그저 자기들이 한 짓도 아닌데 눈총을 받으니까 애가 탔을 테지. 그래서 나는 모리에게 의뢰를 받았어. 자기 대신 낙서를 해달라고."

낙서범이 모리 아키라가 없는 동안에 또 나타난다. 모리 아키라는 부모와 함께 할머니 집에 가 있으니 그날 밤에 범행을 했다는 의심은 사라진다.

"모리가 우리 집까지 와서 그 마커를 빌려주었어. 사실은 모리 책상에 첫번째하고 같은 낙서를 하고 바로 돌아올 생각이었는데……"

"내가 등장해서 계획이 틀어진 거야?"

"그날 밤 사쿠라이를 만났을 때 어떻게 해야 되나 갈등했어. 이대로 돌아갈까, 아니면 계획대로 할까."

나는 깊은 한숨을 쉬었다.

"모리 녀석 하여간!"

그가 모든 일의 흑막이었다. 피해자인 척하고 반 아이들 전원의 이야깃거리가 될 사건을 연출한 장본인이었다.

"용서해줘. 그 애는 약하면서도 교활한 녀석이야."

도야마가 여전히 냉정한 어조로 말했다.

"난 이미 모리의 성격 교정을 포기했어. 사쿠라이도 일찌감치 포기하는 게 좋아."

표정 하나 바뀌지 않고 심한 말을 해서, 이 녀석이나 그 녀석이나 뭔가 이상하다고 생각했다.

"그렇지만 모리는 사쿠라이한테 감사하고 있어. 그날 밤 일을 얘기해주었더니 말이야."

"얘기했어?"

"사쿠라이를 만나는 바람에 계획을 변경해서 전원의 책상에 낙서를 했다고 했더니 재미있어하더라."

사정을 전부 알고 있는 모리 아키라에게는 우스웠을 것이다.

"지금도 그 녀석하고 얘기하면 종종 네 얘기가 나와."

"아직 연락 주고받아? 빨리 인연을 끊는 게 낫지 않니?"

"모리는 아마 줄곧 너를 마음에 담아두고 있을 거야. 걔한테는 자기를 위해 행동해준 유일한 여학생이었으니까. 모리가 지금 어디서 뭘 하는지는 말하지 못하게 해서 할 수 없지만."

"듣고 싶지도 않아."

"그렇다면 다행이고. 모리는 너를 만나길 꺼리고 있어. 진상을 다 알고 나서 자신을 싫어하게 될까 봐 두려운 거지."

나는 연구실 창을 돌아보았다. 어느새 하늘이 흐려졌다. 당장이라도 비가 올 것 같은 날씨다. 형광등을 켜놓아 실내가 밝은 탓인지 창에 내 얼굴이 비쳤다. 의외로 밝은 표정이다. 입으로는 모리 아키라에 대한 불평을 늘어놓고 있지만, 내심 안도했던 것이다. 첫번째 낙서 사건의 범인이 도야마이고, 악의로 그것을 했다는 결말을 예상했다. 거기에 비교하면 정신적인 충격이 적다. 게다가 모리 아키라가 의외로 강한 아이란 걸 알아서 다행이었다. 그 사건으로 상처가 심하지 않을까 걱정했다. 그 걱정이 모두 괜한 것이 돼버려서 한숨을 쉬긴 했지만.

의문이 정리되고 나는 아이스커피를 한 모금 마셨다. 썼다.

"너한테 연락하려고 얼마나 많은 사람을 거쳤다고."

어깨의 짐을 내려놓은 듯한 기분으로 여기에 오게 된 경위를 이야기했다. 듣고 싶었던 건 모두 들었다. 이제 남은 것은 잡담의 시간이다.

오와다 유리코며 오가사와라며 사오토메 란코의 이름을 말했다. 모든 이름을 그는 기억하고 있었다. 반 친구에게 보낸 연하장의 근황 보고에서 이 대학 이름을 알고 연구실에 전화를 걸어 간신히 연락이 되었다는 걸 설명했다.

"그날 밤에 가르쳐준 전화번호는 연결이 안 되더라."

도야마는 흰 가운 주머니에서 휴대전화를 꺼냈다. 슬라이드식의 최신 기종이다. 그는 휴대전화를 조작하기 시작했다. 어쩐지 통화 내역을 체크하는 것 같다.

천천히 눈을 깜박이다 잠시 생각하는 얼굴이 되었다.

"역시."

그렇게 말하고는 다시 휴대전화를 주머니에 넣었다.

"번호는 잘못되지도 않았고, 바뀌지도 않았어. 다시 전화를 했으면 통화가 됐을 텐데."

"어, 그렇지만."

"아마 요전에는 혼선이 되어서 다른 사람 전화에 연결됐을 거야."

"그런 일이 있을 수 있어?"

"그런 거라고 해두자."

벽에 디자인이 단순한 시계가 걸려 있었다. 벌써 초저녁 시간을 가리키고 있다. 슬슬 역으로 가야 한다. 신칸센으로 오늘 안에 집으로 돌아갈 생각이었다. 도야마에게 인사를 하고 일어서려고 할 때 연구실 문을 노크하는 소리가 났다.

"예."

도야마가 대답을 하자, 문이 조금 열리고 남자가 얼굴을 들이밀었다. 아까 F동에 들어올 때 스쳐 지난 남자였다. 도야마는 일어서서 입구에서 선 채로 그와 얘기를 나누었다. 내용은 잘 들리지 않았지만, 연구에 관한 대화일 것이다.

"아, 사쿠라이는 역까지 어떻게 갈 생각이야?"

도야마가 돌아보며 물었다.

"왔을 때랑 마찬가지로 버스 타고 갈 건데."

"아, 그럼 제가 태워다 드릴까요?"

도야마와 이야기를 하던 남자가 제안했다.

"그렇지만 미안해서."

"저도 지금 역에 갑니다. 가는 길이니까 같이."

나는 도야마를 보았다.

"타고 가는 게 좋을지도 모르겠다. 이 시간대에는 버스가 별로 없으니까."

도야마가 말했다.

"그럼 부탁할게요."

셋이서 F동 정면 현관을 빠져나와 밖으로 나왔다. 거기서 도야마와 헤어졌다.

나는 도야마의 동창생이라는 남자와 함께 주차장으로 향했다. 금방이라도 비가 내릴 것 같은 날씨다. 드디어 이 흰색 우산을 쓸 때가 왔구나, 생각했다. 기껏 집에서 가져왔으니 기왕이면 써보고 싶다. 그러나 주차장은 바로 앞이어서 비가 내리기 전에 그의 차까지 왔다. 조수석에 앉아서 안전벨트를 맸다.

시동을 걸고 차가 움직이기 시작했다. 조그맣고 낡았다. 별로 볼품없는 경차여서 조금 안도했다. 도야마의 동창생이 숨이 넘어갈 정도로 잘생겼기 때문이다. 찰랑찰랑한 머리칼과 여자처럼 가는 윤곽, 섬세한 콧등. 거기에 멋진 차까지 탄다면 어떡하나 걱정했던 것이다.

"미도하고는 어떤 관계세요?"

그가 운전하면서 물었다. 경차가 교문을 나오자 버스 안에서 본 경치가 펼쳐졌다. 와이퍼가 천천히 움직여 빗방울을 닦았다.

"고등학교 동창이에요."

"그 녀석한테 친구가 찾아오다니 신기하네요."

브레이크를 밟는 것조차 느껴지지 않는 편안한 운전이었다. 그 무렵에는 이미 그의 목소리가 어딘지 낯익다는 사실도 눈치챘다. 경차가 전원지대를 달려서 몇 개의 신호를 지났다. 비도 본격적으로 내리기 시작해서 와이퍼가 움직이는 빈도도 잦아졌다.

"왜 도야마의 휴대전화를 받은 거야?"

물어보았다. 그는 앞을 향한 채 흘끗 곁눈으로 나를 돌아보았다. 비에 젖은 풍경들이 흘러갔다. 그는 살짝 미소를 지었다. 천사 같은 얼굴에 속아서는 안 된다.

"전화에 발신자 이름이 떴기 때문이지. 사쿠라이 이름이."

그는 어쩌다 데시가와라 교수의 생물기능공학 연구실에 놀러 와 있었다. 그러나 도야마가 자리를 비웠고, 책상 위에 휴대전화만 놓여 있었다.

"사쿠라이가 언젠가 그 녀석에게 연락을 하지 않을까 내내 걱정했어. 내가 한 일이 들통 나는 게 무서웠거든."

그는 멋대로 전화를 받아서 도야마의 전화기가 아닌 척했다. 그러나 나는 포기하지 않고 도야마가 있는 곳을 찾아낸 것이다.

이케다라고 이름을 말한 것은 데시가와라 연구실에 이케다 씨라는 사람이 소속되어 있고, 옆에 있던 리포트에 그 이름이 있는 걸 보고 순간적으로 그렇게 말한 거라고 설명했다.

나는 조수석 쪽 창에 왼쪽 팔꿈치를 짚고 관자놀이 부근을 눌렀다. 화를 내야 할지, 재회를 기뻐해야 할지 알 수 없었다.

차가 물웅덩이를 지나가서 철퍽철퍽 소리를 내며 달렸다. 큰비다. 물속을 달리는 것 같다. 핸들을 잡고 있는 그의 옆얼굴을 보았다. 인상이 꽤 많이 달라졌다. 당시의 반 친구들이 보면 분명 놀랄 거야, 라고 말해주었다. 그는 "당시 반 친구들은 만나고 싶지 않아"라고 했다. 어째서 그 대학에 있었는지 물어보았다. 도야마에게 어디로 진학하는지 묻자, 그 대학에 간다고 해서 자신도 거기로 갔다는, 참으로 주체성 없는 대답이 돌아왔다. 와이퍼가 비의 탁류를 닦는 걸 보았다. 어느덧 해가 저물고, 빨간 신호등 불빛이 앞 유리에 번졌다.

"사쿠라이는 그 녀석을 어떻게 생각했어?"

"좋아했어."

"역시."

잠시 경차 안이 조용해졌다. 길을 돌 때 그가 깜박이를 켜서 깜박깜박 소리가 났다.

"오늘 사쿠라이를 만나지 않을 생각이었어. 그런데 아까 F동 입구에서 스쳐 지나다 마음이 바뀌었어. 새삼스럽지만 오 년 전에 나를 위해 행동해주어서 고마워."

벽과 천장이 얇은지 빗방울이 두드리는 소리가 크게 울렸다. 그러나 이런 차는 싫지 않다. 전에 주운 투명한 싸구려 우산을 떠올리게 한다. 기분 좋은 졸음조차 느껴졌다. 갖고 온 흰색 우산은 길어서 거치적거려 뒷좌석에 눕혀놓았다. 차에서 내릴 때 잊어버리지 말아야지. 잊어버리면 안 된다, 이 생각만 하고 있으면 잊어버리는 일은 없겠지. 이러고도 잊어버린다면 정말 나는 바보다. 옆에서는 미안한 모습도 없이 그가 즐거운 듯 운전하고 있다.

"좀더 반성하는 빛이라도 보이는 게 좋지 않겠니, 모리 아키라?"

나는 하품을 하면서 충고했다.

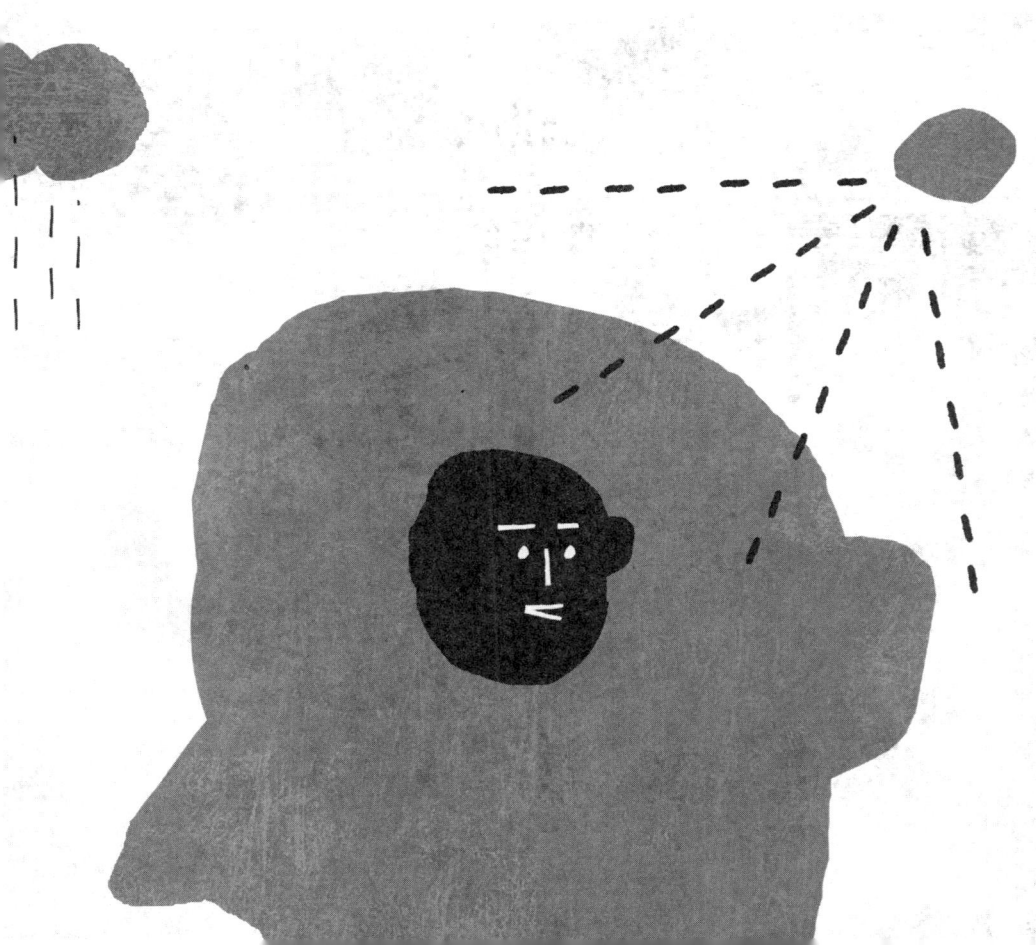

1

쓰토무와 친하게 된 건 고등학교 1학년 초여름이었다.

체육 시간에 농구를 할 때였다. 드리블 소리와 진동이 체육관 가득 울려 퍼졌다. 창문은 열려 있었지만 더운 열기로 꽉 찼다. 우리 팀 친구가 내게 패스를 했다. 공을 받아들었다. 손바닥에서 회전이 멈추었다. 농구공의 촉감, 무게. 상황은 순식간에 변했다. 시야에 사람이 뒤섞이고, 상대 팀 중 한 사람이 땀을 흘리면서 팔을 뻗었다.

누군가 있었으면 좋겠다고 생각하는 곳에 항상 같은 녀석이 있는 걸 깨달았다.

우리 팀의 한 사람.

빠르게 움직이는 사람과 사람의 틈, 아주 잠시 생기는 공간에 언제나 그 녀석이 있다.

마치 그곳에 길이 날 것을 미리 예상하고 있었던 것처럼.

상대 팀 아이가 막아섰다. 나는 정면 돌파를 시도하는 것처럼 보이며 예의 그 녀석에게 패스. 공은 상대 팀의 틈을 뚫고 그의 손에 들어갔다. 몇 초 뒤, 그 녀석이 던진 공이 골대의 그물을 흔들었다.

그 녀석이 내 사고를 미리 읽는 것처럼 나도 역시 그 녀석의 사고를 미리 읽고 움직였다. 시합을 하는 동안 그 녀석이 어떤 생각을 하고 있는지 신기하게도 내겐 읽혔다. 그가 공을 드는 순간 일제히 흐르는 사람의 움직임, 그걸 보고 어디를 향해 패스할지 살피고 누구보다 먼저 나는 그 방향을 향해 돌진한다. 가끔 내 속도가 느려서 패스를 받지 못할 때도 있었다. 말도 안 돼, 그렇게 빠른 패스를 어떻게 받아. 그 녀석을 노려보며 항의했다.

그 녀석도 같이 나를 노려본다. 시끄러워, 팔을 좀더 뻗으면 패스를 받을 수 있는 건 네 녀석뿐이잖아, 하고. 고등학교에 들어와서 두 달 동안 한마디도 나눈 적이 없는데, 어째선지 모르게 그런 의사가 전해졌다. 확실히 우리 팀의 다른 멤버는 그가 희망하는 위치와는 다른 장소에 있었다. 내가 잡을 수밖에 없다. 그 녀석의 패스를.

시라토리 쓰토무. 그의 이름이었다. 시라토리〔白鳥〕라는 성은 좀 장애가 되겠다는 생각이 들었다. 이름의 주인공과 비교하면 당사자가 이름에 압도당할 것 같은 느낌이 든다. 입학하고 나서 반 친구들의 명단을 보면서, 이 시라토리라는 녀석은 참 불쌍한 녀석이라고 생각했다. 그러나 실제로 그의 용모를 보자, 이번에는 뭐랄까, 하느님은 참 센스가 있구나 하고 다시 보았다. 그 녀석은 용모만 괜찮은 녀석이 아니었다. 4월의 체력장에서는 최고 빠른 발인 것이 확인됐고, 수업 시간에는 영어 선생님이 영어로 하는 질문에 영어로 대답해서 교실을 웅성거리게 만들었다. 문제가 있다면 그가 누구하고든 적극적으로 어울리려고 하지 않는다는 것이다. 반 친구들은 그에게 다가서기 힘들어했다. 가볍게 말을 걸 수 없는 분위기의 소유자였다. 하루의 수업이 끝나면 시라토리 쓰토무는 바로 일어나서 가방을 들고 아무하고도 말 한마디 나누지 않고 교실을 나간다. 그와 같은 중학교 출신인 아이는 없었다. 그가 어떤 성격이고 어떤 음악을 좋아하고 학교에 오지 않는 날은 무슨 색 사복을 입는지, 아는 아이는 아무도 없었다. 초여름 어느 날 체육 시간에 농구를 할 때까지는.

  체육 선생님이 스톱워치를 보고 호루라기를 불자 시합이 끝났다.

  남자 탈의실에는 라커가 나란히 있다. 땀으로 무거워진 체육복을 벗고, 교복을 입었다. 불쾌한 냄새가 탈의실 가득 고여서 한시라도 빨리 갈아입고 밖으로 나가고 싶었다. 그날 수업은 체육으로 끝이어서 그다음은 집에 가기만 하면 됐다.

  "우리 반이 진 건 네 탓이야."

  여름용 하얀 교복에 팔을 끼우고 단추를 채우고 있는데, 시라토리 쓰토무가 다가와서 말했다.

"상대 팀 중에 농구부 선수가 있어. 패인은 그거야."

나는 옷을 갈아입으면서 대답했다.

그는 라커에 기대어 팔짱을 꼈다. 나도 나름대로 키가 큰 편이지만, 그가 1센티미터 더 크다. 교복 소매 밖으로 보이는 팔뚝도 허리도 모두 가늘었다.

"넌 모르는구나. 너 와시즈 렌타로였던가?"

"이름만 불러도 돼."

"렌타로, 어째서 그때 골을 안 넣었냐? 골을 넣었더라면 이겼잖아. 괜히 나한테 패스를 해가지고선."

그 말을 하러 일부러 온 것 같다. 시합에 진 것이 어지간히 분했던 모양이다. 그의 얼굴을 흘끗 곁눈으로 보았다. 직모에 찰랑거리는 앞머리 사이로 칼날처럼 날카로운 눈이 나를 노려보았다. 다른 아이들은 이미 다 나가서 라커가 늘어선 남자 탈의실에는 우리밖에 없었다.

"…… 골을 노리기보다 시라토리한테 패스해서 슛을 하게 하는 편이 나을 거라 생각했지. 그 편이 들어갈 확률이 높을 것 같아서."

"성에 '와시〔鷲, 독수리〕' 자가 들어가는 주제에. 넌 닭이구나. 치킨돌이라고 해두지."

그는 높은 데서 내려다보듯이 말했다. 무시하는 듯한 표정이 그의 얼굴에는 잘 어울린다. 그러나 그는 딴 데를 보며 덧붙였다.

"그렇지만 뭐 즐거웠다."

수줍었는지도 모른다.

교실에서 가방을 가져왔다. 둘이서 복도를 걸으면서 시합의 패인이 내게 있는 것을 인정하고, 사과의 뜻으로 역 앞 스타벅스에서 커피를 사주기로 했다. 초여름의 공기는 상쾌했다. 학교 근처에 있는 공원을 지날 때, 나무들의 선명한 초록색이 시선을 빼앗았다. 스타벅스에서 우수에 젖은 듯이 턱을 괴고 있는 그의 모습은 사람들 눈을 끌었다. 잡담을 하면서 그는 이따금 손목시계를 확인했다. 물어보았다.

"볼일 있어?"

"뭐, 그냥."

"여자아이가 있구나." 나는 그렇게 말해보았다.

그는 고개를 가로저으며 시원스럽게 대답했다.

"아니, 여자아이가 아니고 여자 어른이야."

풉, 하고 스타벅스 라테를 뿜어버릴 뻔한 것을 참았다.

"그래 봐야 엄마지만."

"뭐야, 나 너한테 시라토리 선배라고 부를 뻔했잖아."

"나 그만 가봐야 할 것 같다. 엄마가 회사에서 오기 전에 저녁밥을 해야 돼서."

그의 부모가 이혼한 것과 엄마와 둘이서 생활한다는 것과 매일 저녁밥은 그가 준비한다는 것을 나는 나중에 알았다. 방과 후에 누구하고도 어울리지 않고 돌아가는 것은 저녁을 준비해야 했기 때문이었다.

시라토리 쓰토무는 주머니에서 종이쪽지를 꺼내서 날카로운 눈으로 쓰여 있는 글씨를 묵독했다.

"뭐냐, 그건?"

"장 볼 것. 오늘은 채소와 생선을 사가야 해."

"뭐 만드는데?"

"방어조림."

본격적으로 여름이 시작되고 기말고사를 앞두고 있을 즈음에는 그를 그냥 쓰토무라고 부르게 됐다. 우리는 나란히 복도를 걷고 함께 수업을 빠지고, B동 교사 옥상에 누워 구름을 보며 보냈다.

우리 학교에는 교사가 두 개 있다. 각각 A동, B동이라고 부른다. 내가 갖고 있는 열쇠는 B동 옥상 열쇠다. 보통 옥상은 닫혀 있지만, 형이 몇 년 전까지 우리 학교 학생회장이어서 졸업할 때 몰래 복제를 해놓은 것이다. 내가 이 학교에 입학할 때 나한테 그걸 5000엔에 팔아 넘겼다.

"저기, 이거 시라토리한테 좀 전해주었으면 하는데……."

그러면서 나한테 편지를 맡기는 여학생이 몇 명 있었다. 본인에게 직접 건네는 건 떨리지만, 언제나 붙어 다니는 예의 조수 같은 녀석이라면 괜찮은 것이다. 괜찮다, 난 이 정도로 기분이 상하지 않는다. 맡은 편지는 쓰토무에게 잘 전달했다. 내 눈앞에서 봉투를 뜯어서 편지지 안의 내용을 대충 읽고 바로 이렇게 말했다.

"'노'라고 말하고 와."

"직접 말해."

"할 수 없네. 메일로 답을 해야지. 편지에 메일 주소 있네. 렌타로, 휴대전화 좀 빌려줄래?"

"왜?"

"내 휴대전화로 메일을 보내면 그쪽에 내 주소를 알리게 되잖아."

"그럼 어때."

"자꾸 메일 오면 어떡하냐."

"그러면 기쁘잖아."

"이상한 놈."

할 수 없이 그는 자기 휴대전화로 편지 주인에게 메일을 보냈다. 나중에 여자들 사이에서 쓰토무의 메일 주소가 고가로 거래되었다는 소문을 들었지만, 진위는 확인하지 못했다.

여름방학 중에도 시간이 나면 함께 놀았다. 저녁밥을 먹으러 오라고 해서 그의 집에 놀러 간 적도 있었다. 그의 어머니도 만나 인사를 했다. 사전에 어머니란 걸 듣지 않고 갔더라면 누나라고 착각했을지도 모른다. 이십대라고 우겨도 통할 것 같은 미인으로, 선이 가늘고 섬세한 것이 순정만화 주인공 같은 분위기였다. 그때 처음으로 쓰토무가 앞치마를 하고 요리하는 모습을 보았지만, 프로 요리사처럼 당당한 동작과 솜씨였다. 샐러드드레싱까지 손수 만들었는데, 양파를 갈아서 오일을 섞은 것이었다.

"이게 뭐야, 대단하다, 맛있어!"

그 말을 되풀이하면서 치킨에 화이트소스를 끼얹은 요리를 먹었다.

"당연하지, 내가 만든 건데."

그는 만족스럽게 말했다.

그런 쓰토무의 모습이 이상해진 것은 9월에 들어서서 개학하고 이 주 정도 지났을 무렵이었다. 처음에는 감기라도 걸린 건가 생각했다. 얼마 전 비가 많이 왔을 때 우산도 없이 다녀서 몸에 한기가 돈 건가, 하고.

어떤 식으로 상태가 이상한가 하면, 그러니까 항상 멍하니 있었다. 내가 이름을 불러도 들리지 않는지, 세 번 정도 불러야 겨우 돌아본다. 한숨도 많아졌다. 책상에 턱을 괴고 깊은 생각에 잠겨서 한숨을 쉬는 그의 모습은 그대로 굳혀서 미술관에 갖다놓으면 좋겠다는 생각이 들게 할 정도로 신비로웠다.

"그 애한테 무슨 일 있어?"

나는 몇 명의 여자아이들에게 질문을 받았다. 2학기에 들어서도 그와 친분을 맺은 아이는 거의 없어서, 그와 관련된 의문과 요청 사항을 전하는 창구는 모두 나였다. 주위 여자들의 압력을 이기지 못해 할 수 없이 나는 옥상에서 둘만 있을 때 질문을 했다.

"무슨 고민이라도 있니?"

"감기 같은 거야. 곧 나을 거라고 생각해."

쓰토무는 옥상 담장에 기댔다.

"감기야?"

"아니, 그게 아니야. 병이라기보다 사고 같은 거야."

"사고? 그거 큰일이잖아."

"오두방정은. 그냥 내버려둬."

"사고에 휘말렸다면 선생님이나 경찰에 말하는 게 좋아."

"지금 필요한 건 선생님이나 경찰이 아냐. 시간이야."

"왜?"

"시간은 명의야. 머잖아 잊게 해줄 거야."

"뭘?"

"오사나이를."

쓰토무에게 이야기를 듣기 전까지 오사나이의 존재를 몰랐던 건 아니다. 같은 교실에서 공부하니 그 아이의 얼굴과 이름 정도는 알고 있었다. 그러나 그 이상은 아무것도 모른다.

쓰토무와 오사나이가 이야기를 한 것은 9월이 되고 열흘 정도 지난 어느 날의 일이었다. 교실에서 수업을 받고 있는데, 갑자기 하늘이 어두워지면서 땅울림 같은 소리가 머리 위에서 들려왔다. 물풍선이 한꺼번에 터져버린 것 같은 집중호우가 천둥과 함께 시작되었다.

방과 후에 비가 잦아들기를 기다렸다가 쓰토무는 혼자 학교를 뒤로했다고 한다. 참고로 나는 비가 쏟아지자마자 바로 조퇴했기 때문에 쓰토무와 함께 돌아가지 않았다. 우리는 둘 다 전철 통학이었지만, 쓰토무는 그날 역으로 가는 도중에 녹지 공원에 들렀다고 한다.

"왜?"

"고양이가 걱정돼서."

그 무렵, 공원에 작은 고양이가 둥지를 틀고 있었다. 2학기 들어서 등하교를 하는 도중에 고양이의 상태를 보러 가는 것이 그의 일과가 되었다고 한다. 고양이는 연한 갈색의 단모종으로 꼬리가 긴 암컷이다. 평소에는 공원 구석진 곳에 있는 잡목림 주위에 살고 있었다.

"공원에 들어가서 고양이가 있는 곳으로 걸어가고 있는데, 도중에 비가 또 쏟아지는 거야. 우산이 없었기 때문에 어디 들어가서 비를 피하기로 했어."

산책길 도중에 삼각 지붕 휴게소가 있고, 나무로 만든 삼각 지붕 아래에는 먼지가 뽀얗게 앉은 테이블과 벤치가 놓여 있다. 그것도 나무로 만든 것이다. 맑은 날에는 놀러 온 가족들이 도시락을 펼쳐 놓는 자리다. 쓰토무는 거기서 빗발이 약해지기를 기다렸다.

그때였다. 빗소리에 섞여 발소리가 가까워졌다. 같은 교복을 입은 여학생이 삼각 지붕 아래로 뛰어 들어왔다. 그녀도 역시 우산이 없어서 비를 맞아 머리가 젖었다.

"여기 좀 괜찮아요?"

그녀는 뛰어왔는지 숨을 헐떡거리면서 말했다. 젖은 앞머리를 넘겼다. 그녀의 머리는 소년처럼 짧았다. 쓰토무와 눈이 마주치자 그제야 먼저 비를 피하러 온 사람이 시라토리란 걸 알아차렸다.

"어머나."

"오사나이 고토미지, 우리 반의?"

"내 이름을 알아?"

"반 친구들 얼굴과 이름은 다 알아."

"역시 시라토리구나. 성적 우수, 기억력 발군이라고 들은 적 있어."

오사나이는 목덜미가 보일 정도로 짧게 자른 머리에 언제나 등을 꼿꼿이 펴는 자세가 인상적이다. 두 사람은 삼각 지붕 아래에서 벤치에 앉아 비로 부예진 풍경을 바라보았다. 그 녹지 공원은 시내에 있는 공원 중에서 가장 넓은 부지를 자랑했다. 울창한 숲에 보트가 떠 있는 연못도 있다. 비 오는 날에는 사람이 거의 없기 때문에 완전히 두 사람뿐이었다. 빗소리만이 언제까지고 이어졌다.

"좀처럼 그치질 않네."

쓰토무가 그렇게 말하자 오사나이는 끄덕이며, 어딘지 모를 방향의 일점을 빤히 응시했다.

"속았네. 일기예보에서는 비가 오지 않는다고 했는데."

유리구슬 같은 오사나이의 눈동자 끝을 더듬으니 지붕 끝에 대롱대롱 매달려 있는 물방울이 있었다. 처음에는 작은 물방울이 점점 커지다 과일이 익어서 낙하하듯이 떨어졌다. 그녀의 눈동자는 또 투명한 물방울이 낙하한 끝으로도 향했다. 발밑에는 포석이 깔려 있다. 물방울이 떨어진 부분이 희미하게 파였다. 비가 내릴 때마다 같은 장소에 물방울이 떨어져, 긴 시간 동안 돌을 깎아내고 있었다. 오사나이의 눈동자가 반짝였다. 감동한 기미가 감돈다.

"물방울이 바위를 뚫다."

그녀는 중국의 옛말을 중얼거렸다. 머리칼의 물기는 마르지 않았고, 하얀 교복 상의가 달라붙어서 살이 비쳤다. 쓰토무는 일어서서 그녀에게 말했다.

"우산을 사올까? 편의점까지 뛰어갔다 올게."

"알겠어. 안녕, 시라토리. 내일 보자."

"착각하지 마. 오사나이의 것도 사서 돌아올게. 그러니까 여기 있어. 가방도 두고 갈 거야."

"그렇지만 미안하잖아."

"됐어, 됐어."

쓰토무는 오사나이를 그 자리에 남겨두고 빗속을 달려서 공원을 가로질러 편의점에서 두 개의 비닐우산을 구입했다.

공원 안의 삼각 지붕 벤치로 돌아오자 오사나이는 아까와 똑같은 모습으로 앉아 있었다. 우산을 한 개씩 쓰고 두 사람은 삼각 지붕 아래를 나왔다. 쓰토무는 온몸에서 물이 흘러 우산이 무의미한 상태이긴 했지만, 일단 썼다. 오사나이가 우산값을 주어서 쓰토무는 말없이 그걸 받았다. 사줄 수도 있지만, 그렇게까지 할 사이는 아니라고 생각했던 것 같다.

"그런데 시라토리는 왜 이런 곳에?"

행선지를 말하지 않았는데 두 사람 다 같은 방향을 향해 걷고 있었다. 고양이가 있는 곳이다.

"너야말로 왜 공원에? 전철 통학이든 버스 통학이든 여긴 돌아서 가야 하는 곳일 텐데?"

오사나이는 걸으면서 우산을 살짝 기울였다. 우산 가장자리 너머로 유리구슬 같은 눈동자 한쪽이 살짝 엿보였다. 키가 큰 쓰토무의 얼굴을 올려다보고 있었다. 전방의 잡목림 주위에서 고양이 울음소리가 들렸다. 오사나이는 총총걸음으로 걸어가고, 쓰토무도 그 뒤를 쫓아갔다.

고양이는 잡목림 입구 근처에 있었다. 나무 밑동에 널빤지 조각으로 만든 즉석 지붕이 생겼고, 그 아래에서 털이 짧고 연한 갈색의 고양이가 비를 피하고 있었다.

이 근처를 산책하는 할아버지를 가끔 본다. 그 사람이 고양이를 귀여워해서 먹이를 주는 장면도 보았다. 이 지붕은 할아버지가 만들어준 게 아닐까, 두 사람은 해석했다.

"그럼 시라토리도 이 아이가 걱정돼서 여기에?"

오사나이는 그렇게 말하면서 고양이 목 언저리를 만져주었다.

"비가 너무 많이 와서 어디로 떠내려가는 거 아닐까 싶어서."

쓰토무는 그녀 옆에 구부리고 앉아 고양이의 모습을 보았다. 비를 피한 덕분인지 고양이는 떨지도 않고, 눈을 실처럼 가늘게 하고 오사나이의 검지가 쓰다듬는 대로 몸을 맡겼다고 한다.

"보통 그런 일이 있으면 여자아이 쪽이 너한테 반하지 않니? 그런데 대체 어째서 네가 방황하는 거야?" 나는 물어보았다.

"글쎄, 모르겠어. 뭔가 구체적인 이유 같은 게 있으면 좋을 텐데.

그러면 난 그 이유에 대해 혼자 여러 가지 반론을 해보고, 안정을 찾을 수 있었을 테지. 아마 작은 순간순간이 쌓여서, 이를테면 그날 본 옆얼굴, 그날 한 말, 그날 분위기, 총체적인 인상이 슬금슬금 보디블로(권투에서 상대편이 배와 가슴을 치는 일—옮긴이)처럼 영향을 미쳤던 게 아닐까."

옥상에서 쓰토무의 입으로 비 오는 날 사건을 들은 이후, 나도 괜히 오사나이에게 신경이 쓰였다. 그녀는 교실에서는 그다지 눈에 잘 띄지 않는 아이였다. 친하게 지내는 아이들은 비교적 얌전한 여자아이들뿐인 것 같다. 그 아이들 옆을 지날 때 들려오는 오사나이의 목소리도 차분한 편으로, 호들갑스러운 구석이 전혀 없다. 목소리는 씩씩하고 명랑했다. 그렇다고 교과서를 읽는 국어 선생님처럼 딱딱한 건 아니다.

그러나 유심히 보니 깔끔한 이목구비의 여자아이였다. 머리 모양은 소년 같지만, 그래도 귀여운 얼굴이다. 그녀에게는 투명함이라는 것이 있다. 오사나이 주위에 있는 공기는 초등학교 때 관찰 일기를 썼던 옅은 색의 나팔꽃 같다. 혹은 색깔이 있는 유리병이나 그것을 통해 그림자 속에 생긴 빛 같다.

"그러고 나서 얘기해봤어?" 나는 교실에서 물어보았다.

쓰토무는 고개를 가로저었다.

"왜 잊으려고 하는 거야?"

"이런 건 싫어."

"그런데 여자들한테 뭐라고 보고해야 되냐. 네가 시들한 원인을 알아달라고 난리도 아니던데."

진짜 이유를 말하면 골치 아파지겠다고 생각했다.

"감기라고 해둬. 어느 쪽이든 비슷한 거니까."

"아니면 가벼운 접촉 사고 같은 거라고?"

"응, 그렇게."

쓰토무는 졸린 듯이 하품을 하고 책상에 엎드렸다. 나는 문득 교실 구석에 있는 오사나이를 돌아보았다. 몇 명의 여자아이들과 함께 있는 그녀가 이쪽을 보았다. 나와 눈이 마주치자 그녀는 가볍게 고개를 숙였다. 머리칼이 짧아 목덜미가 노출되어 있어서 바람이 불면 시원할 것 같았다. 그 목 언저리의 하얗고 매끄러운 피부가 투명함의 이유일지도 모르겠다. 나는 무의식적으로 내 목에 손바닥을 댔다. 오사나이는 눈을 가늘게 뜨고 또 친구와의 담소로 돌아갔다.

쓰토무는 잊겠다고 주장하고 있지만, 바로 옆에서 지켜보는 내 눈에는 그가 오사나이를 잊을 것 같아 보이지 않았다. 쓰토무는 교실에 들어가자 넌지시 그녀의 모습을 찾았다. 같은 고양이를 같이 걱정했던 오사나이의 모습을. 나는 농구 경기에서 그가 뛰어가는 곳을 미리 읽듯이 그의 의식이 어느 쪽으로 향하는지 안다.

그가 앞으로 어떻게 할지는 상관하기 곤란한 문제였다. 참견할 일도 아니다. 그에게는 뭔가 남녀 문제에 관한 트라우마라도 있는 걸까? 적극적인 청소년이라면 잊겠다는 말 따위 하지 않고, 바로 고백하지 않겠는가. 우리는 고등학생이니까.

그 무렵부터 쓰토무는 나 이외의 반 친구들과도 조금씩 이야기를 하게 되었다. 쓰토무가 요리 실습 시간에 멋진 칼솜씨로 생선을 세 토막으로 자르고, 특기 요리가 호박소보로앙가케라고 대답한 것이 효과가 있었던 모양이다. 다가가기 힘든 분위기가 옅어지자, 그에게 말을 거는 친구들이 늘어났다. 사람을 깔보는 듯한 그의 말투는 여전해서 "네 이야기는 불쾌해, 저리 가", "그래서 어쨌다고? 이제 나한테 말 걸지 마", "왜 그렇게 되는지 설명해봐" 하는 말을 친구들에게 대놓고 하지만, 어째선지 빈축을 사지는 않았다. 오히려 좋아했다. 그런 말을 하는 사람이 그가 아니라 나였다면 반나절도 되지 않아 내 인기는 떨어졌을 것이다. 애초에 떨어질 인기 따위 없다는 소문도 있지만.

"안심해. 와시즈도 은근히 인기 있어."

오사나이가 그렇게 말해준 것은 10월에 들어서서 바로, 역 앞 대형 서점에서였다.

2

바다에 떠도는 반투명한 그것. 이른바 해파리라는 것은 소문에 따르면 근육도 없고 뇌도 없고 입은 있지만 항문은 없는 것 같다. 나는 서점에서 해파리 사진집을 보고 있었다. 책장 앞에 서서 대형 판형의 책을 한 페이지씩 넘기며 해파리가 찍혀 있는 사진을 보았다. 배경이 검어서 새하얀 해파리들은 우주 공간에 떠 있는 영혼 같았다.

나는 무서워하는 것이 두 가지 있다. 하나는 형. 또 하나가 해파리다. 어릴 때, 형하고 바닷가에 갔을 때 무수한 해파리를 목격했다. 해면 가득 비좁게 있는 해파리들은 빨갛고 독기 서린 색조였다. 콘크리트 끄트머리에 구부리고 앉아 그 모습을 들여다보고 있는데, 형이 장난으로 내 등을 밀었다. 나는 바다로 떨어졌다. 그 후로 해파리 생각만 해도 온몸에 소름이 돋는다. 손발에 감겨들던 촉수, 옷과 입속으로 들어온 흐물흐물한 몸, 그런 감촉에 지금도 시달리고 있다.

해파리 사진집을 보는 것은 공포를 극복하기 위한 자기 단련이다. 더 이상 보고 싶지 않다. 눈을 감고 싶다. 그런 고집으로 해파리들의 끔찍한 모습을 내 앞에 들이민다. 솔직히 이런 사진집을 접하는 것조차 저항이 있다. 그러나 학교에서 돌아가는 도중에 서점에 들러 이 공포 극복 프로그램을 계속 반복함으로써 점점 그 정체 불명인 모습에도 익숙해졌다. 지금은 8페이지까지 볼 수 있다.

"와시즈?"

바로 옆에 여학생이 서 있었다. 그녀가 언제부터 거기 있었는지는 모른다. 나는 뼈도 없고 반투명하고 이상하게 생긴 물체들에게 결박된 상태였기 때문에 그녀의 접근을 눈치채지 못했다.

"해파리 좋아해?"

머리칼은 소년처럼 짧다. 이른바 '베리 숏'이라고 하는 길이이다. 소년 같다고 해서 축구부 소년이나 야구부 소년을 상상하면 곤란하다. 까만 머리의 우등생 같은 소년을 떠올리기 바란다. 짧은 머리는 얼굴 윤곽이 또렷하게 드러나기 때문에 잘 어울리는 여자가 드물다는 말을 들었다. 요컨대 그녀는 드문 여자아이일 것이다.

오사나이 고토미는 한쪽 손에 가방을 들고, 유리구슬 같은 눈으로 내가 들고 있는 해파리 사진집을 보았다. 그녀가 말을 건 것은 같은 반이 된 이후 처음 있는 일이다.

"너는 해파리를 어떻게 생각해?"

나는 사진집을 접었다.

"신비로운 시(詩)의 세계에 사는 주민이라고 생각해. 게다가 먹으면 맛있기도 하고."

또렷한 목소리로 대답했다. 직접 말을 나눠보니 그녀는 명랑쾌활하게 말을 잘하는 아이였다. 우등생 소년이 밝은 모습으로 선생님한테 말을 거는 것처럼.

"아냐, 맛없어."

"맛있어."

"난 먹어본 적 있어. 맛없었어."

"나도 중화요리집에서 먹었어. 와시즈는 어디서?"

"바다에 빠졌을 때 제멋대로 입에 들어와서."

"…… 그건 먹었다고 하는 게 아니지."

서점 안은 넓고 한산했다. 앞치마를 한 점원들이 책을 진열하고 있다. 해파리 사진집을 책장에 되돌려놓고, 트라우마와 정신수행을 위해 사진집을 보고 있었다는 걸 설명했다. 오사나이는 감탄한 듯이 제안했다.

"우리 집에 해파리 사진집이 몇 권 있어. 빌려줄까?"

"사양할게. 너도 그런 건 버리는 게 좋아."

"왜? 해파리는 아름다운 생물이야."

"미적 감각을 너하고 공유할 수 없을 것 같구나."

오사나이는 문고본 소설을 구입하고 이제 돌아가려는 참이었다. 출구를 향해 가고 있는데 자기가 제일 좋아하는 해파리 사진집을 보고 있는 반 친구를 발견하고 혹시 자기하고 같은 해파리 애호자인가 싶어서 말을 걸었다고 한다.

"오늘은 시라토리하고 함께가 아니네."

"응. 늘 함께인 건 아냐."

"요전에 시라토리하고 얘기한 적 있는데."

"들었어. 좋은 녀석이지?"

"응."

"앞으로도 쓰토무에게 자주 말을 걸어줘. 아, 그랬다가 다른 여자아이들한테 미움을 살지도 모르겠네."

"그렇게 잘생겼으니."

"부러울 따름이야."

"안심해. 와시즈도 은근히 인기 있어."

나는 오사나이를 멀뚱멀뚱 보았다.

"미안, 농담이야."

양심의 가책을 느꼈는지 그녀는 더 이상 참을 수 없다는 듯이 고개를 숙이고 말했다.

그런 싱거운 유머를 싫어하지 않는다.

나는 헛기침을 했다.

그녀는 돌리고 있던 시선을 다시 내게로 향하더니 빙그레 웃었다.

역시 농담이었던 것 같다.

서점 안에서 조금 떨어진 곳에 연배의 남자가 서 있었다. 남자는 이쪽을 보고 있었다. 오늘은 아는 사람들과 마주치는 날인가 보다. 눈이 마주치자 그 사람이 알은척을 한다.

"역시 그렇구나, 너는……."

"아, 안녕하세요."

나는 인사를 했다. 오사나이를 그 자리에 남겨두고 남자 옆에 가려고 했더니 그가 말했다.

"됐어, 됐어. 방해를 하면 미안하니까. 그냥 지나가던 길이었어."

그는 머리를 숙이고 떠나갔다.

"저 사람 어딘가에서……."

오사나이가 예쁘게 생긴 눈썹을 모으고 남자의 등을 보면서 말했다.

"학교 근처에 사는 사람이야. 가끔 인사를 해."

전부 말할 필요는 없다고 생각했다.

이상이 오사나이와 처음으로 나눈 대화이다. 그 뒤 바로 헤어져서 전철을 탔다. 헤어질 무렵에 그녀는 밝게 웃어 보였다. 특히 인상에 남은 것은 그녀가 신고 있던 신이다. 학교에서는 실내화로 갈아 신어서 평소 오사나이가 어떤 신을 신는지 본 적이 없었다. 서점에서 만난 그녀는 남자아이들이 좋아하는 투박한 스니커를 신고 있었다. 크기는 작지만 빨강과 파랑과 노랑과 흰색의 배색이 마치 영웅물에 등장하는 로봇 같다. 잠깐 상상해주기 바란다, 그녀의 이미지를. 머리는 확실히 소년 같지만 전체적인 골격은 날씬하다. 교복을 입고 있으면 아래는 스커트여서 남자아이로 착각하는 일은 없다. 상큼하고 차분한 인상의 소녀이다. 그러나 그 발만큼은 건담 같은 색조의, 그야말로 소년이 부모한테 졸라서 사달라고 할 만한 스니커였다.

우스꽝스러울 만큼 뒤죽박죽이지만 거기에 끌렸다. 뒤죽박죽이 나쁘지 않았다.

2학기 중간고사 시기가 되어서 평소에는 수업을 땡땡이치기 일쑤인 나와 친구들도 일단 공부를 하긴 했다. 이 시기에 내 머리를 스치는 것은 중학교 때 역사를 가르쳤던 선생님의 말이다. "벽에 부딪치면 인류의 역사에 눈을 돌려봐라. 거기에 답이 있다." 정말 그랬다. 나는 형에게 기출 문제를 수천 엔에 구입했다.

공부를 잘하는 쓰토무에게 삼각부등식을 배웠다. 이것은 '삼각형의 두 변의 길이의 합은 남은 한 변의 길이보다 크다'라는 삼각형의 성립 조건을 공식으로 만든 것이라고 한다. 예를 들면 각각의 변의 길이를 a, b, c라고 할 때 이렇게 되는 것 같다.

$$a < b+c$$
$$b < a+c$$
$$c < a+b$$

사실은 조금도 이해하지 못했지만, 하나도 모르겠다고 솔직히 말하면 "왜 몰라!" 하고 쓰토무가 화를 내기 때문에 그냥 아는 척하고 넘어갔다.

중간고사가 끝나자 우리는 다시 원래대로 캐치볼을 하기도 하고, 게임센터에서 시간을 죽이기도 하고 만화책을 읽어대며 보냈다. 쓰토무가 야구부 2학년생과 관계가 험악해져서 내가 중재를 한 사건이 있었던 것도 그 무렵이다. 야구부 2학년생과 사귀던 여자아이가 쓰토무를 좋아하게 된 것이 원인이었다. 전혀 사정을 알지 못하는 쓰토무로서는 언젠가부터 2학년에게 미움을 받게 되었으니 난감했을 것이다. 나는 사태를 진정시키기 위해 3학년에서 좀 노는 선배에게 상담을 해보았다. 선생님조차도 두려워서 다가가지 않으려고 하는 무서운 얼굴의 선배이지만, 우리 형한테는 기도 못 쓰는 것 같다. 옛날에 형이 그 선배를 잘 챙겨주었는지, 우리 집에도 몇 번 놀러 와서 나하고도 마리오카트를 가지고 논 적이 있다. 그 선배가 암암리에 활약해준 덕분에 쓰토무에게 관계된 골치 아픈 일들은 급속히 진정되었다. 쓰토무는 내게 신세를 졌다고 생각했는지 라면을 사주었다.

그 무렵에는 반의 남자아이들도 가세해서 네다섯 명씩 행동하는 일도 적지 않았다. 닌텐도DS를 인원수대로 모아서 맥도날드에서 대전용 봄버맨 게임으로 놀았다. 폭탄을 설치해서 상대를 폭풍으로 쓰러뜨리고, 마지막까지 남아 있는 자가 이기는 예의 그 게임이다. 나하고 쓰토무는 시선을 주고받으며 무언중에 공동전선을 꾀했다. 내가 설치한 폭탄을 피하면 쓰토무의 폭탄의 먹이가 되는 작전이다. 이윽고 세 사람이 남았을 때 나와 쓰토무 둘이서 다른 한 사람을 쓰러뜨리는가 했더니, 쓰토무의 배신으로 나도 동시에 폭탄으로 말살당해버렸다.

"넌 여전하구나."

쓰토무는 '실망했어'라는 표정이었다. 나한테도 이길 기회는 있었다. 쓰토무와 다른 한 사람을 동시에 죽일 기회가 있었다. 그러나 그것을 그냥 넘겨 쓰토무에게 1위 자리가 넘어간 것이다. 농구 시합에서 슛 기회가 있었는데 그에게 패스를 해버렸다. 쓰토무는 그때부터 나는 아무것도 나아지지 않았다는 설교를 길게 늘어놓았다.

공원에 살고 있던 고양이는 아이들이 데려가서 소중히 키우고 있다고 했다.

"요전에 오사나이한테 들었어."

옥상 철조망 너머로 가을 하늘을 올려다보면서 쓰토무는 눈이 부신 듯이 말했다.

그에게는 친구가 늘었지만, 그래도 내게밖에 하지 않은 말이 두 가지 있었다.

하나는 어머니가 수술 때문에 입원해서 매일 병문안을 가는 것.

다행히도 종양은 양성이었다고 하지만, 그에게는 유일한 가족이다. 갈아입을 옷을 병실까지 가져가서 어두워질 때까지 이야기를 하다, 집으로 돌아와서 혼자 저녁을 먹는 생활이 계속되었다. 그는 표면적으로는 아무것도 달라지지 않았다. 평소와 같은 표정과 말과 행동. 그러나 가슴속으로는 불안해하는 것이 옆에 있으면 전해졌다. 아마 그는 잠깐이라도 생각했을 것이다. 엄마가 떠나고 혼자 살아가게 된 자신의 인생을. 돌아가도 아무도 없는 혼자뿐인 방을. 퇴원하는 날, 조퇴하고 병원으로 달려갔다가 "학교는?" 하고 엄마한테 혼난 것 같았다.

또 하나는 오사나이 일이다. 쓰토무는 그녀를 잊겠다는 말은 이제 더 이상 하지 않게 되었다. 가끔 두 사람은 교실에서 대수롭지 않은 잡담도 나눈다. 더하지도 덜하지도 않고 딱 그 정도의 거리가 계속되었다.

10월 말에 문화제가 열렸다.

12월에 2학기가 끝나고 해가 바뀌어 3학기를 지나 봄이 왔다.

쓰토무는 내게 여러 가지 비밀을 털어놓아 주었다.

그러나 나는 쓰토무에게 말하지 않은 게 있다.

학원 축제 준비 중에 오사나이와 이야기를 한 일이다.

문화제에서 우리 반은 간단한 공연을 하게 되었다. 제2차 세계대전 중에 일어난 유태인의 대량학살을 테마로 한 뮤지컬이다. 여주인공, 조연, 그 외의 역을 결정하고, 남자 주인공은 학급 전원의 투표로 결정하게 되었다. 모두의 앞에서 연기를 하고 춤을 추는 것은 부끄러워서 못 하는데, 만약 내가 표를 모아 주인공을 맡게 되면 어떡하지? 어떤 이유를 대서 거절하지? 투표를 하는 동안 그런 생각을 했다.

문화제까지 삼 일 정도 남았을 즈음의 방과 후였다. 대본 읽기와 연기, 노래, 춤 연습을 위해 주인공으로 발탁된 시라토리 쓰토무는 배우 팀과 함께 체육관으로 갔다. 나는 교실에서 한 손에 망치를 들고 강제수용소 세트 만들기에 전념했다.

못을 박고 있는데 세트 팀 친구들이 하나둘 내게 전화를 걸어서 "오늘은 아르바이트가 있어서", "시합이 있어서", "배가 아파서", "열대어한테 먹이를 줘야 해서" 하고 돌아가 버렸다. 결과적으로 남은 것은 나뿐이어서 혼자 작업을 하게 되었다.

강제수용소 세트가 등줄기가 서늘해질 정도로 실감나게 만들어져 혼자 넋을 잃고 있는데, 소품 팀의 오사나이가 왔다. 서점에서 해파리 이야기를 한 뒤로 교실에서도 자연스럽게 이야기하게 되었다. 내가 수업 시간에 졸고 있으면 쉬는 시간에 와서 나무라는 정도의 거리였다.

"대단하다……."

그녀는 하얀 종이와 가위를 양쪽 손에 들고 우뚝 선 상태로 무대로 만든 강제수용소를 바라보았다.

"이 거무칙칙한 콘크리트 벽."

"알겠냐, 내 노력을?"

"순간 여기가 아우슈비츠인 줄 알았어."

"바보구나, 너. 여긴 현대의 일본이야."

"다행이다, 이제 전쟁은 끝났지."

"벌써 옛날에."

"이제 누구도 전쟁 같은 걸로 생명을 잃지 않아도 되겠지?"

"우린 전쟁을 모르는 세대야."

"와시즈, 이 훌륭한 센스를 보니 부탁하고 싶은 게 있는데. 소품 팀을 위해 힘을 좀 빌려주지 않을래?"

오사나이가 나를 올려다보았다. 예수님에게 기도하는 경건한 신도처럼 손을 모으고 있다. 잠깐 동요하다 머리를 긁적거리면서 대답했다.

"그래, 뭐든 해줄게."

"약속했지?"

그녀는 빙그레 미소를 지었다.

"그럼 부탁할게."

그녀는 내게 가위를 쥐여주고 등을 돌려 자기 책상으로 돌아갔다. 내가 멀뚱하니 서 있자 맞은편 자리를 가리키며 거기 앉으라는 시늉을 했다.

"다른 사람들은?"

소품 팀도 여럿 있을 텐데, 오사나이밖에 보이지 않았다. 교실 안에는 우리하고 의상을 만들고 있는 의상 팀 여자아이들밖에 없다.

"볼일이 있다고 모두 돌아갔어."

오사나이가 칼로 A4 종이를 좁고 길게 잘랐다. 나는 그걸 끝 쪽부터 가위로 잘라나갔다. 그냥 자르는 게 아니다. 종이 모양이 삼각형이 되도록 가위 각도를 조정해야 한다. 내 손 아래 무수한 삼각형이 쌓여갔다. 뮤지컬 클라이맥스 때 위에서 뿌릴 종이 눈이다. 아우슈비츠 땅에 내릴 슬픈 눈.

"왜 삼각형으로 했어?"

"공기의 저항을 복잡하게 받아서 가장 예쁘게 보인대."

그녀는 커터매트 위에 열 장 정도의 흰 종이를 포개놓고 자를 댔다. 눈을 가늘게 뜨고 커터 날의 위치를 조정하여 천천히 그리고 정확하게 종이를 잘랐다. 그녀의 일련의 동작은 아름답고 군더더기가 없다. 작업 때문에 몸을 앞으로 구부려도 머리칼이 내려와 작업을 방해하는 일도 없다. 베리 숏인 그녀가 만약 남자 옷을 입고 뒤로 돌아 있다면 초등학생이나 중학생 소년으로 보일지도 모른다.

우리는 말없이 각자의 작업에 집중했다. 뭔가 말을 하는 게 좋지 않을까 해서 가끔 말도 걸어보았다. 화제는 쓰토무였다.

지금쯤 체육관에서는 어떤 연습을 하고 있을까.

연출 팀과 시나리오 팀한테 화가 나 있지 않으면 좋을 텐데······.

분명 다른 반에서 많은 여자아이들이 보러 왔을 것이다.

여자친구를 만들려고 하지 않는 것은 뭔가 트라우마라도 있는 것일까?

그런 얘기를 하고 있는데 오사나이가 손에서 눈을 떼지 않고 말했다.

"만날 시라토리 이야기."

커터를 그어서 종이를 잘랐다.

"그럼 다른 화제를 찾을까?"

"됐어. 애써 얘기하지 않아도."

"말없이 있는 거 불편하지 않아?"

"전혀."

"그럼 잘됐네."

무언의 작업으로 돌아갔다.

대량의 종이 눈을 다 만들자 보관용 비닐봉지 속에 쏟아 넣었다. 바깥은 이미 어두웠다.

"이렇게 많은 삼각형은 처음 만들어봤네."

나는 어깨를 움직여 근육을 풀었다. 오사나이는 바닥에 떨어져 있는 종잇조각을 엄지와 검지로 집어 들었다. 팔을 들어 높은 곳에서 날려보니 하얀 삼각형이 회전하면서 낙하하는 모습이 정말 눈 같았다. 나와 그녀 사이를 천천히 내려왔다. 눈이 마주치자 그녀가 먼저 시선을 피했다.

그때까지 줄곧 서로 입을 다물고 작업해도 아무렇지 않았는데, 왠지 이때는 어색함이 흘렀다. 그래서 나는 황급히 화제를 찾기로 하여 삼각형에 관련된 이야기를 꺼냈다.

"중간고사에서 삼각형 문제 어땠어?"

각각의 변의 길이를 a, b, c라고 했을 때, 다음 경우 삼각형이 된다.

a 〈 b+c
b 〈 a+c
c 〈 a+b

a=0일 때 삼각형이 되지 않는 이유는 무엇인지 설명해라.

이런 문제가 출제되었다.
"정말로 삼각형이 되지 않는 거야?"
"안 돼."
얘가 무슨 말을 하는 거야, 하는 표정을 지었다.
"삼각부등식은 몰라도 삼각형이 되지 않는 건 알잖아."
"그런가."
"그렇지, 세 변 중 한 변이 0이라잖아?"
"응."
"세 점에서 두 점이 포개지고 다른 하나의 점이 따로 남는 거잖아."
"그럼 남은 점은 슬프겠네."
"슬프고 어쩌고 그런 건 생각할 것 없어, 점이니까."
"그렇지만 이를테면 그 점에 인격이 있다고 한다면 말이야."
"없어, 수학이니까."
"외로움을 잘 타는 점이 그저 강한 척해 보이는 것뿐이라면."

"그런 설정은 필요 없어. 수학이니까."

"그렇구나, 수학이구나."

"그래, 수학이야."

"나 싫어. 수학 같은 거."

오사나이는 더 이상 내 이야기에 맞장구치지 못하겠다고 생각했는지 어느새 정리를 시작했다. 우리는 돌아갈 준비를 마치고 함께 체육관으로 향했다.

연기 팀과 연출 팀은 아직 연기 연습을 하고 있었다. 체육관 벽 쪽에 서서 오사나이와 나란히 그들을 구경했다. 대체 누가 이런 소재로 뮤지컬을 하자고 말을 꺼냈는지 모르겠지만, 쓰토무는 진지하게 동작을 연습하고 있었다. 우리가 보고 있는 것도 모르고. 긴 팔과 다리가 우아하게 움직여 사람의 시선을 끌었다.

"멋있네."

오사나이가 중얼거렸다.

"게다가 머리도 좋고."

"신은 불공평해. 와시즈, 신한테 화를 내봐."

해파리처럼 붙잡을 데도 없고, 반투명하고, 일정한 형체도 없고, 신비로운 것으로 느껴지는 순간이 있다. 오사나이는 장난치는 아이처럼 입술 사이로 이를 내보였다. 나는 그때 몹시 난감했다. 쓰토무가 바라는 대로 되면 된다. 그러니까 그렇게 되게 하기 위해서는 이런 건 방해가 돼, 하고 자신에게 말한다. 나는 입을 다물고 모호한 표정을 지어 보였다. 오사나이는 살짝 의아한 표정을 지었다.

"농담이야."

"응, 알아."

분위기가 갑자기 어색해졌다. 우리는 다시 이야기를 나눈 적이 없을 때의 사이로 돌아갔다. 이걸로 됐다고 생각했다. 오사나이는 시선을 떨어뜨리고 자신의 발끝을 응시했다. 나는 천장의 조명으로 시선을 돌렸다. '이제부터 어떻게 하지?'라고 생각했다. 이것이 이 순간뿐인 건지 혹은 줄곧 계속될 것인지 알 수 없었다. 그러나 누군가 처방해주겠지. 나방이 조명 불빛을 따라 들어왔다가 길을 잃은 아이처럼 빙글빙글 같은 곳을 날고 있다. 완전히 말수가 적어진 우리는 연기 팀과 연출 팀 아이들만 말없이 바라보았다.

3

2학년으로 올라가서 반이 바뀌었다. 우리 학교는 한 학년에 여덟 학급이 있고, 성적 우열과 관계없이 반이 나눠진다. 교무실 앞의 게시판에 붙은 반 배정표를 보고 나와 친구들의 새로운 반을 알게 된다.

와시즈 렌타로, 2학년 3반.

시라토리 쓰토무, 2학년 8반.

오사나이 고토미, 2학년 8반.

새 교실 창으로 교정의 벚꽃이 보였다. 바람이 불어서 꽃잎이 날리는 모습이 아름다웠다. 꽃잎의 움직임을 보고 있으니 문화제를 준비하던 일이 생각났다. 오사나이가 삼각형 종잇조각 한 장을 나와 그녀 사이에 날렸던 그 몇 초 동안이. 문화제에서 공연한 뮤지컬은 박수갈채를 받았고, 많은 사람들에게 전쟁의 비참함을 호소했다. 시라토리 쓰토무는 모두에게 칭찬을 들었지만, 세트를 칭찬해준 사람은 없었다. 무대 바닥에 흩어진 삼각형 종잇조각을 반 친구들 전원이 긁어모아 청소했다. 그리고 몇 개월이나 지났지만 나와 쓰토무, 그리고 오사나이 사이를 잇는 변의 길이는 조금도 바뀌지 않았다.

2학년 3반은 A동 교사 이층에, 2학년 8반은 B동 교사 이층에 있었다. 두 개의 교사는 구름다리로 이어져 있지만, 그다지 왕래할 일은 없다. 나와 쓰토무는 점심시간에 만나서 B동 옥상에 가서 함께 보냈다. 아직 남은 겨울의 냉기로 바람이 차가울 때는 옥상에 가지 않고 A동인 우리 교실로 쓰토무가 놀러 올 때도 있었다. 그럴 때만 같은 반이 된 여자아이들은 내게 말을 걸거나 다정하게 대해 주었다. 2학년 3반 여자아이들한테 나라는 존재는 시라토리 쓰토무의 친구일 뿐, 그 이상 아무것도 아니었다.

"오사나이는 잘 있어?"

옥상에서 둘만 있을 때, 쓰토무에게 물어보았다. 그는 철망에 기대앉아서 아침에 편의점에서 산 샌드위치를 한입 가득 물었다.

"학급 임원을 떠맡기려고 해서 곤란해해."

"아아, 학급 임원. 어딘지 어울리네."

"중학교 때 친구가 같은 반이 된 모양이야. 최근에는 언제나 그 아이랑 같이 있어."

나는 매점에서 산 삼각김밥을 먹었다. 철망 너머로 먼 곳을 보았다. 주택가 맞은편에 나무들이 우거져서 녹색이 눈에 띄는 일대가 있다. 녹지 공원이다. 비 오는 날 쓰토무는 그곳에서 오사나이와 마주쳤다. 삼각 지붕이 있는 벤치에서.

"너는? 농구 잘하는 녀석 있어?" 쓰토무가 물었다.

따뜻한 봄바람이 불었다. 쓰토무의 부드러운 머리칼이 흔들렸다.

"응. 그렇지만 네가 훨씬 잘해."

새로운 반에서 함께 어울릴 남자 친구들이 세 명 정도 생겼다. 방과 후 그들과 함께 게임센터에 들를 때도 있었다. 그들이 신고 있는 신발은 각각 나이키, 아디다스, 미즈노였다. 그들의 스니커를 보면 서점에서 오사나이를 만났던 일이 떠오른다. 그녀는 소년들이 좋아할 법한 건담 컬러를 연상시키는 신발을 신고 있었다.

"8반은 재미있어 보이더라."

"재미있어. 어째서 너만 3반이 된 거냐?"

나는 분한 척했지만 그것은 연기였다. 사실은 은근히 안도했다. 쓰토무와 오사나이가 같은 반이 된 것이 그냥 기뻤다. 기회가 아닌가. 같은 반이라면 거리를 좁힐 이벤트가 얼마든지 있다. 2학기 수학여행에서는 같은 팀에서 활동할지도 모른다. 쓰토무가 좀더 용기를 내면 오사나이와의 거리가 좁혀지지 않을 리가 없다. 그러나 거기에 나는 있고 싶지 않다.

내가 싫어하는 것은 형과 해파리. 좋아하는 것은 삼각김밥이다. 편의점이나 매점에 가면 반드시 삼각김밥을 산다. 나는 바삭바삭한 김을 좋아한다. 바삭바삭한 상태를 유지하기 위한 각 회사들의 아이디어도 다양하다. 낙하산형도 있고 분리형도 있다. 투명한 필름으로 김의 바삭함을 지키고 먹을 때는 간편하게, 라는 과제에의 도전은 흥미진진하다.

4월 중순의 어느 날, 점심시간에 삼각김밥을 사려고 B동 일층에 있는 매점으로 가고 있었다. 점심시간의 학교는 늘 시끌시끌하다. 남학생 한 무리가 복도를 뛰어가다 선생님한테 걸려서, 출석부로 머리를 맞고 있었다. 여학생들의 수다 소리가 벽에 부딪쳤다가 메아리쳤다.

교사를 잇는 이층 구름다리를 지나다, 오사나이와 마주쳤다. 얼굴을 보는 것은 반이 달라진 이후, 이 주 만이었다. 무심히 지나치다 눈이 마주쳐서 서로 멈춰 섰다.

"아, 렌타로."

반가운 목소리였다. 그녀는 아마 도시락인 듯한 꾸러미를 들고 내가 모르는 여학생과 둘이 나란히 걷고 있었다. 쓰토무가 말했던 그녀의 중학 시절 친구일지도 모른다.

"언제부터 이름만 부르게 됐냐?"

"시라토리가 늘 그렇게 부르기에."

그녀는 옆에 있는 친구를 돌아보았다.

"얘가 시라토리가 늘 얘기하는 그……."

"아하, 렌타로."

오사나이의 친구가 새삼스럽게 나를 보았다. 그녀는 손으로 입을 가리고 웃음을 참는 기색이었다. 두 여학생은 키와 분위기가 비슷해서 어깨를 맞대고 키득대는 모습이 자매 같았다.

"쓰토무 녀석, 대체 무슨 얘길……."

초면인 여자가 비웃을 만한 전설을 만든 기억은 없는데. 그녀들의 행동과 말 속에서 쓰토무는 2학년 8반에서 오사나이와 무난하게 교류하고 있다는 사실을 느낄 수 있었다. 그들이 같은 책상을 둘러싸고 앉아 화기애애하게 있는 모습이 머리에 그려졌다. 두 사람뿐만이 아니라 여러 명의 남학생과 여학생이 섞인 무리에서 서로 마음에 드는 상대가 있는 그런 청춘의 구도가. 지금 나하고는 무연한 세계지만.

오사나이는 친구하고 잔디밭에서 도시락을 먹는다고 했다. 그날은 잠깐 몇 마디 나누고 헤어졌다. 손목시계를 보니 열두시 반. 창밖에는 밝은 햇살이 쏟아지고, 중정의 나무 그늘에서 독서를 하는 학생과 배구를 하며 노는 여자아이의 모습이 보였다.

그 후로도 같은 시간, 같은 장소에서 두 사람과 스쳐 지나친 적이 있다. 나는 B동 일층 매점에 가기 위해, 그녀들은 A동 일층에 있는 정면 현관으로 가기 위해 이층의 구름다리를 지난다.

"오늘도 매점이니?" 오사나이가 물었다.

"삼각김밥 사러 가는 길이야." 내가 대답했다.

"그리고 언제나 옥상에서 시라토리를 만나는구나."

"참고로 그 녀석은 편의점의 샌드위치파야."

"어째서 삼각김밥도 샌드위치도 삼각형일까?"

"삼각형에 맛의 비밀이 있을지도 모르지."

우리가 그런 시답잖은 이야기를 나누고 있으면 오사나이의 친구는 먼저 밖으로 가버리고, 나중에 그녀가 뒤쫓아가는 것이 보통이었다. 그녀들과 마주치지 않도록 시간을 좀 늦추거나 다른 복도를 지나가는 게 좋을까, 생각해본 적도 있다. 이제 되도록 그녀를 만나지 않는 게 좋지 않을까. 그녀의 얼굴, 목소리, 이름, 그런 것이 머리에 떠오르면 쓰토무를 따뜻하게 지켜볼 수가 없을 것 같다.

열두시 반. 아마 그 시간쯤 두 사람은 잔디밭에서 도시락을 먹기 위해 구름다리를 지나가는 것 같다. 공교롭게 나도 교실을 나와 매점으로 향하는 것이 그 시간이었다. 일주일에 삼 일 정도는 그녀를 만났다. 특별히 시간을 확인하지 않아도 평소처럼 수업을 마치고 자리가 가까운 친구들과 잡담을 하다 일어서서 매점에 가다 보면 그녀가 친구와 걸어오고 있다.

"2학년 3반 교실하고 2학년 8반 교실은 떨어져 있지."

"그렇지."

"구름다리에서 마주치지 않으면 렌타로하고 이야기를 할 기회가 별로 없겠네."

최근 오사나이는 앞머리를 옆으로 살짝 넘겨서 핀을 꽂았다. 그래서 이마가 동그랗게 보인다. 햇볕에 그을리지 않은 뽀얀 피부여서 이마가 눈부시다. 이런 이마를 가진 사람을 나는 한 명 알고 있다. 친척집에 있는 아기다. 이마를 드러낸 오사나이는 마치 아기 머리 같다. 이건 대체 어떤 수수께끼인가. 내가 이마만 빤히 보고 있으니, 오사나이는 오른손으로 자기 이마를 가렸다.
"그럼 다음에."
이마를 가린 채 인사를 하고 먼저 밖으로 간 친구를 쫓아갔다.
쓰토무와 옥상에서 보내는 동안, 구름다리에서 오사나이를 만난 이야기는 한 적이 없다. 보고할 정도의 일은 아니기 때문이다. 그러나 사실은 찜찜했다. 쓰토무 몰래 밀회하는 것 같아서.

5월이 되어 황금연휴에는 실컷 놀았다. 쓰토무와 캐치볼을 하다가 공을 놓치는 바람에 눈언저리를 다쳤다. 형이 운전하는 차를 타고 형이 보컬을 맡고 있는 밴드의 CD를 들었다. 역 앞 대형서점에서 잡지 『Number』를 읽고 돌아가는 길에 사진집 코너 옆을 지났다. 해파리 사진집을 보고 있는 뒷모습을 발견했다. 옷차림은 여자아이로 머리가 아주 짧았다. 말을 걸까 하다가 망설였다. 서둘러 그 자리를 떠나는 것이 내가 생각하는 정답이었다. 그러니까 더 이상 그녀를 생각하지 않기 위해서는. 어떻게 할까 갈등하는데, 그 아이가 해파리 사진집을 꽂아놓고 돌아서서 내 옆을 지나 만화책 코너로 향했다. 그 아이는 건담의 발 같은 투박한 스니커가 아니라, 꽃무늬 샌들을 신고 있었다.
하루가 일 년이라고 하면 점심시간은 칠월칠석이고, 구름다리는 오작교 같은 것일까. 그런 생각을 했을 때 비로소 자신이 중증임을 깨달았다.

생활 주기를 바꾸는 것은 지나치게 상대를 의식하는 거라고 생각했지만, 그런 말을 하고 있을 수도 없게 됐다. 이것을 감기에 비유한다면 감기에 걸린 지 반년이 지났는데 낫기는커녕 더 심해졌다. 나는 오사나이를 만나거나 이야기하는 데 더욱 위기감을 느끼지 않으면 안 된다.

"뭘 고민하는 거야?"

어느 날 옥상에서 쓰토무가 물었다. 내가 한숨을 쉰 탓이다.

"아니, 별로."

차마 같은 증세라고 설명할 수는 없다. 매점에서 산 참치 삼각김밥을 한 입 베어 물었다. 쓰토무는 학교 오는 길에 편의점에서 산 햄과 계란이 든 삼각형의 샌드위치를 베어 물었다. 텔레비전 이야기와 프로야구 이야기를 하다가, 각자의 반 친구들 이야기로 화제가 넘어갔다.

"우리 반 여자아이가 모스 버거 사줄 테니 널 데리고 오래."

"뭐냐, 그건." 하고 묻는 쓰토무.

"미팅 같은 거 아닐까?"

"사양한다."

"알고 있어."

학생들의 시끄러운 소리가 간간이 들려왔다. 조용하고 나른한 시간이 흘렀다.

"요전에 연휴 때 오사나이는 오키나와에 다녀온 것 같더라."

쓰토무가 그렇게 말했을 때, 나는 멍하니 있었다.

"그런 것 같더라."

연휴가 끝나고 구름다리에서 스쳐 지날 때, 오사나이가 그런 이야길 했다.

"뭐야, 알고 있었어?"

쓰토무는 샌드위치를 두 입 정도 먹었다.

"어디서 들은 거야?"

"…… 요전에 복도에서 우연히 만나서."

오사나이는 우리가 가끔 마주쳐서 얘길 나누었던 것을 쓰토무에게 말하지 않은 걸까? 2학년 8반 교실에서 그들 사이에 어떤 대화가 있는지 잘 모르겠다. 나와 쓰토무가 친한 건 알고 있을 테니, 구름다리에서의 사소한 교류를 그에게 얘기한다 해도 이상하지 않다. 나는 괜히 꺼림칙해서 잠자코 있었지만, 쓰토무도 이미 알고 있다고 생각하는 편이 무난하리라.

"가끔 매점 가는 길에 마주치면 몇 마디씩 해. 그때 오키나와 얘길 들었어."

"흐음, 그러냐."

쓰토무는 끄덕이며 철망에 등을 기대고 졸린 듯이 하늘을 보았다. 하얀 구름이 걸려 있었다.

"처음 듣네. 오사나이는 그런 말 안 하더라."

'왜 지금까지 비밀로 했어?' 그런 질문이 나올까 봐 긴장했다.

그는 아무 말도 하지 않았다. 마치 서서히 가라앉는 것처럼 쓰토무는 주르르 옥상 콘크리트에 미끄러지더니, 급기야는 완전히 한숨 자는 모드가 되었다. 그가 먹은 샌드위치 봉지를 주워 모았다. 언제나 정리는 내 역할이다.

"햇살이 눈부시네."

눈을 감은 채 쓰토무가 말했다. 미간을 찡그렸다.

"렌타로, 눈이 부신데 말이야."

"어쩌라고?"

"태양을 폭파시키고 와."

"무리야. 게다가 태양이라는 별은 늘 폭발하고 있는 상태라고 형이 그랬어."

나는 쓰토무의 얼굴에 그림자가 생길 만한 위치로 이동해서 앉았다.

"이러면 됐냐?"

"응, 밤 같아졌어."

그러나 쓰토무는 잠을 자지 않았다. 말없이 눈을 감고 무언가를 계속 생각하고 있었다.

나 역시 오사나이 일로 마음에 걸리는 게 있었다. 나와 마주친 일을 그녀나 그녀의 친구가 쓰토무에게 이야기할 법도 한데 그는 모르고 있었다. 뭔가 이유라도 있는 걸까? 아니, 그렇지 않다. 이런 일은 비밀로 할 거리도 아니고, 쓰토무에게 일부러 알릴 것까지도 없는 하찮은 화제다. 나는 그 정도로 미미하고 의식할 것까지도 없는 존재다. 그렇게 결론을 짓고 오사나이를 잊기 위한 행동방침을 세웠다.

다음 날. 오전 수업이 끝나고 점심시간이 되자 반 친구들과 잡담을 했다. 평소 같으면 잡담을 마무리하고 매점에 갈 시간이 되었지만, 그날은 자리에서 일어서지 않았다. 평소보다 십 분 정도 길게 교실에서 친구들과 이야기를 하다 천천히 일어나서 매점으로 향했다.

내가 구름다리를 지나갈 즈음, 이미 오사나이는 친구와 밖으로 나가서 마주칠 일이 없었다. 옳지, 이걸로 됐어. 그녀를 만나지 않도록 시간을 비껴가기. 그것이 오사나이를 잊기 위한 구체적인 행동이었다.

첫날, 둘째 날, 셋째 날, 오사나이와 마주치는 일 없이 무사히 매점을 왔다 갔다 했고, 그녀의 모습을 보지 못한 채 일주일이 지났다. 그녀와 조우한 것은 우연의 결과이며, 우리 둘을 연결하는 실은 아주 약간의 의식만으로도 툭 끊어질 정도의 접점밖에 없었다. 만나지 않길 바라면 만나지 않을 수도 있다. 이대로 나는 오사나이를 까맣게 잊어버리고, 언젠가 대면하더라도 객관적으로 그녀를 볼 수 있을 것이다. 냉정하게 그녀의 이름을 부를 수 있게 될 것이다. 내 체내에 생겼던 귀찮은 감정은 이제 분명 사라질 것이다.

이것이 쓰토무를 만날 때 꺼림칙함을 느끼지 않기 위한 나의 선택이다. 친구를 신경 쓰지 않고 내 감정을 우선하는 길도 분명 있을 것이다. 그러나 나는 그렇게 해서 쓰토무와의 관계가 어색해지는 게 싫었다.

농구 시합 직후에도, 봄버맨을 할 때도, 매번 쓰토무에게 설교를 듣지만 이 성격은 바뀌지 않는다. 나는 내가 돋보이기보다 타인이 돋보이는 걸 뒤에서 지켜보는 게 더 좋다. 뒤에서 무대 세트를 만드는 것이 적성에 맞고, 무대에 서는 친구를 응원하는 것이 내게 편안한 위치다.

이것이 내 성격이고 인생이다. 언제부터 그렇게 됐는지는 잘 모르겠다. 모든 면에서 돋보이는 형 때문에 그 뒤만 따라 걷다 보니 2인자로 앞에 나서기 싫어하는 성격이 형성됐는지도 모르겠다. 그렇다고 뭐 불편한 거 있는가?

그러나 어느 날 나는 오사나이의 거짓말을 알아차렸다.

어느 금요일의 일이다. 점심시간이 되어 친구들과 잡담을 하다 자리에서 일어섰다. 손목시계를 보고 슬슬 매점으로 가도 되겠다고 생각했다. 오사나이와 마주치지 않는 행동 스케줄에 익숙해졌다.

그날은 특별한 볼일이 한 가지 있었다. 형이 밴드에서 제작한 CD를 한 해 유급해서 3학년인 불량 선배에게 전해주어야 했다. 불량 선배는 언제나 이 시간에 A동 옥상에서 쉬고 있다. 그도 역시 형에게 옥상 열쇠를 산 것 같다.

매점으로 가기 전에 A동 옥상에 들러서 같은 불량 친구들의 시선에 조금 겁먹으면서 CD를 건넸다. 이제 매점에 가야지 하고 보니 눈앞에 삼층의 구름다리 입구가 있었다.

평소 이층에서 위층으로 올라가는 일은 좀처럼 없다. 신기해서 오늘은 삼층 구름다리를 지나 B동으로 이동해보았다. 창으로 보이는 경치가 약간 달랐다. B동 삼층으로 이동해서 그곳에서 계단을 내려가 일층 매점으로 향했다.

이층을 지나갈 때, 낯익은 실루엣이 시야에 들어왔다.

복도 창가에 오사나이가 서 있는 게 아닌가.

구름다리 입구가 복도 중간에서 네모난 입을 빼끔 벌리고 있다. 그녀는 그 끝에 있었다. 도시락 꾸러미를 가슴 앞에 안고. 창 너머 중정에는 황록색 잎이 무성한 나무 위로 빛이 쏟아졌다. 그녀의 유리구슬 같은 눈동자는 그 풍경을 향해 있다. 늘 같이 다니는 친구는 보이지 않았다. 나는 멈춰 서서 오사나이의 옆얼굴을 보았다. 핀을 꽂은 앞머리와 하얀 이마. 전혀 이쪽을 눈치채지 못했다. 친구를 기다리는 걸까? 아니면 그녀가 거기에 있을 이유가 없다.

나는 그냥 지나쳐서 일층으로 내려왔다. 매점에서 삼각김밥을 사서 이번에는 B동 옥상으로 향했다. 일층에서 이층으로. 다시 오사나이를 본 장소다. 오 분 이상 지났는데 그녀는 아직 있었다. 친구하고 싸움이라도 한 걸까? 그래서 혼자 서 있는 걸까? 창 너머를 보는 그녀의 옆얼굴이 슬퍼 보였다. 고민 끝에 말을 걸어보기로 했다.

"오사나이?"

그녀는 놀란 듯이 어깨를 떨며 돌아보았다.

"레, 렌타로."

평소와 같은 씩씩한 말투가 아니었다. 허를 찔려 동요하는 목소리였다.

"오랜만이야."

"그러네. 오랜만이구나."

그녀는 이내 명랑함을 되찾으며 미소를 지었다. 슬퍼 보였던 것은 착각이었구나 생각했다.

"왜 그렇게 놀라?"

"렌타로가 그쪽에서 오니까."

"하긴 언제나 저쪽에서 왔었지."

구름다리 쪽을 시선으로 가리켰다.

"친구는?"

"먼저 밖으로 나갔어. 난 선생님이 심부름을 시켰는데 좀처럼 보내주질 않아서……"

친구와 싸웠나 했던 생각도 오산이었던 것 같다. 마음이 놓였다.

"좀 전에야 겨우 보내주어서 교실을 나왔어."

"좀 전에?"

"응."

오 분 이상 전이면 좀 전이라고 표현할 수 있겠지.

"벌써 매점에 갔다 왔구나."

매점 비닐봉지를 내려다보았다. 참치 마요네즈 삼각김밥과 매실과 연어와 명란젓 삼각김밥이 들어 있다. 너무 많이 먹는 건가.

"친구 기다리게 해도 괜찮아?"

"아참, 서둘러야지. 그럼 이만."

"응."

그녀는 고개를 살짝 숙이고 총총걸음으로 구름다리에서 멀어져 갔다. 뒷모습을 지켜보며 나도 옥상으로 갔다. 머릿속으로 나는 여러 가지 생각을 했다.

그녀는 거짓말을 한 게 아닐까. 오 분 이상이나 이곳에서 풍경을 바라보고 있었으면서 '서둘러야지' 하고 총총걸음으로 가는 건 뭔가 이상하다. 서둘러야 했다면 선생님한테 해방됐을 때 바로 밖으로 나가야 했을 것이다. 선생님이 심부름을 시켰다는 것도 꾸민 이야기가 아닐까? 왜 그런 거짓말을 했는가 하면, 그러니까 오사나이는 내가 오기를 기다리고 있었던 거라고 추측해본다. 최근 내가 시간을 비껴가서 마주치지 못하게 되니까, 친구를 먼저 보내고 자기만 구름다리 앞에서 기다리고 있었던 것이다.

한심하다. 자의식과잉이다. 그 이상 생각하지 않기로 했다.

어떤 얼굴로 쓰토무를 만나야 좋을지 모르는 채 옥상 문을 열었다. 쓰토무는 없었다. 나중에 본인에게 들었지만, 그는 그날 결석했다고 한다. 어머니의 상태가 나빠져서 병원에 가느라고.

4

전에 양성종양 절제 수술을 했기 때문에 혹시 그 종양이 전이가 된 게 아닐까 걱정이 됐다. 그 이야기를 하자 쓰토무는 무시하는 듯한 표정으로 말했다.

"양성종양이 전이될 리 없잖아."

지금까지 몰랐지만 그런 것 같다. 그의 어머니는 과로와 스트레스로 감기에 걸린 것뿐이었다. 금, 토, 일요일은 자택에서 요양하고, 쓰토무가 가사를 맡아서 간병했다. 지금은 완전히 원래의 상태로 회복했다고 한다.

옥상의 철망에 기대어 쓰토무의 이야기를 들었다. 5월 하순의 한낮치고는 시원한 바람이 불었다. 재색 구름이 하늘을 가려, 태양은 그 뒤에 숨어 있다. 일기예보에 따르면 저녁 무렵 이후로는 갠다고 하는데 정말일까.

"오후에 땡땡이칠 생각이야." 쓰토무가 말했다.

"좋네."

"같이 놀래?"

"어디서?"

"어디가 좋아?"

그는 하품을 하면서 스트레칭을 시작했다. 철망 너머로 교정을 내려다보니 학생들이 교실로 돌아가고 있었다. 점심시간이 끝나는 종소리가 울리고 오후 수업이 시작되었다. 우리는 옥상에서 내려왔다.

"수업에 빠지면 오사나이한테 혼날지도 몰라."

나는 선생님한테 들키지 않도록 조심해서 계단을 내려가면서 말했다.

"글쎄, 어떨까." 쓰토무가 말했다.

"오사나이는 그런 애잖아? 수업 중에 졸면 쉬는 시간에 와서 야단치고 그러잖아."

몇 번이나 그런 경험이 있다. 그녀는 그런 우등생 같은 면모가 있다.

"몰랐냐?"

쓰토무가 흘끗 나를 보았다. 무슨 뜻인지 모르겠다.

"아니, 뭐 모르면 됐고."

얼굴을 아는 선생님이 복도를 지나갔다. 계단 층계참에서 선생님을 먼저 보냈다. 이층 구름다리 근처를 지나갈 때, 금요일 점심시간에 오사나이와 나눈 대화를 떠올렸다. 그녀의 진의는 지금도 잘 모르겠다. 오늘 점심시간에는 갈등 끝에 구름다리에는 가까이 가지 않았다. 금요일에 구름다리 앞에 계속 있었던 건 나를 기다렸던 게 아닐까 생각했지만, 역시 그건 내 착각일 것이다. 그러나 오늘도 그녀가 그곳에 서 있다면? 그때는 어떻게 해야 할지 알 수 없었다. 그래서 가까이 가지 않았다.

쓰토무 뒤를 따라 복도를 이동. 신발장에서 실내화를 갈아 신고 교사를 나왔다. 가방을 교실에 두고 왔지만, 지갑, 휴대전화, 지하철 정기권은 주머니에 넣고 다녔다. 오늘은 이대로 돌아가 버리자.

구름 낀 하늘 탓인지 시내는 전체적으로 쓸쓸했다. 그림자가 옅고 나무와 빌딩과 전선이 하나같이 밋밋한 재색으로 보였다. 자동판매기에서 주스를 사서 마시며 걸었다. 죽은 하루살이들이 자동판매기 아래에 수북이 떨어져 있었다. 일단 노래방에 들어가서 몇 곡을 불렀다. 밖으로 나와서 게임센터에서 메달 게임을 했다. 그것도 지겨워져서 동네를 어슬렁거리고 다니는데, 저 앞에 시민체육관과 시민운동장이 보였다. 이미 초저녁 무렵이었다.

"엄마는 이 시간에도 아직 일을 하고 있어." 쓰토무가 말했다.

체육관 옆에 있는 넓은 주차장에 농구공이 뒹굴고 있었다. 쓰토무는 그걸 보자마자 바로 덤벼들어서 드리블을 시작했다.

"나를 키우기 위해 일하고 있어."

"그런데 우리는……."

주차된 차는 없었다. 광대한 아스팔트 평면에 흰색 줄로 무수한 직사각형이 그려져 있다. 쓰토무가 공을 튕기자 그 소리가 메아리를 남기고 주차장에 울렸다. 주차장 주위에는 철망이 쳐져 있고, 그 너머의 재색 거리는 마치 문화제 때 만든 강제수용소 세트 같았다. 판자에 사진을 붙인 것 같기도 하다. 공을 던지면 구멍이 뚫릴 것 같다.

"내가 초등학생 때까지는 일한 적이 없었어, 우리 엄마. 고등학교 졸업하고 바로 결혼해서."

쓰토무가 내게 공을 던졌다. 받아서 공을 양쪽으로 밀어보았다. 공기압에 문제는 없다.

"아버지 얼굴, 아직 기억하니?"

"바람난 상대의 얼굴도 기억해. 또렷이."

드리블을 해보았다. 오랜만에 느끼는 농구공의 무게와 감촉이다.

"부하 직원인 여자였다 했지?"

그가 초등학교 5학년 때, 아버지의 바람이 발각됐다. 그 이야기는 전에도 들은 적이 있다. 그러나 바람난 상대의 얼굴을 기억한다는 이야기는 금시초문이다.

"그 사람을 만났어?"

"집에 왔었어. 내가 학교에서 돌아와 있는데. 엄마가 외출하고 없을 때."

드리블을 멈추고 공을 가슴 앞에 들었다. 공이 튀는 소리가 사라지자 주위는 다시 고요에 감싸였다.

"게임기를 하고 있는데 초인종이 울려서 나가 보니 젊은 여자가 서 있더라고. 아버지와 아는 사람이라고 해서 집에 들어오게 했는데."

쓰토무는 안 좋은 기억을 떠올린 것처럼 떫은 표정을 지었다.

"소파에 앉으라고 하고 차를 내주었더니 골똘히 생각에 잠긴 얼굴로 아버지와의 관계에 대해 얘길 시작하더라. 그것도 상세하게."

"상세하게?"

"열 살 소년에게는 어려운 내용이었어. 얘길 들으면서 상상했지. 이제 이 사람은 가방에서 칼을 꺼내 나를 죽이는 게 아닐까 하고."

쓰토무가 다가와서 내가 들고 있는 농구공을 빼앗았다. 바닥에 한 번 튕겼다가 잡았다. 손가락 위에서 회전을 시키며 논다.

"도중에 엄마가 돌아왔어. 방에 들어와서 여자하고 눈이 마주치자……. 공기가 얼어붙는 순간이란 걸 보았어."

"아수라장이었겠구나."

"엄마는 그 여자를 쫓아내라고 했어. 오늘 일은 잊어버려라. 그 뒤로는 뭐 흔히 있는 이야기지. 이혼, 양육비 청구, 이사."

"아버지는 그 후로 안 만났어?"

"지금쯤 어디서 뭘 하고 있을까. 얼굴이 나하고 똑같이 생겼어. 아니, 내가 아버지를 닮은 거지."

"인기 많았겠네."

"날이 갈수록 내가 아버지 얼굴이 되어가. 눈과 코가 똑같아. 엄마는 내가 미워지지 않을까?"

공이 튀는 소리가 흐린 하늘의 주차장에 울렸다. 우리한테서 떨어진 곳으로 굴러갔다.

"지나친 생각이야."

"얼굴이 똑같아."

"그렇지만 아버진 아버지고, 너는 너야."

"그건 그러네."

쓰토무는 쑥스러운 듯이 머리를 긁적이고 공을 쫓았다.

멀리서 오후 다섯시를 알리는 멜로디가 흘렀다. 어릴 때부터 그 음악은 바뀌지 않았다. 제목이 〈신세계에서〉라고 언젠가 형이 가르쳐주었다. 저녁 이후에는 날이 갠다고 들었는데, 구름은 여전히 하늘을 덮고 있어서 노을은 보이지 않았다.

"일대일 게임을 할까?"

공을 주워온 쓰토무가 그런 제안을 했다.

"골대가 없잖아."

"대충하면 되지. 마음의 눈으로 골대를 느끼면 돼."

"오호, 마음의 눈이라."

"그렇지. 지금이야말로 네 탁한 마음의 눈을 뜰 때다."

쓰토무는 허리를 구부리고 낮은 위치에서 드리블을 시작했다. 나도 역시 그와 대항할 자세를 취했다. 교복 바지가 다리에 착 들러붙어 움직이기 힘들지만, 그도 조건은 마찬가지다. 명확한 규칙 없이 공 뺏기가 시작되었다. 쓰토무는 내 등 뒤쪽 10미터 정도 위치에 골대가 있는 것으로 설정한 것 같다. 드리블을 하면서 천천히 내가 어떻게 나오는지 살피려는 듯이 다가온다.

서로의 위치가 겹쳐지기 직전에 정지. 그리고 잠깐의 교착상태. 시간이 멈춘 것처럼 느껴졌다. 쓰토무가 오른발 쪽으로 중심을 이동하는 기미를 감지하고 나도 그쪽으로 움직였다. 시간이 폭발하듯이 움직이기 시작한다. 신발 바닥이 지면을 찼다. 팔을 뻗었다. 치익 하는 소리를 내며 손가락 끝의 피부가 공 표면을 스쳤다. 궤도가 변하고, 공이 쓰토무의 손에서 떨어졌다. 주차장 지면으로 튄 공을 쫓아가서 잡았다.

공이 손 안에 들어온 순간, 공격과 수비가 바뀐다. 나도 쓰토무의 등 뒤 10미터 정도 위치에 골대를 설정하고 드리블을 시작했다. 패스를 할 동료는 없다. 그저 눈앞의 상대만 제치면 된다. 일대일의 단순한 싸움이다.

얼마나 그렇게 대결했는지 모르겠다. 우리는 대화도 없이 오로

지 공만 쫓았다. 페인트 모션으로 상대를 제치기도 하고 가로막히기도 하길 반복했다. 키와 몸무게가 서로 비슷하고 빠르기도 거의 비슷하다. 공을 든 상대가 어떤 생각으로 다음 걸음을 내디딜지 행동을 읽는 것이 승패를 결정한다. 그러나 우리는 서로의 생각을 잘 알았다. 언제나 비슷한 생각을 한다. 그래서 수비를 뚫기가 어렵다. 수비를 앞뒤로 흔들어 간격이 좁아졌을 때 앞질러보기도 하면서 여러 가지를 시도해보았지만, 쉽지 않았다.

결국 농구부가 아닌 우리에게는 기술이란 것이 없다. 상대의 실수를 기다렸다가 앞질러야 득점으로 연결된다. 그렇다 해도 공이 있는 건 아니어서 슛이 들어갔는지 어떤지 확실하진 않았지만.

이윽고 쓰토무가 숨을 헐떡이면서 멈춰 섰다. 나는 드리블을 중단하고 이마의 땀을 닦았다.

"그만할까?" 내가 물었다.

"한 판 더 하고 그만하자."

"알았어."

"내기할까?"

쓰토무가 앞머리를 쓸어 넘겼다.

"뭐로? 저녁?"

"이긴 사람이 고백하기. 좋아하는 아이한테."

"그런 거 없는데."

놀라서 그렇게 대답했다.

"거짓말."

"어떻게 알아?"

"렌타로, 말로 하지 않아도 다 안다."

지는 쪽이 아니라 이기는 쪽이 하는 건가?

보통 이런 건 벌칙 게임으로 지는 쪽이 실행하는 것 아닌가?

"난 그런 청춘물 같은 거 싫다. 창피해."

"하자, 렌타로. 내가 그러고 싶으니까 너는 거기에 따라줘."

대결은 불가피한 것 같다. 나는 내키지 않았지만 낮은 자세로 드리블을 시작했다. 천천히 그에게 다가갔다. 쓰토무의 등 뒤에 골대의 그물망을 상정한다. 거기에 슛을 하려면 그의 오른쪽이나 왼쪽을 빠져나가야 한다.

쓰토무의 날카로운 눈은 공이 아니라 내게 향했다. 나의 시선이 어느 쪽으로 향하는지 온 신경을 집중해서 읽으려 했다. 드리블 소리가 주차장에 울렸다. 슬슬 해가 진다. 시야가 어두워지기 시작했다.

우리의 간격이 좁혀졌다. 쓰토무 옆으로 빠져나가는 것을 그려 보았다. 그러나 좀처럼 상상이 되지 않았다. 어떤 페인트 모션을 써도 그가 그것을 읽고, 공을 잽싸게 빼앗을 것 같다. 이러면 안 된다. 드리블 소리에 섞여서 서로의 호흡 소리가 들려왔다. 숨을 들이마시고 토하는 쓰토무의 리듬이 들려왔다.

그가 한 걸음만 더 내딛으면 내가 갖고 있는 공까지 손가락 끝이 닿을 것 같은 그 정도의 거리까지 왔다. 발을 멈추고 그와 마주 섰다. 의식의 필터가 드리블 소리를 지우고, 서로의 호흡만 뇌에 전했다. 시간이 길게 늘여지다가 결국에는 정지한 것 같기도 하다.

교착상태. 숨을 들이마셨다가 토한다. 상대가 어떻게 나올지 기다린다. 그가 중심을 이동하면 나도 발을 내딛을 수 있다. 아니면 그쪽도 같은 생각을 하고 있을 것이다. 내 시선, 신발의 방향, 근육의 수축, 모든 촉각을 곤두세워 진행 방향을 살핀다.

그때 내 등 뒤에서 빛이 비쳤다. 일기예보에서 말한 대로 구름이 걷혔다. 서쪽으로 기우는 태양이 거리를 주홍빛으로 물들였다. 체육관 벽이 밝아지고, 창도 반짝였다. 노을이 쓰토무의 얼굴을 비추었다. 그가 눈이 부신 듯 얼굴을 찡그렸다.

나는 한 걸음 내디뎠다. 속도를 내서 쓰토무의 오른쪽으로 빠져나가려고 했다.

조금 떨어진 곳에서 텅 하고 공이 튀는 소리가 났다. 정신을 차리고 보니 공이 내게 없었다. 멈춰 서서 쓰토무를 돌아보았다. 이번에는 내가 노을을 볼 차례다. 쓰토무가 역광 속에서 튀는 공을 잡아서, 다시 나를 향했다. 그가 눈이 부신 척했던 것은 페인트 모션이었다는 것을 깨달았다. 내가 실수로 걸음을 떼게 하기 위한 연기였다.

그가 드리블을 시작했다. 기력에서 지고 있었다. 쓰토무가 소맷자락을 스치며 나를 앞질러 가서 슛을 쏘았다. 매끄럽고 아름다운 자세였다. 농구공은 호를 그리며 떨어졌다. 존재하지 않는 그물이 출렁이는 모습까지 보였다.

다음 날 화요일. 2교시 수업이 끝나고 책상에 엎드려서 멍하니 있는데 친구 녀석이 별일 아닌 볼일로 말을 걸어왔다. 잡담을 하고 있는데 조금 떨어진 자리의 여자들 무리에서 비명이랄까 당혹스러움이랄까 그런 파동이 전해졌다.

"대답은?"

"오케이했어?"

여자 한 명이 내게 물었다.

"와시즈. 무슨 소리 들었니?"

고개를 가로저었다. 그러자 여자들은 한심한 놈이란 시선으로 노려보더니, 다시 여자들만의 대화로 돌아갔다.

오전 수업 내내 선생님의 말이 귀에 들어오지 않았다. 내 자리에 앉아서 창밖을 바라보는 동안 어느새 수업이 끝났다.

종이 울리자 선생님이 분필을 내려놓고 손에 묻은 가루를 털었다. 반 친구들이 일제히 일어섰다. 점심시간이다. 매점에 가지 않고 바로 옥상으로 향했다. 학교 오는 길에 편의점에 들러 삼각김밥을 사두었다. 옥상 문을 열고 들어서자 쏟아지는 햇살로 잠시 시야가 하애졌다. 그저 넓기만 한 평면. 파란 하늘 아래 쓰토무가 있었다. 추락 방지용 철망에 등을 기대고 콘크리트 위에서 책상다리를 하고 앉아 있다.

"결과는?"

옆에 앉으며 물었다.

"아직 보류. 이번 주 중에 결론을 내리겠대."

보통 때와 같은 대화를 할 수 있어서 안심이었다. 두 사람의 거리와 관계가 언제까지고 변하지 않았으면 좋겠다. 편의점의 삼각 김밥을 뜯어서 먹었다. 매점에는 없는 신기한 종류의 내용물이 들어 있다. 햇살이 따뜻했다. 밖에서 놀고 있는 아이들의 목소리가 희미하게 들려왔다. 고백한 상황에 대해서 물어보았다. 두 사람밖에 없는 이른 아침의 교실, 차갑고 맑은 공기 속에서 했다고 한다. 그녀가 어떤 반응을 하고 어떤 말을 했는지 자세히는 듣지 못했다. 물을 수 없었다. 이번 주말까지 대답을 하겠다고 한 오사나이의 얘기는 현재 같은 학년 여자아이들에게 최대의 관심사다.

예전에는 오사나이를 잊겠다고 하더니 갑자기 무슨 심경의 변화가 생긴 걸까? 주차장에서 아버지와 바람피운 상대의 이야기를 내게 한 것과 관계가 있는 걸까?

밤부터 비가 내리기 시작했다. 다음 날이 되어도 그다음 날이 되어도 그 비는 그치지 않았다. 이틀 동안 역에서 학교까지 가는 길은 우산을 쓴 학생들로 넘쳐났다. 여성용 우산은 화사한 것이 많아서, 여학생 무리가 물에 잠긴 동네를 걸어가면 색색의 꽃이 흐르는 것처럼 보였다.

오후 수업을 마치고 방과 후가 되었다. 학교에서 나오기 전에 신발장 근처에서 여학생이 부르는 소리가 나서 멈춰 섰다. 오사나이와 늘 붙어 다니는 친구였다.

"렌타로."

"어, 안녕."

"요즘은 점심시간에 못 봤네."

"점심은 편의점에서 사기로 했어. 그래서 매점에 갈 일이 없어졌어."

"그거 유감이구나."

"왜?"

"이층 구름다리에서 항상 렌타로를 기다리는 것 같던데."

"누가?"

"난 아냐, 라고만 말해두지."

오사나이의 친구는 우산을 펴 들고 가버렸다.

그녀도 역시 추측으로 그런 말을 한 데 지나지 않았다.

애초에 나와 오사나이 사이에 무슨 일이 있기라도 했나.

고등학교 1학년 때 서점에서 잠시 이야길 했다.

교실에서 가끔 말을 주고받았다.

그것뿐이다. 그 정도다. 그녀가 어떤 인생을 보내왔는지, 어떤 고민을 안고 있고, 어떤 꿈을 꾸고 있는지 아무것도 모른다. 그녀도 나에 대해서 잘 모를 것이다.

우리가 지금까지 관계에 큰 변화를 가져올 만한 특별한 이벤트를 공유했던가? 그런 건 없다. 혹은 쓰토무가 예전에 이야기한 것처럼 사소한 순간들이 누적되어 권투의 보디블로처럼 효과를 나타낸 것일까? 베리 숏과 건담 슈즈에 대해 사고하는 동안에?

금요일. 점심시간에 평소처럼 B동 옥상으로 올라가 보았지만, 쓰토무는 없었다.

혼자 편의점 삼각김밥을 먹고 있는데 옥상의 철제문이 열리는 소리가 났다. 쓰토무가 왔나 하고 돌아보았더니 뜻밖에도 오사나이가 문 뒤에서 고개를 살짝 내밀고 내가 있는 것을 확인하더니 머뭇머뭇 옥상으로 들어왔다.

"일주일 만이네."

그녀는 신기한 듯이 주위를 둘러보면서 걸어왔다. 머리를 기르고 있다고 들었는데, 여전히 베리 숏으로 귀 끝이 살짝 덮이는 정도였다. 햇살 속에서 다가오는 그녀의 귀가 태양에 비쳐 붉은빛을 머금었다. 그러고 보니 친척 아기도 귀가 얇고 피부가 하얘서 햇빛에 비치면 귀가 빨갛게 보였던 기억이 난다.

"어? 쓰토무는?"

나는 동요를 숨기며 그녀에게 물었다.

"친구가 불러서 오늘은 다른 데서 밥 먹는대."

희한한 일도 다 있다. 편의점에서 구입한 삼각김밥을 한 입 먹었다. 오사나이는 철망에 손가락을 걸고 파란 하늘을 등진 채 학교 주위에 펼쳐진 풍경을 바라보았다. 비행기구름이 그녀를 통과하듯이 등 뒤의 파란 하늘을 가로지른다.

"앉지. 사실 이곳은 출입금지 구역이야. 선생님한테 들키면 골치 아파."

"그래."

오사나이가 스커트 자락이 흐트러지지 않도록 조심스럽게 내 옆에 앉았다. 옥상에서 두 사람뿐이라니, 곤란하네. 언제나 쓰토무가 있는 자리에 그녀가 있으니 이상한 느낌이 들었다. 오사나이는 내가 식사하는 모습을 유리구슬 같은 눈동자로 물끄러미 바라보았다. 내가 말없이 있자, 그녀도 입을 열지 않았다.

"밥은 벌써 먹었어?"

침묵을 견디지 못해 물어보았다.

"식욕이 없어."

오늘만큼은 명랑한 목소리를 낼 수 없는 것 같다. 어딘지 목소리에 그늘이 있다.

"쓰토무한테 대답했어?"

"아니, 아직. 렌타로는 어떻게 생각해?"

나는 대답을 하지 않고 참치 삼각김밥만 씹었다.

"맛있어?"

"그럭저럭."

오사나이는 눈을 깜빡이다 한숨을 쉬었다. 휴우, 토하는 입김이 바람에 날렸다. 철망 너머를 보고 귀 끝에 걸린 머리칼을 살짝 만지작거리더니 다시 나를 향했다.

"요즘도 해파리 사진집 보니?"

"아니, 최근에는 별로."

"서점에서 어떤 할아버지가 말 걸었잖아."

"그런 일이 있었던가?"

"그 할아버지 어디선가 본 것 같다고 생각했는데. 삼 일 뒤에 공원에서 만났어. 고양이한테 먹이를 주고 있었어. 언제나 고양이를 귀여워해 주던 할아버지더라고."

"우연이라는 건 대단하지."

삼각김밥을 싼 비닐종이를 정리했다. 오사나이는 표정을 살피듯이 나를 보았다. 생각보다 거리가 가까웠다. 오늘도 핀으로 앞머리를 고정하고 이마를 드러냈다. 활발한 소년 같은 분위기다. 동시에 반대 분위기도 있다. 명백히 남자와는 다른 분위기다.

머리가 짧은 탓인지 정수리에서부터 얼굴 윤곽, 목, 쇄골, 그리고 어깨까지의 선이 선명하게 드러난다. 남자와의 체격 차이가 뚜렷하다. 그녀의 윤곽은 여자의 몸이 날씬하고 가냘프고 섬세하다는 것을 느끼게 한다. 두 세계의 경계선에 있는 자는 아름답다. 그 사람 주위에는 현실과 동떨어진 환상적인 분위기가 감돈다.

"시라토리하고 내가 말을 하게 된 경위는 렌타로도 들었지?"

"화제가 달라지네."

"달라지지 않았어. 렌타로와 내가 서점에서 만나기 한 달 정도 전에 큰비가 왔던 날이지."

"공원 벤치에서 함께 비를 피했더랬지?"

"우리는 고양이 안부를 확인하러 공원에 갔었어. 그런데 고양이는 나무판자로 만든 지붕 아래에서 비를 피하고 있었어. 나와 시라토리는 분명 언제나 고양이를 귀여워해 주던 할아버지가 큰비가 오니 지붕을 만들어주었을 거라고 생각했지."

"그랬을 테지."

"아냐, 틀렸어. 작년 10월에 렌타로와 서점에서 만난 뒤에 그걸 알게 됐어. 할아버지한테 물어보니 자기가 만든 게 아니라고 했어. 그건 교복을 입은 고등학생이 만들었대. 빗속에 고양이가 걱정돼서 보러 갔더니 어떤 남학생이 우산도 쓰지 않고 판자 조각을 모으고 있더래."

"설마 그게 나라는 건 아니겠지?"

"그만해, 그렇게 시침 떼는 것."

그녀는 눈썹을 아주 약간 화난 듯한 각도로 올렸다.

"할아버지한테 다 확인해봤으니까. 넌 시라토리와 나처럼 공원에 사는 고양이를 알고 있었어. 큰비 오던 날 너 조퇴했지? 나중에 출석부에서 몇 시부터 네가 사라졌는지 조사해봤어. 정확히 빗발이 거세진 직후의 수업 시간에 조퇴했더라."

"탐정 같은 짓을……."

"조퇴는 고양이가 걱정돼서 상태를 보러 가기 위한 거였지?"

"전부 추측이야."

"시라토리도 나도 고양이가 걱정됐지만 바로 달려가진 못했어. 수업이 끝날 때까지 참고 있었어. 그런데 렌타로는……."

"난 고양이 같은 것 몰랐어. 쓰토무한테 얘길 듣기 전까지는."

오사나이는 말없이 나를 바라본 뒤에 눈을 내리떴다. 뽀얀 뺨에 속눈썹이 그림자를 드리웠다.

이제 와서 큰비 오던 날의 일이 화제가 될 줄이야. 쓰토무에게 그녀의 이야기를 들은 후로 공원 근처에 얼씬도 하지 않았는데.

두 사람이 만나게 된 일화에 내가 개입할 게 아니다. 쓰토무와 오사나이가 동시에 고양이의 안부를 걱정했다는 흐뭇한 기억은 두 사람만이 공유해야 한다.

"무슨 생각으로 모르는 척하는지 알아. 렌타로는 착한 사람이야. 그러나 독한 사람이야. 바보!"

오사나이는 일어서서 그 말을 남기고 토끼처럼 옥상 문 쪽으로 뛰어갔다. 그녀의 등은 이내 보이지 않게 되었다. 뛰어가기 직전의 오사나이 얼굴은 금방이라도 울음을 터트릴 것 같았다.

방과 후, 오사나이가 쓰토무에게 어떤 대답을 했는지 소문은 바로 들려왔다.

쓰토무와의 관계는 어이없을 정도로 변함없었다. 점심시간에는 옥상에서 쓸데없는 이야기나 선생님 흉내로 깔깔거리며 보냈다. 오사나이도 여전히 친구와 함께 밖에서 도시락을 먹었다. 나는 오사나이를 피해서 교사를 이동했다. 옥상에서 이야기를 한 이후로 만난 적은 없다. 복도 저쪽에 그녀가 보이면 바로 뒤돌아서 남자화장실로 들어가곤 했다.

5월이 끝나고 6월이 시작되었다. 책상에 턱을 괴고 비가 내려 우중충하게 보이는 시내를 내다보고 있었다. 누군가가 교실의 불을 켜자 실내가 밝아지면서 창문에 내 얼굴이 비쳤다. 창에 묻어 있던 물방울이 몇 방울 주르르 미끄러지며 창에 비친 내 얼굴 위로 지나갔다.

여름의 대삼각형이라는 말이 있다. 여름밤에 뜨는 베가, 알타이르, 데네브라는 세 개의 별이다. 주위의 별보다 한층 강한 빛을 뿌리는 별. 그들을 연결하면 거대한 삼각형이 된다. 이 가운데 베가와 알타이르는 칠석의 견우, 직녀성으로도 알려져 있다. 그런 사실을 안 것은 6월 중순 어느 날 방과 후의 일이다. 그날 밤, 아직 여름의 대삼각형은 뜨지 않아 역 앞 육교에서 보이는 하늘은 어두웠다.

수업이 끝나고 집에 가려고 현관에서 신발을 갈아 신다가 쓰토무와 오사나이를 만났다. 두 사람 다 가방을 들고 하교하려는 참이었다.

"같이 가지 않을래?"

그렇게 말하는 쓰토무 뒤에서 오사나이가 약간 수줍은 듯이 고개를 숙이고 있었다. 셋이서 같이 시간을 보낸 적이 없다는 사실을 깨달았다. 1학년 때 반에서 다른 친구들도 함께 잡담을 한 적은 있을지 모르지만.

신발 끈을 묶으면서 거절할 이유를 찾았다. 지금 이 세 사람이 함께 시간을 보낸다는 것은 뭔가 내 마음에 막대한 타격을 줄 것 같은 기분이 들었다. "아참, 교실에 잊어버리고 온 게 있네. 너희들 먼저 갈래?" 흔해빠진 대사를 말했을 때 오사나이가 다가와서 정면에 섰다.

"렌타로."

"뭐, 뭐야?"

"요전에는 미안했어."

풀이 죽은 모습의 그녀는 내 얼굴을 보지 않았다. 옥상에서 바보라고 말한 게 마음에 걸렸던 걸까.

"아니, 괜찮아. 여자한테 욕먹는 거 좋아해."

"정말?"

"응. 옥상에서 바보라고 하고 뛰어간 거 나쁘지 않았어. 그런 상황 좋아. 더 욕먹고 싶었는걸."

오사나이가 한 걸음 내게서 물러섰다. 쓰토무가 옆에서 그녀에게 속삭였다.

"그래. 이 녀석한테는 다가가지 않는 편이 좋아. 변태 기질이 옮으니까."

"누가 변태라고."

"너지. 말 걸지 마, 더러워져. 빨리 가."

"같이 가자고 먼저 말한 건 너잖아."

"상황이 달라졌어."

"어떻게 달라졌는데?"

"오사나이가 물러났잖아."

나는 그녀를 돌아보았다.

"괜찮아, 물러나지 않, 았, 어······."

오사나이가 지금까지와는 달리 서먹하게 시선을 돌리며 말했다.

멀리 하늘에서 〈신세계에서〉가 흘러나왔다. 결국 셋이 같이 돌아가기로 했다. 가는 길에 오사나이도 평소 모습대로 돌아와서 자연스럽게 이야기를 나누게 되었다. 특별히 뭘 하는 것도 아니고, 그저 셋이서 초저녁 거리를 걷는 것뿐인데도 즐거웠다. 서쪽으로 기울던 해가 빌딩과 빌딩 틈을 들여다보며 오렌지색의 투명한 빛을 비추었다. 가정집에서 저녁 준비를 하는 소리가 들리고, 환풍기에서 간장과 맛술로 간을 한 조림 냄새가 풍겨 나왔다. 유치원복을 입은 아이를 자전거에 태우고 돌아가는 어머니와 스쳐 지나갔다. 책가방을 메고 인형뽑기 앞에 무리지어 있는 초등학생들을 보았다. 나와 쓰토무의 이야기를 그녀에게 들려주었다. 쓰토무의 어머니 이야기와 우리 형 이야기와 형의 밴드 이야기도 했다. 그녀에게 가족 이야기도 들었다. 그녀는 아버지의 직업 이야기를 해주었다. 풍경의 그림자가 어둡고 짙어져 갔다. 수조 안의 물고기처럼 천천히 언덕길을 내려가는 차. 집 안에서 들려오는 아이의 울음소리. 켜져 있는 텔레비전 소리. 셋이서 이야기를 하면서 보는 풍경은 아름다워서 가슴이 메여왔다.

줄지어 서 있는 가로등에 불이 켜지는 것을 보았다. 쓰토무와 오사나이가 앞에 걸어가고, 나는 일부러 조금 뒤처져서 따라갔다. 많은 사람들이 상점가를 오가고 있었다. 역이 가까워질수록 시끄러워졌다. 인파의 소음에 섞여 서로의 목소리도 알아듣기 힘들었다. 나는 쓰토무에게 다가가서 말을 걸었다.

"여태 말하지 않았는데 네가 오사나이하고 사귀기 시작한 첫날, 점심시간에 저 애 옥상에 왔었어."

"알아. 너하고 얘기하고 싶다고 둘만 있게 해달라고 부탁하더라고."

쓰토무는 새삼스럽게 지금 무슨, 이런 얼굴로 말을 계속했다.

"그대로 돌아오지 않는 거 아닐까 생각했다. 설령 그런다 하더라도 괜찮다고도 생각했고."

쓰토무는 오사나이를 돌아보았다. 오사나이는 멈춰 서서 상점가 곳곳에 붙은 칠석 전단지를 보고 있었다. 나와 쓰토무는 인파 속에서 마주 섰다. 많은 사람들이 우리가 거치적거린다는 얼굴로 피해 갔다.

"오사나이는 너한테 채였다고 오해하고 있어. 그래서 내 고백에 OK를 한 거야."

"어째서 그렇게 돼?"

"네가 흥미 없는 척하니까 그렇지. 렌타로, 말해두고 싶은 게 있어. 나는 너만큼이나 수업 시간에 졸아."

"그게 어쨌다고?"

"그렇지만 쉬는 시간에 오사나이가 와서 야단치는 일은 한 번도 없었어. 눈치채지 못했냐? 오사나이는 너한테만 말을 걸어. 둔한 것도 정도가 있지."

나는 대답하기가 곤란해 도망치기로 했다.

"난 저쪽 길로 갈게. 너희는 이대로 곧장 가."

"렌타로, 그쪽 길은 어두워. 밝은 데로 셋이 같이 가자."

"그렇지만 갑자기 혼자 있고 싶어."

"그러냐. 그럼 억지로 말리진 않을게."

"오사나이한테는 적당히 말해줘. 갑자기 볼일이 생각나서 돌아갔다고 하든가. 대충 그렇게."

"알았어."

오사나이는 아직 칠석 전단지를 보고 있다. 진지한 모습의 뒤통수, 가냘픈 어깨의 윤곽. 그녀에게 아무 말도 하지 않은 채 옆길로 갔다.

"렌타로, 고맙다. 난 고독하지 않아."

그의 목소리가 웅성거림의 저편에서 들려오는 것 같아 돌아보았다. 인파 너머로 오사나이에게 다가가는 그의 모습이 얼핏 보였다.

가로등이 없는 어두컴컴한 길을 빠져나와 다른 길로 나왔다. 그곳은 차들이 오가는 살풍경한 길로 배기가스의 양도 엄청났다. 역을 향해 가면서 완전히 캄캄해진 하늘을 올려다보았다. 나는 별자리라고는 북두칠성과 오리온자리 정도밖에 모른다. 그래서 머리 위에 있는 무수한 별이 무슨 이름을 가졌는지 모른다.

역 앞 대형 서점에 가서 오랜만에 해파리 사진집이라도 보며 정신수련을 하기로 했다. 밝은 서점 안으로 들어서자 곧장 사진집 코너로 가서 대형 사진집을 조심스럽게 손에 들었다. 사실은 만지는 것조차 무섭다. 해파리의 모습을 보면 불안해서 견딜 수 없다. 혼자 바다에 빠졌을 때 몸부림치던 모습이 떠오른다. 캄캄한 어둠 속으로 가라앉아가면서 나 이외에는 아무도 없던 그곳이 되살아난다. 외롭고, 괴롭고, 슬픈 기분이 든다. 그러나 형체가 불분명한 해파리의 모습을 매일 조금씩 각인시켜가다 보면 언젠가 괜찮아질 것이다. 우주에 떠 있는 영혼 같은 그 모습을 보더라도 더 이상 소름 돋지 않게 될 것이다. 이렇게 마음을 단련하는 것은 분명히 온갖 희비가 교차하는 인생을 살아가는 데 중요할 것이다.

사진집을 본 지 십삼 분이 경과했다. 신기록이다. 다음 페이지로 넘길까, 오늘은 이쯤에서 그만둘까. 새로운 페이지에 실린 사진 때문에 트라우마가 더욱 깊어질 가능성도 있다. 그러나 오늘이라면 아무리 대단한 해파리의 사진이어도 받아들일 수 있을 것 같았다. 좋아, 하고 결심했을 때 발소리가 들려왔다.

몇 걸음 떨어진 거리에서 발소리가 멎었다. 돌아보니 무릎에 손을 짚고 헉헉거리는 짧은 머리의 여자아이가 있었다. 그녀는 나를 보고 수줍은 듯이 심호흡을 하며 교복과 머리 모양을 가다듬었다. 뛰어온 탓인지 뺨이 살짝 복숭앗빛으로 물들었다. 어째서 그녀가 여기 있는지 이해되지 않았다. 해파리 사진집을 펼친 채, 여기 있는 오사나이로 보이는 인물은 과연 진짜인가 생각했다.

"스니커를 신어서 다행이었어."

오사나이가 숨을 헐떡이면서 말했다. 어딘가 상쾌하고 밝은 표정이다.

"신발 멋있네."

오사나이는 내가 들고 있는 해파리 사진집을 흘끗 보았다.

"정신수행 하는구나. 해파리는 이제 어때?"

"역시 싫어. 뇌가 없는걸."

"그 점이 좋잖아."

사진집을 책장에 돌려놓고 새삼 그녀와 마주 섰다. 호흡이 안정된 것 같다.

"여긴 어쩐 일로?"

오사나이의 얼굴이 어두워졌다.

"시라토리가……."

"응."

"갑자기 헤어지자고……."

놀라서 말도 나오지 않았다.

"헤어지자 해놓고, 그러고는 갑자기 뛰래. 지금이면 렌타로를 쫓아갈 수 있다고. 만날 수 있다고."

기가 막혔다. 지금쯤 쓰토무는 혼자 개찰구를 빠져나가 전철을 타고 있으려나? 그 녀석은 바보다. 진짜 바보다.

"그래서 여기에. 그냥 여기 있지 않을까 하는 생각이 들었어."

"희한하네. 그 녀석은 왜 갑자기 그런 말을 했을까?"

나는 입술을 깨물고 그렇게 말해보았다.

"글쎄 왜일까. 모르겠어."

"나도."

사실은 알고 있었다. 아마 오사나이도.

서점을 나와서 걸었다. 주위는 이미 어두워졌고, 즐비하게 늘어선 빌딩들의 간판과 네온사인이 번쩍였다. 오사나이가 나와 쓰토무의 심리를 어느 정도의 깊이로 이해하고 있는지는 판단할 수 없다. 뛰라고 해서 내게 뛰어왔다는 행동의 이면에 어떤 감정이 있는지 묻지 않았다. 쓰토무가 시키는 대로 달려왔다. 지금은 그걸로 됐다. 서로 모르는 척, 못 알아차린 척 하는 것이 좋을지도 모른다.

역 앞 큰길에서 육교를 건너기로 했다. 육교 한가운데쯤에 서서 난간에 기대어 경치를 바라보았다. 빌딩 사이를 빠져나가는 바람이 그녀의 교복 스커트를 흔들었다. 오사나이는 좀 전에 칠석 전단지에서 읽었다며 여름의 대삼각형 이야기를 했다. 전조등을 켠 무수한 차들이 육교 아래로 지나갔다. 흐르는 별들 위에 서 있는 것 같은 기분이 들었다.

우리는 아직 솔직하게 마음을 털어놓을 수가 없다. 그래도 기운을 느끼고 있었다. 서로의 마음속에 있는 기운이다. 그걸 언젠가 이야기할 날이 있을지도 모른다. 혹은 그런 날은 영원히 오지 않을지도 모른다.

여기에 하나의 삼각형이 있다. 공기의 저항을 받아 가장 아름답게 흔들리는 모양, 삼각형이다. 세 개의 점에는 각자의 고민이 있고 성격이 있고 인생이 있고 배려가 있다. 두 변의 길이의 합이 남은 한 변의 길이보다 크면 삼각형은 허물어지지 않는다. 언제까지나 서로의 시야에 있으면서 이어지고, 말을 걸고, 서로 웃을 수 있다. 우리가 언제까지 이 삼각형을 유지할지 그건 아직 모른다. 그러나 설령 삼각형이 허물어진다 해도 나와 쓰토무라면 괜찮지 않을까 그런 생각이 든다. 삼각부등식에 적합하지 않을 때 또 다른 형태와 거리를 우리는 만들 수 있을 것 같았다. 조금 더 그 확신이 강해졌을 때, 나는 오사나이에게 좀 다른 이야기를 할 수 있을지도 모른다. 강한 척하지 않는 말, 본심에서 우러난 가식 없는 말을 할 수 있을지도 모른다. 그러나 지금은 그저 아무 말도 하지 않고 나란히 서 있다. 붙지 않고, 떨어지지 않고. 오사나이가 중얼거렸다.

"삼각형은 허물어뜨리지 말고 두자."

시끄러운 배

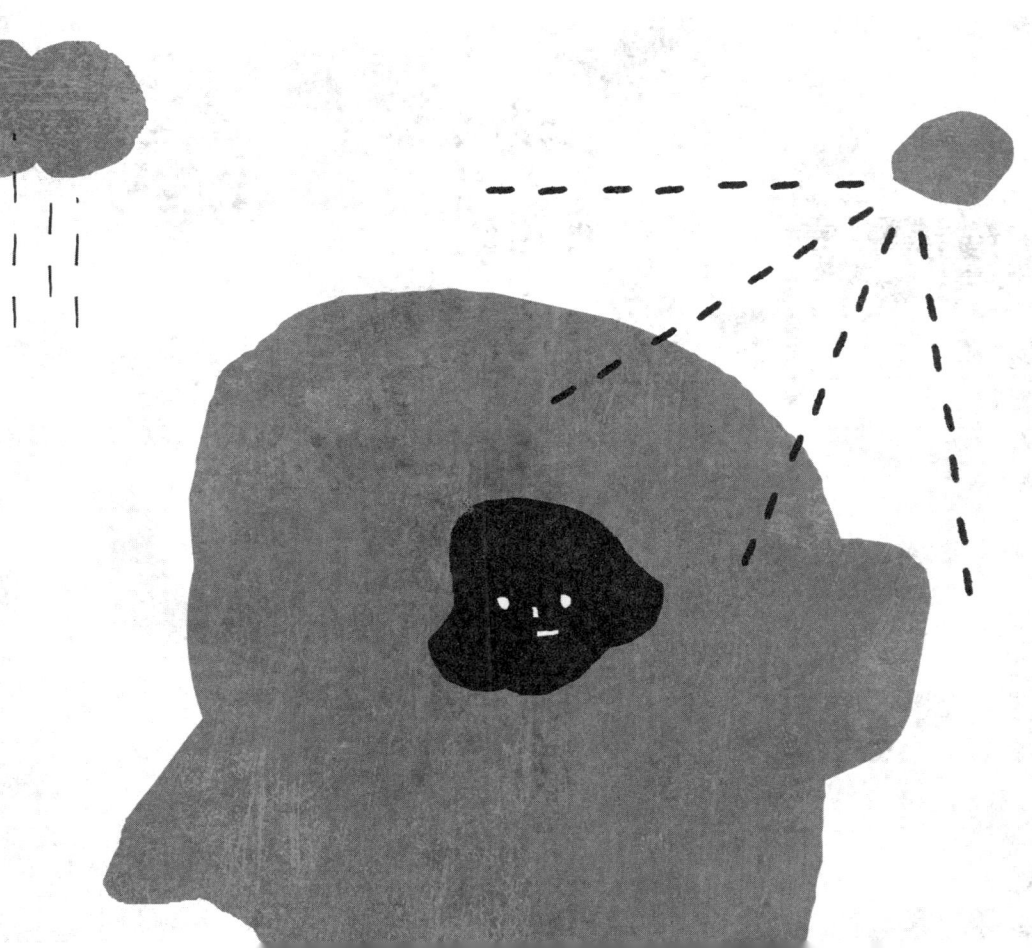

1

　수업 시간에 뱃속에서 '꼬르르르륵' 하고 소리가 나버렸다. 가까운 자리의 친구들은 듣고도 못 들은 척하는지 묵묵히 노트만 보고 있다. 칠판의 수식을 적고 있다. 정말로 들리지 않았을까? 아니, 들리지 않았을 리가 없다. 내 뱃속의 소리는 오늘도 건강했다. 어쩌면 배가 '꼬르르르륵' 하고 울릴 때마다 땅속으로 꺼져 들고 싶은 기분이 드는 것은 나의 자의식과잉일 뿐이고, 다른 많은 귀는 한낱 잡음으로 흘려듣지 않을까? 배에서 나는 소리를 누가 듣거나 말거나 전혀 개의치 않는 호기로운 사람도 있는 것 같은데 나는 창피하기 그지없다.

내 배는 운다. 아주 자주 운다. 나는 '배울리스트'. 이 자기주장 심한 배의 소유자가 된 지 이제 곧 십칠 년이 된다. 초등학생 때는 신경 쓰이지 않았지만, 중학생이 된 뒤로 하루하루가 얼굴이 벌게지는 날의 연속이었다. 수업 시간 고요한 교실에 울려 퍼지는 괴기음. 사춘기가 될 때까지 깨닫지 못했다. 내 배는 다른 친구들의 배와는 다르다. 수업 중에 다른 친구의 배에 귀를 기울여보아도 소리가 들린 적은 한 번도 없다. 그야말로 정적이다. 바깥에서 들리는 단풍나무 잎들이 살랑대는 소리가 훨씬 크다. 그것과 반대로 내 배는 고장 난 세탁기 같다. 소리의 크기도 울리는 횟수도 친구들의 배를 압도한다.

공복일 때는 특히 더 건강하시다. '꾸룩' 하는 예의 그 소리. 그건 비어 있는 위가 수축하여 안의 공기가 눌려서 나는 소리라고 어떤 책에서 읽었다. 배가 우는 현상을 어떻게 방지하면 좋을까? 공복 상태가 되는 걸 피하는 것이 창피를 당하지 않는 방법 중 하나다. 위 속에 먹을 것을 넣어두면 소리의 크기, 울리는 횟수 둘 다 감소한다. 그러나 절대로는 아니다. 배의 소리라는 위협 앞에 절대는 없다.

식사 후, 만복감을 느끼는 오후 수업에도 울릴 때는 울린다. 이번에는 소화된 음식물이 장내를 이동하는 소리인지 "꾸룩꾸룩 꾸룩꾸룩" 하고 깊은 바다를 헤엄치는 잠수함 같은 소리를 내고 만다. 수업 시간에 내 주위에만 깊은 바다이다. 다종다양한 깊은 바다 생물까지 보일 것 같다. 배를 정적으로 이끄는 결정적인 방법은 아직 존재하지 않는다. 그것은 모든 '배울리스트'들의 공통의 꿈이자 과제이다.

그런데 서두에서 내 배는 '꼬르르르륵' 하고 울었는데 이것은 비교적 평범한 소리라고 할 수 있다. 소리의 종류는 '꾸룩꾸룩', '차박차박' 등 다양하다. 저음에서 고음, 시원한 소리에서 길게 끄는 소리까지 내 몸속에서 무슨 일이 일어났는지 걱정이 될 정도로 이상야릇한 소리를 연주하는 일이 적지 않다. 소화된 음식물과 장의 연동만으로 어째서 그렇게 다양한 소리가 나는 걸까. 예를 들면 천사가 지팡이를 휘두르는 것 같은 '삐삐루삐루삐루삐삐삐?' 하는 소리. 실제로 그런 소리가 내 뱃속에서 들려오면 정말로 천사가 숨어 있는 게 아닌가 싶다. 그러나 천사라면 괜찮다. 내 배는 이따금 도깨비 같은 소리를 내기 때문에 방심할 수 없다.

삼 년 전 어느 날. 내 배가 조금만 더 얌전하게 있어주었더라면 중학교를 졸업하는 데라시마 선배의 교복 단추를 얻을 수 있었을지도 모른다. 그날 일은 잊히지도 않는다.

얇은 벚꽃 잎이 내 눈앞을 날아서 운동화 위에 앉았다. 땅에 내려온 참새들이 몇 마리씩 모여 햇살 속에서 짹짹 지저귀고 있었다. 검고 울퉁불퉁한 벚나무 그루에 몸을 반쯤 숨기고 교문 쪽을 엿보니 데라시마 선배가 혼자 있는 것이 보였다. 나는 안타깝기도 하고 슬프기도 하고 기쁘기도 한 묘한 기분이 되었다. 그 무렵 몇 명의 남학생에게 프러포즈를 받았지만, 그들과 사귀지 않았던 것은 한 마디도 말을 나눈 적 없는 데라시마 선배 때문이었다.

언제까지고 나무 뒤에만 있지 말고 냉큼 달려 나갔더라면 좋았을지도 모른다. 선배 앞에 가서 빨개진 얼굴로 "단추를 주세요" 하고 말하면 됐을 것이다. 그리고 바로 그 자리를 떠나면 문제는 일어나지 않을 것이다. 그러나 나는 계속 나무 뒤에서 어물거리고 있었다. 그러자 배가 그만 도깨비 신음 같은 소리를 내고 만 것이다.

옆에 있던 참새들이 일제히 날아올라 하늘 저 멀리로 부리나케 달아나버린 것은 배에서 나는 중저음의 소리를 듣고 생명의 위험을 느꼈기 때문이 분명하다. 그렇게 생각해서인지 소리의 진동으로 꽃잎도 팔랑팔랑 춤을 추듯이 우수수 떨어졌다. 좀 떨어진 곳에서 데라시마 선배가 발을 멈추고 의아하다는 모습으로 주위를 둘러보았다. 나는 황급히 벚나무 뒤로 숨었다. 그때 본 선배의 표정은 수풀에 숨어 있는 맹수의 숨소리를 들은 여행자의 그것이었다.

그런 상황에서 선배 앞에 얼굴을 내밀 만큼 내 마음은 강인하지 않았다. 들키지만 않아도 다행이었다. 소리의 정체가 내 배라는 것을 알리지 않으려고 벚나무 뒤에 배를 꽉 누르고 웅크리고 앉아 시간이 지나기를 기다렸다.

잠시 후, 머리와 어깨에 앉은 꽃잎을 털어내며 나무 그늘에서 나와 보니 데라시마 선배는 이미 가버리고 없었다. 멀리 체육관 쪽에서 졸업하는 선배들이 밝게 떠드는 소리가 들려왔다. 나는 교복 위로 배를 쓰다듬으며 우두커니 서 있었다. 울고 싶은 기분이었다.

요즘도 가끔 그날 꿈을 꾼다. 참새야, 날아가지 마, 하고 중얼거리면서 잠을 깬다. 침대 끝에 앉아 고동이 빨라진 심장 언저리를 누르고 호흡이 안정될 때까지 기다린다. 그래도 내 배를 저주스러워하지는 않았다. 그러지 않으려고 마음먹었다. 나를 낳아준 엄마에게 미안할 것 같아서.

아버지와 할머니, 할아버지의 이야기를 종합해보면 엄마도 역시 자주 배가 꼬르륵거리는 사람이었다. 그야말로 세상에 존재하는 모든 소리가 몸속에 가득 차 있는 것 같았다고 아버지는 말한다. 엄마의 뱃속에서는 사바나에 내리는 비 같은 소리도, 밀림에 내리치는 번개 같은 소리도, 바람이 불어서 호반에 잔물결이 이는 것 같은 소리도 들려왔다고 한다. 나의 고민거리인 배는 엄마에게 물려받은 유전이었다.

엄마는 나를 임신했을 때 걱정이 많았다고 한다. 너무나도 자주 배가 소리를 내서 뱃속의 아기가 안심하고 잠을 못 자는 게 아닐까 하고. 나는 엄마 마음을 이해한다. 그리고 결혼하여 아이를 낳을 때까지도 이것 때문에 고민해야 하는가 생각하면 앞이 캄캄하다.

엄마의 배가 소리를 내지 않게 된 것은 나를 낳은 직후였다. 나를 낳자마자 엄마는 저세상에 가버려 체온을 잃은 몸은 그저 조용하기만 했다고 아버지는 말했다.

"다카야마."

비가 오는 어느 날 방과 후, 누군가 이름을 불러서 돌아보니 긴 복도에 같은 반인 가스가이가 서 있었다. 장마가 시작된 이후로 창 너머는 항상 어둑하다.

"할 얘기가 있는데 잠깐 괜찮니?"

가스가이의 머리가 형광등 아래에서 갈색으로 빛났다. 나는 머리를 염색하는 남자아이가 무섭다. 그와 이야기를 한 적은 한 번도 없다. 같은 반이 된 지 이제 두 달 남짓 지나서 그가 어떤 아이인지도 잘 모른다.

"이야기?"

"응."

그가 진지한 얼굴로 끄덕였다. 나는 지금 막 돌아갈 준비를 마치고 교실을 나가려던 참이었다. 편의점에 들러 곤약만난이 든 비스킷 '구피탓'을 살 예정이었다. 점심을 먹은 지 좀 되어서 내 배는 또 공복을 느끼고 있었다. 평상시보다 폭음을 낼 확률이 높다. 한시라도 빨리 위에 비스킷을 투하하여 어떻게든 진정시켜야 한다.

"지금은 좀……."

"바쁘니?"

"응."

키는 나와 비슷하다. 가녀린 체격에 반팔 교복을 입고 얼굴은 의외로 단정했다. 특히 그 눈은 고양잇과의 동물을 연상시켰다. 뺨에 매직으로 수염을 그려 넣으면 잘 어울릴 것이다.

"이야기 금방 끝날 건데."

여자하고 대화하는 데 익숙한 동작이다. 그게 나는 또 무서워서 가스가이가 다가오자 나도 몰래 뒷걸음질을 쳤다.

이런 상황을 중학생 때부터 몇 번 경험한 적이 있다. 그다음에는 사귀자는 말을 한다.

가스가이가 불러 세운 것도 그런 이야기 때문일까. 그렇게 생각하고 있는데,

"앗……."

문득 가스가이가 놀란 모습으로 창밖을 돌아보았다. 검은 구름에서 빗방울이 생겨나 유리창에 부딪쳤다가 흘러내렸다. 그는 창쪽을 바라보았다. 몇 초 동안 빗소리만 우리 사이에 있다.

"부딪쳤네."

그는 미간에 세로 주름을 지으며 약간은 날카로운 눈길로 중얼거렸다. 내가 그 말을 이해하지 못하고 있자, 그는 곁눈으로 흘끗 나를 보았다.

"지금 멀리서 타이어가 미끄러지는 소리와 금속이 찌부러지는 소리가 났어."

나한테는 그런 소리가 들리지 않았다. 그런 소리가 나면 온 학교에 난리가 나는 거 아닌가? 그러나 학교는 그저 평온하다. 나를 놀리는 것일까. 그는 내 침묵을 어떻게 받아들였는지 이야기를 계속했다.

"안심해도 돼. 비명은 들리지 않았어. 아마 아무도 다치지 않았을 거야."

그는 그런 다음에 눈을 가늘게 뜨고 내 배를 물끄러미 바라보았다. 교복 위로 체내의 소화기관을 더듬는 듯한 시선이다.

움찔 놀랐다. 그리고 수치심으로 온몸이 뜨거워졌다.

"나, 다른 사람보다 귀가 밝아."

사형선고를 듣는 기분이었다.

그가 무슨 말을 하려는지 알아차렸다. 누군가에게 대놓고 이런 말을 듣는 건 처음이다. 지금까지 학교 친구들은 부드럽게 무시해주었다. 혹은 잡음으로 흘려들었을 거라고 생각하게 해주었다. 그러나 가스가이는 무정하게도 대놓고 말한다.

"그래서 들리는 거야. 가끔 다카야마의 배에서 나는 잡다한 종류의 소리들 말이야. 그러니까 유머러스하고, 천사가 지팡이를 휘두르는 듯하기도 하고, 세탁기 소리 같기도 하고, 때로는 깊은 바다를 연상케 하는 그러니까 예의……."

배에서 나는 소리.

"인간의 몸이란 건 마치 악기 같아. 그렇지? 다카야마도 그렇게 생각하지 않아? 인체는 언제나 음악을 연주하는구나, 하는 생각."

목덜미가 뜨거워지고 얼굴이 화끈거려 나는 얼른 뒤로 돌아 그 자리를 전속력으로 도망쳤다. 불러 세우는 그의 목소리가 들렸다.

울 것 같은 기분으로 우산을 들고 걸어서 학교 근처 편의점에 들어갔다. 계산대에 줄을 서 있는데 또 배가 얄궂은 소리를 내버렸다. 그게 무서운 소리로 들렸는지 앞에 선 아주머니가 업고 있는 아기가 죽어라 울어댔다. 아기한테 트라우마가 되지 않아야 할 텐데, 조마조마한 기분이었다.

집에 오자 할머니, 할아버지가 교통사고 이야기를 했다. 한 시간쯤 전에 마을 변두리에서 미끄러진 차가 추돌하는 사고가 있었다고 한다. 정확히 가스가이하고 이야기하던 그 시각이다. 나는 그의 얼굴을 떠올렸다. 평정을 찾을 수가 없었다. 그러나 이번에는 수치심보다도 분노 같은 것이 컸다. 굳이 나를 불러 세워 지적할 것까진 없지 않은가. 뭐가 음악이야. 바보냐.

2

나는 학교에서 조신한 여학생 이미지로 통한다. 배는 전혀 조신하지 않지만, 그렇기 때문에 행동거지도 성격도 조신하게 굴어서 간신히 플러스마이너스 제로를 맞춘다고 생각한다. 이러한 외면의 인상을 무리해서 만든 건 아니고, 타인이 보는 인상과 스스로 생각하는 나 자신의 성격이 대체로 일치한다. 교실에서 친하게 지내거나 쉬는 시간에 같이 노는 친구들이 항상 온순한 여자아이들뿐인 것은 유유상종이리라.

나도 친구도 누군가의 주목을 끄는 것에 약해서, 이를테면 수업 중에도 손을 들어 선생님한테 질문하는 건 죽어도 못 한다. 패밀리 레스토랑에서 종업원을 부르는 일조차 왠지 무섭다. 그런 나한테 배가 꼬르륵거리는 것은 보통 사람 이상으로 신경 쓰이는 일이다.

쉬는 시간에 몇 명의 아이들이 가스가이 주위에 모여 이야기를 나누고 있었다. 그러나 그는 별로 재미없는 표정이다. 주위 아이들이 웃을 때도 그저 졸린 표정으로 멍하니 있을 뿐이다. 그런데 남자도, 여자도, 반에서 좀 노는 아이도, 가스가이에게 말을 건다. 친구가 많은 것 같다.

적에 대해 잘 알아야 한다고 생각해서 친한 여자아이에게 가스가이에 대해 물어보았다. 여자들 사이에서 평판은 좋은 것 같지만, 온후한 친구가 누군가를 나쁘게 말하는 일은 없어서 별로 성과는 없었다.

창가 자리에 앉은 가스가이가 책상에 엎드려 자는 모습은 따분한 고양이가 몸을 동그랗게 말고 자는 모습을 연상시킨다. 잠을 깬 그의 갈색 머리칼이 짓눌려 있으면, 그걸 본 여자아이들이 거울을 보여주고 스프레이를 빌려주고 친절하게 머리를 바로 해주었다. 그는 그런 행위에 익숙한 모습이고, 여자아이들도 그를 챙겨주는 걸 즐거워하는 것 같다.

또 다른 쉬는 시간에는 나른한 표정으로 장마철의 비구름을 보면서 손가락 끝으로 톡톡톡 하고 책상에다 리듬을 치고 있다. 양쪽 귀에 이어폰을 끼고 휴대용 플레이어로 음악을 듣고 있다. 쉬는 시간의 시끄러운 소리에서 달아나려는 것처럼. 나는 반대다. 시끌벅적한 교실만큼 마음 편한 곳이 없다. 친구들이 일제히 수다를 떨고 있을 때면 배가 수상한 음향 기술로 영화관 못잖은 음파를 발해주셔도 소리에 섞여 모르기 때문이다.

3교시 쉬는 시간이면 화장실에 가서 구피탓을 보충하는 것이 나의 습관이다. 배가 공복을 느끼는 4교시가 가장 고비이기 때문이다. 수업 중에 괴음을 울리실지 참아주실지. 죽느냐, 사느냐다. 그런데 하필 오늘따라 구피탓을 깜박하고 가져오지 않았다.

이대로는 위험하다고 걱정하고 있는데, 쉬는 시간이 끝날 무렵 배가 벌써 '꾸루루루룩' 하고 비둘기 소리를 내며 울었다. 평화의 상징인 비둘기 소리가 왜 내 몸속에서 들려와야 하는 건지. 다행히도 그것은 주위의 소음에 섞였다.

그러나 단 한 사람, 배가 소리를 낸 순간 내 쪽을 돌아본 인물이 있다. 나는 복도 쪽 자리여서 창가의 가스가이 자리와는 꽤 거리가 있다. 그런데 들린 것 같다. 조금 전까지만 해도 졸린 듯이 턱을 괴고 있던 그가 눈을 번쩍 뜨고 내 쪽을 돌아보았다. 무서운 놈. 비둘기를 노리는 고양이처럼 눈을 반짝거리며 나를 향해 가볍게 손을 흔들었다.

무섭기도 하고 부끄럽기도 한 나는 안절부절못하면서, 배를 누르고 몸을 구부렸다. 그 상태에서 배에 힘을 주면 소리가 날 확률을 얼마쯤 낮출 수 있다는 것을 경험으로 알고 있다.

4교시 수업이 시작되고 선생님이 깜짝 시험을 친다고 선언했을 때, 나는 더 이상 사는 것이 싫었다. 시험이 무서운 게 아니다. 내가 정말로 무서워하는 것은 정적으로 감싸이는 교실이다. 친구들이 말없이 문제를 푸는 그 고요한 시간만큼 괴로운 게 없다. 그런 고요함 속에서 배가 꼬르륵거리기라도 하면 평소보다 백배는 크게 들릴 테고, 친구들의 눈은 일제히 진원지에 앉은 나를 돌아볼 것이다.

한창 시험을 보는 중에 내 몸에서 비둘기가 세 번이나 울었다.

"꾸루루루루룩 꾸룩." 첫번째는 마침 선생님이 기침을 해서 무난히 넘어갔다. 두번째는 뱃속에서 꽉 조여지는 듯한 기척이 느껴져서 '아, 비둘기가 울겠구나' 하고 예감한 내가 시험지를 부스럭부스럭 시끄럽게 하는 것으로 대처했다. 선생님한테 주의를 받았지만 치명상은 면했다. 세번째, 이건 울려버렸다. 배가 드디어 정적 속에서 비둘기 성대모사를 해버렸다. 이럴 때 나는 고개를 숙이고 시침을 뗄 수밖에 없다. 지금 비둘기는 내 배가 아닙니다, 하고 시침 뚝 뗀 표정으로 그저 시험지 문제만 바라보았다. 나를 구원한 것은 아무도 아무 말도 하지 않았다는 것이다. 문제를 푸는 데 열중하느라 주위의 잡음 따위는 들리지 않았던 걸까. 아니면 역시 내 자의식과잉인 걸까. 어쩌면 진짜 밖에서 비둘기가 운 거라고 착각했을지도 모른다. 이것이 가끔 울려 퍼지는 정체 모를 음산한 돌비 서라운드였다면, 친구들은 시험이 문제냐며 일제히 일어나 와글거렸을지도 모른다.

시험이 끝나고 뒷자리 사람이 시험지를 거둘 때, 가스가이 쪽을 보자 그는 나를 향해 손가락을 세 개 세우고 눈을 실처럼 가늘게 뜨고 웃었다. 그에게는 또렷하게 들려서 횟수까지 세고 있었다.

핏기가 가셨다.

같은 반이 된 4월부터 청력이 좋은 그에게만큼은 전부 다 들렸던 것이다. 내 배가 내는 칠칠맞지 못한 소리는 그의 건전한 학교생활에 아주 민폐가 됐을지도 모른다. 예전에 학교 옆에서 도로 공사하는 소리가 났을 때 나는 배에서 나는 소리가 거기에 가려져 고마웠지만, 다른 친구들은 지긋지긋해했다. 가스가이는 그때 친구들의 심정과 같지 않았을까? 그렇다면 내가 그에게 화를 내는 건 적반하장으로, 화를 내야 하는 건 그쪽일지도 모른다. 나는 가스가이와 같은 반이 된 운명이 원망스러웠다. 애초에 이 학교에 입학하지만 않았더라면 그와 만나지 않아도 됐을 텐데.

그러나 나는 어떡하든 이 학교에 들어오고 싶었다. 중학교 3학년 봄, 담임선생님한테 진로를 말했더니 어이없어했다. 내 실력으로는 무리라고 누구나 생각했을 테지만 나는 집념으로 합격했다. 데라시마 선배가 다니고 있었기 때문에.

장마전선이 상공에서 사라지고, 7월에 들어서자 갑자기 더워졌다. 교실에 쏟아지는 햇빛은 한층 눈이 부시고, 책받침을 부채로 쓰는 아이들의 모습이 이따금 눈에 띈다.

데라시마 선배와 처음으로 말을 나눈 것은 가스가이가 손가락 세 개를 폈던 다음 주의 방과 후였다. 그런 기적이 내게 일어나리라고는 상상도 못 해 전혀 마음의 준비가 되어 있지 않았다.

고등학교에 입학한 뒤로 학교에서 한 학년 위인 데라시마 선배를 찾아다니는 일은 내 작은 즐거움이었다. 선배가 걸어가는 걸 목격하면 몰래 등 뒤를 쫓아가 선배가 밟은 장소에 나도 발을 포개보았다.

그날은 초여름다운 기분 좋은 날씨로 방과 후가 되자 하늘이 노을빛으로 물들었다. 집에 갈 준비를 마친 나는 참고서와 문제집을 안고 걸어가는 선배의 모습을 발견하고 즉시 미행을 시작했다. 도서실에 가는 것 같았다. 대학 입시를 대비해 공부하는 모양이다. 긴 복도를 걸어가는 선배를 따라갔다. 창틀 새시가 붉은 노을빛을 반사하여 빛나고 있고, 선배와 내 그림자는 길게 뻗어서 복도 바닥과 벽에 L 자를 그렸다. 그렇게 일방적으로 따라가고 있을 때 그 일은 일어났다. 내 배가 기괴한 음파를 방출해버린 것이다. 피에 굶주린 맹수가 신음하는 듯한, 사람의 혼을 춥게 하는 듯한 음산한 소리를.

데라시마 선배는 어깨를 떨며 멈춰 서서 긴장한 얼굴로 뒤를 돌아보았다. 드디어 선배와 눈이 마주쳤다. 도망칠 수도 없고 차라리 죽어버리고 싶었다. 그러나 선배는 소리를 낸 나를 책망하지도, 웃지도 않고 이렇게 말했다.

"지금 소리 들었니? 전에도 이런 음산한 소릴 들은 적 있어."

데라시마 선배는 손바닥으로 이마에 송골송골한 땀을 닦으면서 틈을 보이면 살해당하기라도 하는 것처럼 신중하게 주위를 두리번거렸다. 소리의 진원지가 눈앞에 있는 내 배라는 것을 눈치채지 못한 것 같았다. 선배가 둔해서 다행이다! 나는 이 행운을 놓치지 않으려고 모르는 척했다.

"지금 그게 무슨 소리였을까요?"

"글쎄, 모르겠어. 너한테도 들렸지?"

어쩌다 보니 선배와 나란히 서서 이야기를 하는 꼴이 되었다. 선배의 가슴까지는 1미터 정도의 거리가 있고, 이렇게 가까이서 마주

선 적은 일찍이 없었다. 나는 행복해서 현기증이 날 것 같았지만, 선배는 턱에 가볍게 손을 대고 집안에 불행한 일이 있는 것 같은 얼굴로 생각에 잠겼다. 석양이 얼굴에 비쳐 옆얼굴에 검은 그림자가 드리워졌다.

"아까 같은 소리를 전에도 들은 적 있다고 했는데, 그건 중학교 졸업식 날이었어. 나는 요즘도 가끔 그 끔찍한 소리가 생각나서 무서워. 수풀 너머에 호랑이가 숨어 있다가 입맛을 다시면서 나를 노리고 있는 것 같은 소리였어. 뭔가 나쁜 일이 일어날 징조가 아니라면 좋을 텐데."

"신경과민이 아닐까요?"

"아냐, 실제로 불행이 있었어. 전에 그 소리를 들은 날 밤에 애완견이 죽었어."

"우연치고는 무섭네요."

"그렇지? 지옥 저 밑바닥에서 들려오는 것 같은, 머리가 공포로 돌아버릴 것 같은 그런 소리였어."

"그보다는 귀여운 소리였던 것 같은데……."

선배의 우울해 보이는 표정에 도무지 익숙해지지 않았다. 나는 배를 누르며 이번만은 분위기 파악 좀 해달라고 마음속으로 호소했다. 그 무서운 소리가 내 몸에서 나온 거란 걸 알릴 수는 없다.

"그래도 안심했어. 그 소리가 내 머릿속에서만 들린 게 아니란 걸 알게 돼서. 지난 몇 년간 환청이 들리는 게 아닌가 고민했거든."

아아, 이제 정말로 나는 유배를 가야 할 죄인이다. 내가 자기혐

오에 빠져 있으니 선배도 입을 다물었다. 바깥쪽에서 비행기가 나는 희미한 소리가 들려왔다. 지금 밖에 나가면 노을 진 하늘에 한 가닥 선이 그어져 있을지도 모른다. 선배하고 눈이 마주쳤다가 둘이 동시에 돌렸다. 나만 눈을 돌린 게 아니란 사실에 놀랐다.

"너 전에도 어딘가에서 만난 적 있는 것 같은데?"

"같은 중학교 나왔어요."

"이름은?"

"다카야마예요."

"나는 데라시마야."

"알고 있어요."

"어떻게?"

"검도부 시합 늘 보러 갔었어요."

"검도 좋아하니?"

"아뇨……."

"그럼 왜?"

"그건……."

대답이 막혀 다시 침묵이 찾아왔다. 그러나 분위기가 나쁜 건 아니었다. 쑥스럽기도 하고 지금부터 뭔가가 시작될 것 같은 가슴 뛰는 공기가 우리 사이에 있었다.

"도서실에 가는 길인데 같이 갈래?"

데라시마 선배가 말했다. 나는 선배를 보았다.

"이대로 선 채로 얘기하긴 좀 그런 것 같아서 말이야. 아까의 그

괴음에 대해 더 얘기하고 싶어."

선배는 어색함을 수습하듯이 멋쩍어하며 말했다.

물론이죠! 하고 말하려다 대답 직전에 그만두었다.

"아, 안 돼요. 그건 안 돼요. 볼일이 있어서 곧 돌아가야 해요."

"그래? 유감이네."

"저도요."

도서실 같은 데를 갈 수 있을 리가 없다. 그곳은 내게 지옥문이며, 영원히 입항 허가가 나지 않는 엘도라도이다. 아무 죄도 없는 사람들이 독서를 즐기는 장소로 항상 고요에 싸여 있다. 그런 곳에서 배가 이상한 소리를 내기라도 한다면 상상만 해도 무서웠다.

"그럼 또 보자, 다카야마."

내 바람이 그렇게 생각하게 했는지 선배는 아쉬운 듯이 말하며 도서실 쪽으로 멀어져 갔다. 복도를 비추던 석양은 어느새 어두워져서 하얀 형광등이 자작자작 하고 깜빡거리면서 켜졌다. 함께 도서실에 갈 수 있는 배였다면 얼마나 좋았을까. 그러나 그날은 행복했다.

3

여름이 가까워지자 하늘이 더 높고 푸르러졌다. 수업 시간에 매미 소리가 들려오기 시작해 배가 꼬르륵거리는 소리를 조금이라도 가릴 수 있어 매미에게 감사하는 마음을 안고 산다. 데라시마 선배와는 얼굴을 트고 지내게 됐다. 복도에서 서로 스쳐 지날 때 나를 발견하면 고개를 끄덕여준다. 전에는 말을 나누는 건 생각도 할 수 없을 만큼 천문학적인 거리에 있던 선배가.

"요즘 좋은 일이라도 있냐?"

가스가이가 언제 왔는지 내 앞자리에 앉아 다리를 꼬고 있었다. 꿈을 꾸듯 황홀한 기분이 다 날아가 버렸다. 선생님의 감기로 자습을 하게 된 교실에는 공부를 하는 아이는 없고, 몇 개의 소집단이 형성되어 잡담의 장이 되었다. 가스가이가 얼굴을 들여다보아서 고개를 돌렸다. 나는 이 녀석이 영 불편하다.

"지금까지 내 배에서 나는 소리가 시끄러워서 공부에 방해가 됐다면 미안해."

마음을 단단히 먹고 그렇게 말하자, 가스가이는 놀란 표정이 되었다가 이내 눈이 가늘어졌다.

"넌 참 재미있는 아이구나."

가스가이는 양쪽 귀에 손을 대고 내 배를 향해 귀를 기울였다.

"오오, 울린다, 울린다. 쿵쿵쿵 하고 천둥 같은 소리가."

나는 깜짝 놀라서 배를 잡고 되도록 의자를 뒤로 빼서 가스가이에게서 거리를 두었다.

배가 내는 소리에는 대소가 있다. 큰 소리만 피하지방을 떨리게 하며 바깥세상으로 새어 나와서 세간의 여러분에게 민폐를 끼친다. 몸 밖으로 새어 나오지 않을 만큼 작은 소리는 거의 언제나 뱃속에서 울리고 있다.

거짓말이라고 생각한다면 누군가의 배에 귀를 대보아도 좋다. 항상 울리는 비밀스런 음악이 들릴 것이다.

그러나 장의 연동과 음식물이 이동하는 작은 소리는 보통 사람에게는 들리지 않을 것이다. 그런데 가스가이의 특별한 귀는 이 거리에서라면 들리는 것 같다.

"저리 가."

굴욕에 떨면서 소리를 쥐어짰다.

"미안. 악의는 없어. 다만 지금은 어떤 소리가 울릴까 궁금해 미치겠더라고."

변태. 이 두 글자가 머릿속에 떠올랐다. 이 무서운 녀석은 변태가 분명하다. 그러나 그리 친하지 않은 녀석한테 변태라는 말을 할 만큼 넉살이 좋지 않아, 인내의 한계가 올 때까지는 최대한 온화하게 숙녀로서 대응하려고 했다. 나는 조용한 여학생으로 조신하게 행동해야 간신히 플러스마이너스 제로가 되니까.

"그런데 네 배는 정말 주크박스 같더라. 여러 가지 소리가 들어 있어."

"저리 가, 이 변태 녀석!"

이렇게도 낮은 소리가 내게서 나오는구나, 하고 감탄할 정도였다. 그러나 내가 아무리 무서운 얼굴로 노려보아도 가스가이는 꼼짝도 하지 않고 콧노래를 흥얼거리며 갈색 앞머리를 갖고 놀고 있다. 이 녀석, 변태라고 불리는 데 익숙한 거 아닌가? 그렇게 생각하니 더욱 치가 떨렸다.

가스가이는 헛기침을 한 번 하고 내 쪽을 향했다.

"요전에는 끝까지 말하지 못했는데 나 너한테 부탁이 있어."

약간은 진지해진 표정이어서 이번에는 무슨 소리가 나올까, 하고 마음의 준비를 했다. 그러나 그는 말할까 말까 망설이다 시간을 다 보냈다.

"아냐…… 역시 됐어. 다음에 할게."

가스가이는 콧등을 긁으면서 내 시선을 피해 중얼거리는가 싶더니, 일어서서 마술사가 주머니에서 토끼라도 꺼내듯이 어디선가 CD를 꺼내 내 책상에 놓았다.

"이게 뭐야……?"

"음악이 들어 있어."

"누구의?"

"나. 내가 만든 곡이야."

이 녀석이 록밴드 활동 같은 걸 하는건가, 상상하니 새삼 무서웠다. 자작곡을 CD로 구워서 반 친구에게 나눠주는 남자, 나는 무섭다.

그러나 그것은 오해란 것을 알았다. 그날 밤, 내 방에서 조심조심 CD를 틀고 얼마나 무서운 일을 당할까 걱정하면서 재생 버튼을 눌러보았다. 하지만 들려오는 것은 가사가 없는 전자음으로 아마 추어인 나조차 잘 만든 음악이란 걸 알았다. 소리에 귀를 기울이다 가스가이가 만들었다는 사실을 잊고 감동했다. CD에는 맑은 것,

경쾌한 것, 불길한 것, 꺼림칙한 것 등 다양한 분위기의 곡이 수록되어 있었다. 전자음뿐만이 아니라 빗소리, 나무가 술렁거리는 소리, 아이의 웃음소리 같은 것이 가공되어 음악 속에 녹아 있다.

그의 음악을 듣다가 '어?' 하고 생각한 순간이 있었다. 어딘가에서 본 것 같은 풍경이 화약 터지듯이 순식간에 머릿속으로 퍼졌다. 예를 들면 그랜드 피아노가 나선계단 중심을 향해 떨어져 가는 듯한 풍경. 영화의 한 장면이었던가?

다음 날. 1교시 수업이 끝나고 쉬는 시간이 되자 가스가이가 자리에서 일어서서 내게로 오는 것이 보였다. 감상평을 듣기 위해서란 걸 이내 눈치챘지만, 변태라는 말에 익숙해진 남자와 쉽게 대치하고 싶지 않았다. 가능하면 평생.

나는 일어서서 배에 가방을 대고 소리가 조금이라도 차단될 수 있도록 애쓰며 일정 거리에서 그가 접근하지 못하도록 조금씩 도망쳤다. 그러나 가스가이는 고양이같이 가볍게 내게 가까이 왔다. 그렇게 도망치는 동안에 점점 둘이서 원을 그리는 듯한 형태가 되어 우리는 빙글빙글 친구들 자리를 돌았다. 중심에 있는 얌전한 친구는 교실의 주목을 받고 부끄러운 듯이 고개를 숙였다.

주목을 받는 것은 나도 친구와 마찬가지로 좋아하지 않는다. 할 수 없이 포기하고 내 자리에서 그와 맞섰다. 음악을 들은 감상을 말하고 그건 뭐라고 하는 장르냐고 물었더니, 일렉트로니카 같은 거라고 대답했다.

"빗소리 같은 것이 음악에 섞였더라."

"샘플링한 걸 썼어."

샘플링이라는 것은 이미 있는 곡과 음원의 일부를 인용하면서 변형시켜 새로운 악곡을 제작하는 음악 제작 방법의 하나, 또는 실제 악기의 음과 자연의 소리를 샘플러로 녹음하여 악곡 속에 짜 넣는 것이라는 설명이 위키피디아에 나와 있어, 그렇구나 하고 나는 생각했다.

여름방학이 시작되기 직전에 또 학교에서 데라시마 선배와 서서 이야기를 나누었다. 더위가 본격적으로 시작되어 땀이 교복에 스며들자, 어서 가을이 왔으면 하는 생각이 들었다. 가을이 되면 얇은 여름 교복을 더 이상 입지 않아도 된다. 나는 두꺼운 동복이 좋다. 당연하다. 두꺼운 동복이 배에서 나는 소리를 몇 데시벨이라도 작게 해주니까.

"친구네 동아리에 견학 가는데 너도 갈래?"

방과 후에 우연을 가장하고 다가가서 인사를 했더니, 데라시마 선배가 그렇게 말했다. 인사는 서로 몇 번 했지만 이야기를 하는 건 두번째여서 나의 긴장은 풀리지 않았다.

"동아리요?"

"응. 다도부여서 가면 차랑 과자를 먹을 수 있어."

"다도부……"

"교내의 시끄러움을 잊고 고요함 속에서 차를 마시는 거야."

"고요함 속에서……"

"전에 한 번 해본 적이 있는데 다도는 고요함을 느끼는 거더라."

한참 갈등한 끝에 나는 그 청을 거절했다. 다도를 즐기는 중에 배가 기괴한 소리를 내버리면 다들 일제히 입에 물고 있던 것을 뿜어서 방은 지옥 그림이 될 것이다.

"저는 볼일이……."

"그래? 음, 알겠어. 안녕, 다카야마."

손을 흔들고 걸어가는 선배를 지켜보면서 내 머릿속은 그래도 행복으로 가득했다. 이 교류를 마지막으로 두 번 다시 대화를 하는 일이 없을 거라고는 상상도 하지 못했다.

종업식을 하고 여름방학이 시작되자 나는 근처 게임센터에서 아르바이트를 했다. 그곳은 담배를 피우는 손님이 많아서 공기가 나쁜 게 고역이었지만, 다양한 게임기에서 흘러나오는 전자음으로 가게 안이 항상 시끄러운 점이 좋았다. 배에서 아무리 진기한 소리가 나도 소음이 다 지워주니까. 가끔 남자 손님이 말을 걸면서 몇 시에 마치는지 묻고는, 끝난 뒤에 함께 놀러 가지 않겠느냐고 유혹했다. 그렇게 말을 걸어오는 남자들이 무섭긴 했다.

8월 어느 날 한낮에 딱 한 번 가스가이에게 전화가 왔다. 어떻게 내 휴대전화 번호를 알았는지 묻자, 같은 반 여자아이에게 들었다고 했다. 나는 이 남자아이에게 연락처가 알려진 것에 위기의식을 느끼고, 휴대전화 번호를 바꿔야 하나 생각했지만, 그는 내 걱정과 상관없이 같이 놀자는 제안을 했다.

"지금 우리 반 애들 몇 명 모였는데 너도 오지 않을래?"

그 무렵 그는 나를 '너'라고 불렀지만, 나는 그렇게 부르라고 허락한 기억이 없다. 교실에서 음악 감상을 말하고, 배가 소리를 낼 때마다 가스가이와 눈이 마주치고 하는 일로 그는 나와 친해졌다고 생각하는 것 같지만 '나는 아직 인정하지 못해'라고 마음속으로 생각했다.

"싫어. 여럿이 모여서 노는 것 별로 좋아하지 않아."

"같이 영화를 보는 것뿐이야."

"무슨 영화?"

"아카데미상 후보작이었던 것."

제목을 물었더니 휴먼 스토리를 다룬 영화였다.

"난 극장에서 충격 장면이나 폭발 장면이 있는 영화밖에 안 봐."

"의외네."

"세상에는 조용한 영화와 시끄러운 영화 두 종류가 있어. 난 극장에서 조용한 영화를 보고 싶지 않아."

"아, 그렇구나."

그는 내 마음을 이해했는지 끈질기게 청하지는 않았다. 진지하고 심각한 영화가 클라이맥스일 때, 배가 괴이한 소리를 낸다면 그곳에 있는 모든 사람에게 불행이다.

"다음에 또 다른 영화 보러 가자."

가스가이는 그렇게 말하고 전화를 끊었다.

조금 지나 또 휴대전화가 울려서 다시 그 녀석인가 했지만, 이번에는 중학교 때 친구였다. 그 친구와는 다른 고등학교에 진학했으나 이따금 만나서 놀기도 하고, 내가 데라시마 선배를 따라다니는 것도 잘 알고 있다. 다만 친구라고 하지만 배에서 나는 소리에 대해서는 화제로 삼은 적이 없다. 내가 상처 입을까 봐 굳이 언급하지 않는 것이리라.

친구의 전화는 놀라운 소식이었다. 지금 막 데라시마 선배가 거리에서 여자아이와 걸어가는 걸 목격했다는 것이다. 나는 꼬치꼬치 캐물어 자세한 이야기를 들었지만, 도저히 믿을 수 없어서 아마도 이 친구가 졸다가 꿈이라도 꾼 모양이라고 생각하기로 했다.

그래도 술렁거리는 마음을 진정시키지 못한 채 며칠이 지났다. 아르바이트하는 곳인 게임센터에서 게임기 경품을 진열하다가, 드디어 나는 결정적인 장면을 봐버렸다. 8월의 밝은 햇살 속에서 자동문을 밀고 들어온 것은 데라시마 선배와 내가 모르는 여자아이였다. 나는 게임기 그늘에서 사이좋게 스티커 사진을 찍고 있는 두 사람의 모습을 보았다. 그들이 이동할 때마다 눈에 띄지 않도록 게임기 뒤에 달라붙어 두 사람의 관계를 관찰해보았지만 그것은 아무리 보아도 연인 사이였다.

나중에 누군가에게 들은 바에 따르면 상대 여자는 데라시마 선배의 동급생으로 도서실에서 함께 입시 공부를 하면서 친해졌다고 한다. 내가 들어갈 수 없는 장소에서 사랑이 싹텄다는 사실에 신의 심술을 느꼈다.

2학기가 되어 학교 복도에서 스쳐 지날 때도 데라시마 선배는 그 여자와 나란히 걸어갈 때가 많아서 우리가 인사를 나누는 횟수는 줄었다. 그러다 결국은 그냥 지나치게 되고 그게 자연스러워져 버렸다.

  9월 중순의 어느 날 일이다. 데라시마 선배 때문에 의욕 없는 날을 보내고 있던 나는 식욕도 없고 아무것도 목으로 넘어가지 않는 상태였다. 그러나 공복이 되면 배가 대사건을 일으키기 때문에 먹지 않을 수도 없다. 3교시 쉬는 시간에는 화장실에서 구피탓을, 점심시간에는 'SOYJOY'를 씹는다. 그날은 방과 후의 공복감에 대처하기 위해 점심시간에 매점에서 구피탓을 사다두려고 생각했더니 어쩐 일로 다 팔려버렸다.
  일기예보가 예고한 대로 오후부터 비가 내리기 시작했다. 빗방울 하나가 작은 단추만 한 진짜 비로, 아스팔트를 힘껏 때리는 빗방울의 일제사격은 생명의 위협을 느끼게 할 만큼 박력이 있었다. 방과 후에도 빗발은 약해지지 않고, 유리창에는 빗방울이 달라붙어 용(龍)처럼 흘러내렸다.
  일기예보를 체크하지 않은 어리석은 학생들은 우산을 갖고 오지 않아 창백해진 얼굴로 바깥을 내다보며 자신의 멍청함을 한탄했다. 유감스럽게도 나도 그중 한 사람이다.
  긴 복도에 서 있었다. 하늘이 어두웠기 때문에 일제히 형광등을 켜서 주위가 환해졌다. 데라시마 선배가 생각나서 울음이 날 것 같은 걸 참았다. 그때 유리창에 비친 내 등 뒤에 갈색 머리의 소년이 지나가다, 고양이 같은 동그란 눈에 빛을 반사하면서 다가왔다.

"여기 우산 두 개 있어."

가스가이는 양쪽 손에 한 개씩 신사용 검은 우산을 들고 있었다.

"어째서 두 개나?"

"누가 잊어버리고 안 가져가서 사물함에 있던 것. 하나는 내 것."

"하나는 뭐할 건데?"

"누구한테 빌려줄까나."

그는 생각을 하는 듯이 손을 턱으로 가져갔다.

"여기 한 사람, 우산 빌리고 싶어 하는 여자가 있어."

"그래? 우연이네. 빨리 비가 그쳐서 집에 갈 수 있게 되면 좋겠네."

그러고는 그냥 돌아가려고 해서 나는 가스가이를 얼른 불러 세웠다.

"일부러 말을 걸어놓고 빌려주지도 않을 생각이야?"

"자랑하고 싶었을 뿐이야. 우산을 빌리고 싶어 하는 애들은 엄청 많아. 그중에서 왜 너를 선택해야 하는 거지?"

"그러네."

"하지만 다카야마한테는 신세를 지고 있으니 이 우산 빌려줄 수 있어."

"언제 신세를 졌다고?"

"영감을 주었잖아, 음악의."

가스가이가 무슨 말을 하는지 여전히 의미를 알 수 없었다.

"저기 시청각실에서 잠깐만 얘기 좀 하자. 그러면 이 우산 빌려줄게."

그는 그렇게 말하고 눈앞에 있는 시청각실 문을 가리켰다.

4

아무도 없는 것을 확인하고 시청각실에 들어가 형광등을 켰다. 커튼을 걷으려고 하자 가스가이가 말렸다. 빗소리를 줄이기 위해 커튼은 쳐놓자는 것이었다. 그는 남보다 청력이 좋아서 빗소리가 더 신경 쓰일지도 모른다.

가스가이는 두 개의 우산을 의자에 세워두었다. 우리는 책상을 사이에 두고 마주 보듯 앉았다. 실내가 조용해서 배가 꼬르륵거리지 않을까 하는 불안은 있었지만 우산이 필요했다. 게다가 이 녀석이라면 배에서 나는 소리를 들어도 괜찮을 것 같았다. 새삼스럽게 무슨, 싶기도 하고 데라시마 선배가 듣는 것과는 사정이 다르다.

가스가이는 날씨 이야기, 친구 이야기 등 평범한 화제를 입에 올리다, 교복 주머니에서 손바닥만 한 크기의 기계를 꺼냈다. SONY 로고가 있는 그것을 조작하여 빨간 램프를 켜고 책상 위에 올려놓았다.

"뭐야, 그게?"

"신경 쓰지 마. 아무것도 아냐."

그리고 음악 이야기를 시작으로 좋아하는 아티스트에 대해 질문을 받는 동안 점점 위가 쪼그라드는 듯한 기분이 들기 시작하고 공복감이라는 말이 머릿속에서 메아리쳤다. 그러나 내게는 배를 만족시켜줄 만한 것이 아무것도 없다. 이대로라면 배는 성난 신이 되어 큰북을 울리고 피리를 불어대며 시청각실을 하카다 개항 축제 못잖게 시끄럽게 만들 것이다.

배를 누르며 그렇게 되기 전에 우산을 빌려주지 않으려나, 생각하는데 가스가이는 교복 주머니에서 또 뭔가를 꺼냈다. 무엇이든 들어 있는 신기한 주머니에서 나온 것은 구피탓 비스킷 작은 상자로, 내 눈앞에서 뜯더니 한 개를 입속에 던져 넣었다.

"먹고 싶어?"

가스가이가 물었다.

"응."

"그렇지만 이건 내 거야."

결국 비스킷을 주지 않은 채 또 음악 이야기로 돌아갔다. 슈게이저(Shoegazer)란 구두를 응시한다는 의미야, 어쩌고 하며 뭐가 뭔지 모를 음악 지식을 주절거렸다. 그러는 동안 구피탓의 초콜릿맛 향이 감돌자, 활발해진 내 배는 연주회가 시작되기 직전 지휘자가 지휘봉을 확인하는 상태가 됐다.

"왜? 무슨 목적으로 이런 짓을 하는 거야?"

그가 내 공복 상태를 자극하기 위해 구피탓을 팔랑거리는 거라고밖에 생각할 수 없다.

가스가이는 음악 이야기를 그만두고 진지한 눈으로 나를 바라보았다. 커튼 너머로 빗소리가 들려온다. 그는 조용한 어조로 고백했다.

"오늘 매점의 구피탓을 다 사버린 건 나야."

천을 찢는 듯한 바람 소리가 들려왔다. 바깥은 폭풍우 상태 같다. 나는 그의 발언에 놀라 소리를 내지 못했다. 그저 눈앞의 남자아이를 쳐다만 보았다.

가스가이는 아주 조금 측은하다는 표정을 지었다.

"너 이런 걸 먹고 배가 안 울게 하지?"

"……응."

"인터넷에서 찾아봤어. 배가 꼬르륵거려서 고민인 사람들이 모이는 홈페이지나 커뮤니티 같은 데에서 정보를 모았지. 여러 가지 대처법이 있더군. 공복이 되면 먹을 것을 넣어라, 도 있고. 그다음은 소리가 잘 나지 않게 하는 자세라든가."

"그런 것까지 조사했냐?"

"너도 하니?"

소리가 잘 나지 않는 자세. 그것은 바닥에서 정좌를 하고 상반신을 앞으로 구부려 절을 하듯 바닥에 가슴을 붙이는 것이다. 집을 나가기 전에 잠시 이 자세를 취하면 배가 꼬르륵거릴 확률이 낮다는 것도 그저 소문일 뿐이다. 배가 꼬르륵거리는 사람들, 즉 배울 리스트들이 오랜 연구와 노력 끝에 만들어낸 자세인 것이다.

"그렇구나. 고생이 많겠다."

"동정은 필요 없어."

"그렇지만 네 배에서 나는 소리 싫지 않아."

눈앞의 변태는 뜬금없이 그런 소리를 했다. 코밑을 검지로 문지르면서 쑥스러워했다. 이 녀석은 역시 바보다.

"가끔 네 배가 내는 UFO가 날아오는 듯한 소리나, 광선총이 발사되는 듯한 소리는 진부한 SF영화보다 더 상상력을 자극해."

요컨대 시비를 거는 거냐?

"광선총이라고 해도 〈스타워즈〉 같은 멋진 게 아냐. 삐루삐루삐루 하는 귀여운 거라니까."

그런 설명 필요 없다.

"거대한 괴물이 코를 고는 것 같은 소리도 나더라."

"이제 그만하시지? 상처 입을 것 같아."

"그런 얼굴 하지 마. 나는 기뻤어. 이 세상에는 아직 아무도 발견하지 않은 소리가 있구나 싶어서. 텔레비전 드라마나 영화나 소설 세계를 봐. 어느 것이나 다 같은 이야기뿐이잖아. 모든 이야기는 이미 다들 한 거야. 음악도 그래. 어딘가에서 들은 듯한 곡, 귀에 익은 소리뿐. 지금까지 누가 만들어놓은 소리에 살짝살짝 수정만 해서 짜깁기를 하고 있을 뿐이야. 새로운 것을 하려고 해도 이미 어딘가에서 누군가가 하고 있어. 오리지널은 이제 아무 데도 없다고. 큰 이야기를 잃어버린 현재, 세계는 기호의 조합으로 되어 있어."

"그거하고 꼬르륵거리는 소리하고 대체 무슨 관계가……?"

"샘플링이야."

"샘플링?"

"지금 모든 표현은 기존에 있는 뭔가의 일부를 인용하여 그 조화로 이루어져 있어. 인터넷 동영상 사이트에서 MAD 작품을 본 적 없니?"

"없어."

"기존의 영화, 애니메이션, 텔레비전을 짜깁기해서 재구축한 동영상이 인터넷에는 널려 있어. 모든 것이 뭔가의 소재이고, 그래서 생겨난 작품도 또 다른 뭔가의 소재가 돼. 내 음악도 예외가 아니지."

"그런가."

"나는 내 음악에 자연의 빗소리와 아이들이 웃는 소리를 쓰고 있어. 옛날에 만든 음악의 일부를 복사해서 붙이기 하듯이 가져와서 이용한 적도 있어. 마음에 드는 부품을 긁어모은다고 해도 과언이 아니지. 그러나 그렇게 해서 음악을 만드는 건 나뿐만이 아냐. 좀 옛날에는 악기 연주 테크닉만이 음악을 구성하는 요소였어. 그러나 몇 세대인가 전에 샘플러가 진화하면서 음악 제작 수법이 바뀌었지. 음원을 갖고 있으면 마음껏 소리를 되풀이하고, 연주할 수 있게 됐어. 음악을 만드는 사람에게 요구되는 중요한 자질은 음악을 잘 연주하는 것이 아니라, 어느 악절을 어떻게 사용하는가 하는 감각이 된 거야. 심지어는 좋은 음악을 만들려면 그 소재가 되는 소리를 자산으로 갖고 있는 게 중요해졌어."

"으으음……."

나는 한없이 곤혹스러웠다.

"맛있는 요리를 만들려면 좋은 식재료를 많이 갖고 있어야 하는 것과 마찬가지. 지금까지 아무도 들은 적 없는 새로운 음악을 만들려면 아무도 들은 적 없는 새로운 소리, 새로운 음원이 필요하다는 말이야."

가스가이는 책상 위의 기계를 흘끗 보며 말했다.

"소리가 필요해. 영감을 주는 소리. 소재가 될 소리. 그러나 현 상태에서 내가 만들어낼 수 있는 소리는 한정되어 있어. 고가의 기재가 필요한 것도 있고, 악기로 연주하여 샘플링하는 것도 해봤어. 그런데 비주얼을 환기시켜줄 새로운 소리를 교실에서 발견한 거야."

"하아……."

"그러니까 내 말은……."

그는 헛기침을 하고 말했다.

"……배에서 나는 소리를 녹음하게 해줘, 음악을 위해."

10월 중순의 금요일에 나는 열일곱 살 생일을 맞이했다. 아버지가 근처 가게에서 주문한 케이크로 할머니, 할아버지와 함께 집에서 조촐하게 축하했다. 거실에서 친구들이 보낸 휴대전화의 축하 메일을 되풀이해 읽고 있는데, 배가 이상한 소리를 내버렸다. 거실에 있던 아버지에게 내 배에서 나는 소리가 들렸는지, 읽고 있던 잡지에서 얼굴을 들었다. 아무리 가족이라고 해도 이상한 소리를 들려주는 것은 부끄러운 일이어서 나는 뺨이 화끈거렸다.

"아, 지금 그 소릴 들으니 생각나네. 엄마 사진 좀 볼까."

아버지는 일어서서 오래된 앨범을 꺼내왔다. 배에서 꼬르륵거리는 소리로 열일곱 살이 된 내 모습이 아니라 엄마를 떠올리다니, 아버지 너무한 거 아닌가요.

앨범에는 부모님의 결혼 사진과 신혼여행으로 아타미 온천에 갔을 때의 사진이 있고, 그중 한 장에 나를 출산하기 직전 배가 남산만 한 엄마가 있었다. 생전에 마지막으로 찍은 것이다. 늘씬한 체형의 엄마는 마치 지구가 들어 있는 것처럼 멋진 구체의 배를 하고 있었다. 아버지가 그 사진을 가리키며 말했다.

"네가 안에 있을 때도 엄마 배는 자주 울었지."

"아, 그런 정보 듣고 싶지 않았어요."

"배가 울릴 때 너처럼 부끄러워했었어. 그래서 결혼 전에는 파친코 가게에서 일했잖아. 시끄러워서 소리가 섞이니까."

"어느 시절에나 생각하는 건 마찬가진가."

"외출할 때는 시끄러운 장소에만 갔어. 클래식 콘서트에 가자고 한 적이 있지만 절대 싫어했지."

"엄마는 이 콤플렉스 극복했어요?"

"끝까지 못했을걸? 결혼해서도 뱃속에서 소리가 날 때마다 얼굴이 빨개져서 부끄러워했으니까."

아마 내게도 배가 꼬르륵거려도 태연히 지낼 수 있는 날은 찾아오지 않을 것이다. 엄마가 마지막까지 이 배를 콤플렉스로 느꼈다면 나도 그렇게 될 것이다. 그래도 뭐 괜찮아, 라는 생각도 가끔 한다. 배 때문에 실수한 엄마 이야기를 할 때 아버지는 행복한 표정이 되니까.

  욕실에 들어가 파자마로 갈아입고, 자, 그만 잘까 하는데 휴대전화에 문자가 왔다. 가스가이에게서였다.

  다음 날 토요일. 오후 두시. 역 앞 HMV에서 가요 CD 코너를 구경하고 있는데, 낯익은 소년이 하품을 하면서 갈색 머리를 쓸어 넘기며 가게 안으로 들어왔다. 가스가이는 내가 구매하려고 들고 있는 CD를 보더니, 말없이 고개를 저었다. 열대어가 수조를 떠도는 것처럼 몽롱한 눈으로 진열장 사이를 왔다 갔다 하다, 돌아온 그의 손에는 대량의 CD가 들려 있고 그걸 내게 떠맡겼다. 마이 블러디 발렌타인, 에이펙스 트윈, 다카기 마사카쓰, 아르보 페르트 같은 사람들의 CD였다. 나는 어느 것도 들어본 적이 없다. 마지막으로 한 장 더, 하고 보태듯이 가스가이는 품에서 CD를 꺼내 내가 안고 있는 CD 위에 올렸다.

  "이건?"

  "어젯밤에 완성한 곡이야."

  그가 만든 음악이 그 CD에 수록된 것 같다.

  HMV를 뒤로하고 우리는 잠깐 시내를 걸었다. 가을 하늘에 비늘구름이 펼쳐졌다. 이제 매미는 울지 않는다. 육교를 건널 때 낙엽 냄새를 머금은 바람이 앞머리를 흔들었다.

가스가이가 멈춰 서서 어딘가 멀리를 바라보았다.

"왜?"

"아이가 우는 소리가 났어."

내게는 들리지 않았지만, 그에게만 들리는 세계가 있는 것 같다.

지난번에 시청각실에서 충격적인 이야기를 한 가스가이지만, 나는 물론 그에게 꼬르륵거리는 소리를 녹음하는 것은 절대 허락하지 않았다. 그때 책상 위에 놓여 있던 소니 제품이 소리를 녹음하기 위한 기계란 걸 안 순간, 나는 "미쳤니!" 하고 소리치며 오른손으로 그걸 번쩍 들어 적병에게 수류탄을 던지는 병사처럼 죽을힘을 다해 되도록 먼 벽을 향해 던졌다. 기계는 소리를 내며 부서지고 부품들은 바닥에 흩어졌다. 가스가이는 "허억!" 하고 얼빠진 소리를 내며 갈색 머리를 쥐어뜯었다. 빗소리 때문에 커튼을 걷지 않았던 것은 목적한 소리 이외의 잡음을 차단하기 위한 의도였을지도 모른다. 녀석이 부르는 소리를 들으면서 나는 그 자리를 뛰쳐나와 그 무서운 녀석에게 우산을 빌리느니, 하고 편의점까지 빗속을 달려가서 우산을 구입했다.

그다음 날부터 가스가이와는 말을 하지 않았다. 전화도 착신 거부로 했다. 매일 하느님한테 가스가이에게 불행이 찾아오게 해달라고 기도했다. 그 기도가 통했는지 그는 지독한 감기에 걸려 학교를 결석했다.

─악절 조합에 필요한 감각, 즉 기존의 기호 조합에 필요한 감각, 그것이 현재의 창작 표현에서 많든 적든 독창성을 얻는 열쇠라고

생각한다. 문맥이라고 바꿔 말해도 좋아. 어떤 흐름으로 언어를 배치할까 하는 새로운 문맥. 그러나 그런 새로운 문맥이 좀처럼 떠오르지 않아. 그럴 때 너의 배에서 나는 소리가 내게 비주얼을…….

어느 날 이런 헛소리를 메일로 보내왔다. 병상에서 친구에게 내 이메일 주소를 알아내서 열에 들뜬 몸으로 열심히 쓴 것 같지만, 무슨 말인지 도통 알아들을 수 없었다.

그와의 인연이 끊어지지 않은 것은 그가 만든 음악 CD를 아버지가 아주 마음에 들어 했던 탓이리라. 화가 나서 거실 쓰레기통에 던져 넣어버린 CD를 언제 주웠는지 아버지가 듣고 있었다. 복도를 걷는데 아버지의 서재에서 들려오는 가스가이의 음악이 무심코 귀에 들어왔다. 화약이 터지듯이 어딘가에서 본 듯한 풍경이 머릿속에 펼쳐졌다.

그랜드피아노가 나선계단 중심을 향해 떨어져 가는 듯한 소리.

어둠 속에 숨어서 꼼짝 않고 있는 호랑이나 용 같은 소리.

비둘기 우는 소리나 깊은 바다 같은 소리.

샘플링한 자연의 소리인지 악기 소리인지 아니면 컴퓨터로 만든 전자음인지, 가공되어 원형을 알 수 없는 다양한 소리가 녹아 혼연일체가 되어 비주얼을 환기시킨다. 어쩌면 정말로 그 녀석은 내 배에서 나는 소리에 뭔가 영감을 얻은 걸까?

병상에서 일어난 가스가이는 갈색 머리칼이 약간 검어진 것 같다. 교복을 입은 마른 등을 가볍게 밀었는데도 휘청거리며 스스로는 멈추지 못해 반대편 벽까지 가서 코를 부딪쳤다. 다시 대화는

했지만, 배에서 나는 소리를 녹음당하는 일이 없도록 주의를 게을리하지 않았다. 이러니저러니 해도 우리는 그 뒤에도 계속 교류하였다. 그러고 보면 남자 친구라는 것이 처음이고, 배가 꼬르륵거리는 소리를 이야기한 상대도 처음이었다.

"네가 너무 과민한 거야. 사실 주위에는 별로 들리지 않아. 나니까 들은 거지. 가끔 아주 큰 소리를 내도 다들 흘려들어. 네가 쫓아다녔다는 선배 일은 뭐, 어쩌다 불운이 겹친 거지."

언제부턴가 나는 데라시마 선배를 떠올리지 않게 되었다. 참새가 도망가는 꿈도 꾸지 않게 되었다. 침대 끝에 앉아 호흡을 가다듬는 일도 한참 동안 하지 않았다. 내 인생과 마음이 천천히 변화해가는 듯한 기미를 느꼈다. 가스가이 덕분이라고 생각한다. 인정하는 건 분하지만 마음속의 중요한 부분에 그가 뻔뻔스럽게 들어와 버렸다. 그러나 그리 싫지는 않다.

엄마의 배는 나를 낳은 것과 동시에 침묵하여 소리를 내지 않게 되었다. 불운한 죽음이 그 이유지만, 혹시 몸속에 있던 음원이 내게 전해져 그 때문에 엄마의 배가 조용해진 게 아닐까 상상할 때가 있다. 뱃속에 있는 음원은 어떤 모양을 하고 있을까? 아직 인류 누구도 생각하지 못한 악기 같은 것일까? 정체 모를 울음소리를 내는 동물 같은 것일까? 전 세계의 소리라는 소리를 전부 모아서 그 밀도가 높아져 드디어 고형 덩어리가 돼버린 것과 같은 걸까?

고민할 일은 많지만 이것은 내 몸의 이야기다. 데라시마 선배와 순정만화처럼 황홀한 연애는 결국 하지 못했다. 달콤한 나의 연애는 현실에 있는 육체 앞에 스러져 버렸다. 평범한 몸이었더라면 좋았을걸, 하고 가끔 생각하지만 만약 그랬더라면 나는 또 다른 성격이 되어 지금 같은 내가 아니었을지도 모른다. 그러니까 이건 이것대로 괜찮다.

얼마 전에 아버지가 엄마의 배에서 나는 소리를 녹음한 카세트테이프를 발견했다. 같은 변태가 가족 중에도 있었다는 사실이 놀라워서, 일본도 이제 끝인가 싶었다. 그러나 다음에 그 테이프를 들어볼 생각이다.

옮긴이의 글

　독서용 독서가 아니라 작업용 독서일 경우 무상무념으로 책에 빠져들기가 힘들다. 아무래도 작품 분석, 문장 구조, 단어의 의미에 연연하게 되기 때문이다.
　그러나 아주 가끔 작업용 독서를 하다 순수한 독서로 빠질 때가 있다. 긴장된 마음으로 각 잡고 읽다가 슬슬 손에 들고 있던 샤프펜슬 내려놓고, 옆에서 입을 떡 벌리고 있는 전자사전도 닫고, 의자에서 스르르 내려와 세상에서 가장 편한 자세로 뒹굴거리며 행복한 책 읽기를 할 때가.
　당연하지만 읽을 때 행복한 책은 번역하면서도 행복하다.
　이 신인 작가의 소설이 그랬다. 다섯 편의 중단편은 독특한 소재의 연애소설이다. 아니, 연애소설이라고 쓰고 미스터리물이라고 읽어야 할지도. 매 편마다 촘촘히 깔린 복선과 반전의 묘미에 곳곳에서 '헉' 하는 감탄사가 터져 나온다. 스토리의 소재와 구성이 아주 신선하고 기발하다.

소설의 주인공들은 모두 '난 매력이 없어' 혹은 '내겐 문제가 있어'라고 생각하는 사람들이다. 「교환 일기 시작했습니다!」의 하루카는 지방에서 고등학교를 졸업한 후 집에서 빈둥거리다 상경한 아가씨로 아르바이트를 해도 사흘을 못 넘기는 의지박약한 백조. 「기치조지의 아사히나 군」의 아사히나는 여자들에게 빌붙어 살거나 아르바이트만 전전하는 루저. 「낙서를 둘러싼 모험」의 치하루는 어린 시절 왕따를 당했던 경험 때문에 튀지 말고 묻어가자가 신조인 여대생. 「삼각형은 허물지 않고 둔다」의 렌타로는 항상 이인자이기를 희망하는 존재감 없는 고등학생. 「시끄러운 배」의 다카야마 역시 존재감 없는 조용한 여학생이지만 심하게 꼬르륵거리는 배 때문에 고민이 많다. 아마 많은 독자들이 '어, 나네?' 혹은 '내 친구네?'라고 생각할지도 모를 정도로 주위에서 흔히 보는 캐릭터들이다. 그네들은 뜨겁게 달아오르지 않고, 과감히 도전하지 않고, 행동은 굼뜨고 생각이 많으며, 다가오는 인연을 주뼛주뼛 소심하게 환영한다. 친근한 사랑법이다.

미스터리 장치가 되어 있어 내용에 대해 더 언급할 수는 없지만, 인연이 엮이는 과정과 사랑이 시작될 때의 설렘을 아무런 미사여구 없이 담백하게 그린 문체가 싱그럽다. 그리고 평범한 주인공들에 이어 지명과 상호, 상품명을 실제 그대로 사용하여 독자들이 이야기의 무대를 쉽게 그릴 수 있게 한 것도 이 소설이 친근하게 느껴지는 이유 중 하나.

표제작인 「기치조지에 사는 아사히나 군」의 무대인 기치조지는 일본인들이 가장 살고 싶어 하는 동네 1위로 자주 뽑히는 곳이다. 기치조지를 찾는 사람들이라면 한 번쯤 가보게 되는 이노카시라 공원, 선로드 입구의 맥도날드, 역 빌딩인 론론, 기치조지의 명물인 꼬치구이집, 멘치카쓰집까지 모두 등장한다. 역자는 신혼 시절을 이 근처에서 보내서 이런 지명들이 특히 뭉클했다. 그리고 아사히나 군과 야마다 마야 씨가 길고 긴 줄을 서서 사 먹었다는 멘치카쓰는 정말 맛있다(웃음).

아아, 모처럼 만난 착한 소설이었다. 아무 잡념 없이 책에만 몰입하게 해주는 이런 소설 정말 고맙다. '옮긴이의 글'을 쓸 때마다 의례적으로 하는 말 같지만, 진심으로 다음 작품들이 기다려진다. 신인 작가 나카타 에이이치 씨의 왕성한 작품 활동을 기대한다.

열여섯 살 정하에게 사랑을 보내며
권남희

기치조지의 아사히나 군

ⓒ 나카타 에이이치, 2010

초판 1쇄 인쇄일 | 2010년 8월 20일
초판 1쇄 발행일 | 2010년 8월 26일

지은이 | 나카타 에이이치
옮긴이 | 권남희
펴낸이 | 강병철
주　간 | 정은영
편　집 | 박소이
저작권 | 조찬희
디자인 | 김희숙
제　작 | 시명국, 강형석
영　업 | 조광진, 안재임
마케팅 | 박현경, 김정혜, 유혜영

펴낸곳 | 자음과모음
출판등록 | 2001년 5월 8일 제20-222호
주소 | 121-753 서울시 마포구 동교동 165－1 미래프라자빌딩 7층
전화 | 편집부 (02)324-2347, 총무부 (02)325-6047
팩스 | 편집부 (02)324-2348, 총무부 (02)2654-7696
E-mail | erum9@hanmail.net
Home page | www.jamo21.net

ISBN 978-89-5707-519-7 (03830)

• 잘못된 책은 교환해드립니다.
• 저자와의 협의하에 인지는 붙이지 않습니다.